마
지
막

감
식

정광모 장편소설

마지막 감식

강

차례

돈은 진실하고 정직해요.

절대로 거짓말을 하지 않아요.

틀림없이 존재하고요.

아주 자연스러워요.

그래서 그렇게 적이 많은 거예요.

—『그로칼랭』

돈을 요구한다는 것은

사랑을 덮치는 모든 돌풍들 가운데서도

가장 싸늘한 바람이어서

사랑을 뿌리째 뽑아버리는 것이다.

—『마담 보바리』

1

한남수의 인터폰이 울렸다. 금요일 11시 45분, 권호 대표의 호출이었다. 권호 대표의 목소리는 알루미늄 표면을 닮아 단단하고 차가웠다. 자신이 해내야 할 일을 주저하지 않는 음성에는 자신감과 돌파력이 나선으로 감겨 있었다. 한남수는 가슴에 뭔가 찌르는 통증을 느껴 오른손으로 가슴을 두드렸다. 가슴 다음에 아랫배가 묵직해지며 뻣뻣해졌다. 이 시간에 대표의 목소리를 들으면 나타나는 짧은 증상이었다. 그건 한남수가 곧 지시받을 일에 대한 무의식적인 공포였다.

MT삼조회사 대표실의 그림 한 점 걸리지 않은 흰 벽은 쓸쓸한 느낌마저 들었다. 여러 회사를 소유한 사모펀드 대표의 사무실로는 믿기지 않을 만큼 간소했다. 바닥은 방염 처리된 다갈색 카펫이 깔렸고 의자와 책상은 사무용품회사가 생산한 오래된 중 가제품이었다. 참나무로 만든 대표 책상은 다리와 상판에 흠이 났고 의자에 씌운 밤색 가죽은 접힌 부분이 갈라져 회색으로 바뀌고 있었다. 물푸레나무로 만든 손님용 탁자와 의자가 그나마 멀쩡했다. 권호 대표를 만나러 온 투자자는 소박한 사무실 풍경에 혹시 비서실로 잘못 들어왔는지 놀란 표정을 짓곤 했다.

권호 대표는 대표실을 찾은 투자자에게 커피 머신에서 뽑은 커피를 직접 대접했다. 고객 돈을 관리하는 사모펀드가 검소하다며 칭찬하는 사람도 있지만 으리으리한 대접을 받는 데 익숙한 손님은 불쾌한 표정을 숨기려 입을 꾹 다물기도 했다. 권호 대표는 못마땅한 반응에는 투자자 돈을 아껴야죠, 라는 말로 가볍게 짚고 지나갔다. 투자자 대접이 소홀하다고 여기는 방문객도 권호 대표가 미국 투자회사인 사모펀드 블랙스톤의 아시아 본부장 출신이란 증명서를 보고는 조용히 의자에 앉았다. 그 옆에 나란히 걸린 블랙스톤 슈워츠먼 회장의 감사장은 권호 대표를 환하게 밝혀주는 후광이었다.

대표실 옆에는 수수한 회의실과 비서실이 붙어 있었다. 비서실도 대표를 기획과 집행에서 돕는 역할에 충실해 회사를 분석하고 인수 전략을 짜는 업무에 숙달된 남자 비서 두 명이 근무할 뿐이었다. 권호 대표의 책상 왼편에 나란히 붙은 세 대의 컴퓨터 모니터가 투자회사다운 분위기를 풍겼다. 모니터 중 하나는 미국 블룸버그 통신사가 제공하는 속보와 정보가 끊임없이 주목을 요구하며 흘러갔다. 사무실 왼쪽 벽에 선 평범한 검정 장식장이 볼만했다. 장식장 위쪽에 유리에 끼운 100달러 지폐가 있었고 그다음 층에는 해방 후에 발행한 원화 고액권이 자리 잡았다. 그 아래층은 일제강점기에 나온 지폐가 액자에 끼워져 있었다. 1910년에 일본내각인쇄국이 발행한 화폐 일 원과 오 원, 십 원은 각각 화홍문과 광화문과 주합루를 도안했다. 그 옆으로 대흑천상 도안이 그려진 1914년 조선은행 백 원과 수노인상이 그려진 조선은행 일 원, 오 원, 십 원, 백 원이 놓여 있었다. 장식장의 지폐는 달러가 정상에 배치된 피라미드 모양이었다. 대표실에 온 투자자는 장식장 위층에 놓인 달러를 살피고 하급 물품을 바라보는 눈초리로 아래층 한국 돈을 바라보았다. 일제강점기부터 지금까지 돈의 길을 보여주는 장식장 꼭대기에 선 100달러는 위엄 있었다. 누군가 권호 대표에게 위안화나 엔화, 유로화가 없냐고 물으면 그것들은 멀었다는 대답이 돌아왔다.

"아직은 달러입니다."

그러면 질문자는 이유를 캐묻지도 않고 뛰어난 의견을 들은 것처럼 고개를 끄덕였다. 그러나 권호 대표는 내심 달러도 그다지 높게 평가하지는 않았다. 그에게 최고는 금이었다.

권호 대표는 사무실로 부른 한남수 비서에게 말했다.

"이번 인수 실패를 어떻게 생각하나?"

건성으로 내는 질문이었다. 권호 대표는 대답해도 제대로 듣지 않아 한남수도 구태여 답을 하지 않았다. 대표의 말은 다음

단계로 넘어가는 다리에 불과했다. 언젠가 똑같은 질문에 한남수가 왜 인수에 실패했는지를 요약해서 말한 적이 있었다. 권호 대표는 판단력이 제법이야 하는 얼굴로 듣더니 곧 지겨웠는지 말허리를 잘랐다. 권호 대표는 예상대로 이번 기업 인수팀 책임자인 문 팀장 얘기를 꺼냈다.

"문 팀장에게 12시까지 기다리라고 말해놨어."

"알겠습니다."

MT삼조회사는 37층인 도현타워 빌딩의 15층을 빌려 쓰고 있었다. 15층은 복도를 사이에 두고 대표실과 사무실로 나뉜다. 사무실은 직원 모두가 쓰는 직원용 사무실과 출입문이 따로 달린 세 개의 공간으로 다시 구분되었다. 입찰과 인수해야 할 회사가 정해지면 팀장과 네 명의 팀원은 보안 시설이 엄격한 세 개 사무실 중 하나에 들어가 인수 업무를 마칠 때까지 뭉쳐서 정보를 공유했다. 매물로 나온 회사를 인수한 다음 기업 가치를 높여 5년 후에 팔면 성과 상여금도 인수에 참여한 직원에게 먼저 나눠줬다. MT삼조회사는 기업을 인수해 가치를 높여 매각해 투자 자금을 회수하는 사모투자펀드로 바이아웃(Buyout)펀드로 불리기도 했다. 회사는 투자 금액에서 비중이 크지는 않지만 기업의 주식 지분을 사서 주가가 오르면 이익을 내는 재무 투자도 맡았다. 권 대표는 MT삼조회사를 철저하게 실력 중심으로 운영했다. 실적과 이익이 모든 것을 말해주었다. 직원들을 평가하는 기준도 실적순이었다. 동문이나 학벌, 고향 등은 고려할 가치도 없고 입에서 꺼내지도 못할 금지된 단어였다. 투자업계에서 MT삼조회사는 직원들이 실적과 이익이라는 칼을 들고 싸우는 검투장으로 알려졌다. 직원은 목숨을 걸고 경쟁 펀드회사와 싸웠고 언제든 심장을 노리며 치고 들어올 칼끝을 주시하고 있었다.

한남수는 따라온 경비원 두 명을 문 앞에서 대기시켰다. 문 팀장은 혼자 앉아 있었다. 네 명의 팀원은 한남수가 오기 전에 먼저 나가 자리를 비켰다. 문 팀장이 한남수를 쳐다보며 말했다.

"점심은 언제?"

"늦게 들까 합니다."

한남수는 이 순간이 언제나 싫었다. 불쾌한 소식을 전하기 직전에 몸을 채운 긴장감 때문에 한쪽 뺨에 경련이 스치기도 했다. 눈이 아리고 이마가 지끈거려 손가락으로 눌렀다. 상대도 뭔가를 기다리며 어떤 타격을 받을까 추측하고 있었다. 문 팀장이 입찰했던 이번 제약회사 프로젝트는 실패해 다른 사모펀드에게 넘어갔다. 입찰안은 MT삼조회사의 결정이지만 문 팀장의 제안이기도 했다. 한남수가 연봉이나 보너스를 삭감하는 결정을 전할 수도 있지만 그보다 더한 소식일 수도 있었다. 권호 대표는 상과 벌이 분명한 사람이었다.

문 팀장이 고개를 꼿꼿이 들며 말했다.

"말해봐. 뭐야."

한남수는 숨을 들이쉬고 말했다.

"오늘 12시로 해고입니다."

문 팀장은 아무런 표정 변화가 없었다. 해고를 통보받은 직원은 대개 몸이 굳어져 꼼짝하지 않았다. 귀로 들어온 한남수의 말을 해석하는 데 시간이 걸리는지도 몰랐다. 문 팀장이 책상 앞에 자리를 내주며 말했다.

"여기 앉아봐."

한남수는 무거운 통고를 끝내 홀가분했다. 입 밖으로 나온 단어는 살아 움직이며 스스로 상황을 정리하는 힘이 있었다. 한남수는 해고라는 말이 지닌 힘에 슬쩍 기대 따라갈 뿐이었다.

"지금부터 컴퓨터를 쓸 수 없습니다. USB에 자료를 옮겨 담는 것도 안 됩니다. 개인 용품만 가져 나갈 수 있습니다."

한남수는 비밀엄수 서약서를 책상에 올렸다. MT삼조회사에서 알게 된 모든 업무 내용과 비밀을 외부로 말하지 않는다는 서약서였다. 문 팀장은 서류를 흘깃 쳐다보고 접수한다는 신호처럼 손으로 책상을 몇 번 두드렸다.

"보수와 보너스는 정산해서 내일 아침 10시에 지급할 겁니다."

"그렇군."

문 팀장은 MT삼조회사가 두 개의 회사를 인수하는 데 공을 세운 인물이었다. 두 회사는 작년, 인수한 지 4년 9개월 만에 인수 가격의 3.7배와 2.5배의 금액으로 팔렸다. 문 팀장은 그때 보너스로 상당한 액수를 받았는데 권호 대표와 비슷하다는 얘기도 돌았다. 권호 대표는 직원이 흘린 땀의 무게를 정확하게 측정해서 공헌도에 따른 금액을 어떤 술수도 부리지 않고 챙겨주었다. 한남수가 투자업계에서 인재로 소문난 문 팀장에게 해고를 통보하며 그나마 부담이 덜한 이유였다.

문 팀장이 말했다.

"이번 인수전에서 우리가 제안한 금액과 조건은 적정했어."

한남수는 그 점을 알고 있었다. 권호 대표는 매물로 나온 제약회사 인수 업무에 모두 관여했고 문 팀장이 올린 최종 금액과 조건을 결재했다. 실무를 맡은 팀으로선 최선을 다했다. 이번처럼 경쟁 사모펀드회사가 생각지도 않은 금액을 쓰면 어떻게 뒤집을 방법이 없었다.

"인수한 K사모펀드는 고생 좀 할 거야."

한남수는 문 팀장의 말에 고개를 깊게 끄덕이며 공감과 미안한 마음을 드러냈다. 문 팀장이 서랍을 열고 꺼낸 것은 뜻밖에도 시가였다.

"사무실을 떠날 때 시가를 피워보고 싶었거든. 왠지 근사해 보이지 않아?"

문 팀장이 시가 끝을 잘라 입에 물면서 물었다.

"몇 시까지 정리해야 하나?"

"12시 30분까지입니다."

문 팀장이 씩 웃으며 시가에 불을 붙였다. 그건 앞으로 많은 역을 지나야 도착할 수 있는 먼 시간 같다는 표정이었다. 권 팀장이 시가를 한남수에게 권하자 그는 손을 저었다.

문 팀장은 시가를 물고 연기를 입 안에서 돌린 후 뿜어 올렸다. 독특한 초콜릿 냄새와 풀을 태우는 냄새가 퍼졌다. 담뱃잎을 통째로 도르르 만 형태가 타고 난 재에 그대로 남아 있었다. 시가는 사형수에게 형을 집행하기 직전에 내준 마지막 담배는 아니었다. 그런데 한남수는 머리에서 맴도는 그런 음산한 생각을 쫓아내지 못했다. MT삼조회사와 직원의 고용 관계는 평등했다. MT삼조회사는 직원을 언제든 해고할 수 있었고, 직원도 항상 회사를 떠날 수 있었다. 권호 대표가 회사를 그만두겠다는 직원에게, 당신 큰 실수하는 거야, 고함을 칠 때는 있었지만 막지는 않았다. 회사와 직원이 맺은 고용계약서는 어떤 정이나 끈끈한 감정 없이 차가운 글자로만 정리되어 있었다. 돈이 회사와 직원의 고용계약을 튼튼하게 엮는 고리였다. 회사는 얻은 결실에 걸맞은 돈을 직원에게 지급했고 직원은 대우가 맘에 들지 않으면 망설이지 않고 떠났다. 떠나는 직원은 저녁 6시 업무가 끝나는 시간에 맞춰 회사를 그만둔다는 소식을 전자우편으로 전하고는 그만이었다. 떠남을 아쉬워하거나 쌓인 정을 푸는 회식은 없었고 사무실을 돌면서 동료와 나누는 작별 악수와 앞으로 잘되기를 바라는 덕담도 없었다.

문 팀장이 시가를 끄면서 말했다.

"한 비서는 돈이 마약이라는 생각을 해본 적 없나?"

한남수는 의외의 질문에 당황했다.

"마약이라면?"

"그래. 코카인이나 필로폰 같은 마약."

"어떤 점에서요?"

"투약자가 처음 마약을 할 때 자신은 언제든 끊을 수 있다고 자신해. 내 의지는 특별하고 강해 마음만 먹으면 손을 뗄 수 있다고 믿어. 그러다 중독으로 빠져서는 더 강한 자극을 원하고, 마약이 없으면 살지를 못해. 돈도 똑같지 않아? 우린 더 많은 돈을 모으려 죽도록 뛰니까. 그리고 돈이 많아도 만족을 못해. 그게 중독 아니고 뭔가?"

"돈이 정신과 몸을 망치지는 않죠."

문 팀장이 웃었다.

"정말 그렇게 생각해?"

한남수는 문 팀장이 한 말이 혼란스러웠다. 문 팀장은 업적을 내기 위해 무섭도록 달려온 사람이었다. 문 팀장이 인수 업무를 할 때면 회사 옆의 비즈니스호텔에 방을 잡았다. 그는 새벽 2시까지 일하면서 50일 동안 호텔에서 자기도 했다. 집에는 옷을 갈아입을 때만 다녀왔다. 한남수는 그때 문 팀장의 팀원으로 일했다. 문 팀장은 인수할 회사를 철저하게 현금 흐름과 주식 가치로 평가했다. 그는 입찰 금액이 모자라면 인수 조건을 괜찮게 맞췄고 돈이 넉넉하면 조건을 박하게 짰다. 문 팀장이 복잡하게 설계한 입찰 금액과 인수 조건은 상반신과 하반신이 균형 잡힌 조각품으로 보이기도 했다. 한남수는 문 팀장의 추진력과 기획력을 따라 움직이기만 하면 실적을 냈다. 문 팀장은 그 대가로 승진하고 거액의 보너스를 챙겼다. 지금 문 팀장이 하는 말은 전혀 문 팀장답지 않은 말이었다. 그는 권호 대표가 문 팀장을 자르는 이유를 알 것 같았다. 문 팀장이라는 거침없이 돌진하던 탱크의 무한궤도가 풀려버린 것이다.

한남수가 말했다.

"권호 대표에 실망했군요."

"잘리는데 기쁘기야 하겠어. 그보다 더 근본적인 질문이야."

"근본적이라고요?"

"이런 거야. 마약에 중독되면 감옥에 들어가는데 말이야. 돈에 중독되면 왜 감옥에 보내지 않을까?"

"돈에 미쳐 사기를 치거나 도박으로 망하기도 하지요."

"아. 그건 현실에 있는 감옥이야. 거긴 낙오자만 들어가. 중독의 정상은 황금 감옥이야. 누구나 가고 싶어 하는."

문 팀장은 비밀서약서에 서명을 하고 일어서면서 말했다.

"인수한 회사의 가치를 키우는 업무가 위조지폐를 찍는 일을 닮은 것 같아."

중독 다음에는 위조지폐였다. 문 팀장은 아무래도 수상했다.

"왜 이러십니까! 우린 기업이 더 돈을 벌도록 튼튼한 체질로 고칩니다. 위조지폐 같은 가짜는 아닙니다."

"글쎄. 정말 그럴까?"

문 팀장은 상의를 걸치고 악수를 했다. 한남수는 빈손인 문 팀장에게 당황했다.

"가져갈 물건이 하나도 없습니까?"

"없어. 우리 업계는 유목민 마을이야. 난 가벼운 사람이고. 아니, 가볍게 지내기로 했어. 권호 대표에게도 몸을 가볍게 하라고 전해주게. 참 자네도."

문 팀장은 성큼성큼 걸어 사무실을 떠났다. 문 팀장의 출입카드는 바로 정지될 것이다. 출입문 두 곳의 비밀번호도 바뀐다. 회사를 떠나면 지나는 길에 들렀다는 핑계를 대며 사무실에 들어오기도 어려웠다. 한남수는 혼자 멍하게 서 있다가 비서실로 발걸음을 옮겼다. 오늘 점심은 무얼 먹든 입이 까끌까끌할 것 같았다.

2

　지하도에 있는 버거킹은 점심시간이 지났음에도 여전히 붐볐다. 한남수는 감자튀김 세 개를 한 번에 입에 넣었다. 감자튀김은 따끈하고 바삭했으나 입에 달라붙지 않았다. 양상추와 토마토, 쇠고기 패티를 올린 버거를 한입 베어 물었다. 버거를 평소잘 먹었지만 문 팀장을 해고한 지금은 맛이 당기지 않았다. 손님들은 재빠르게 버거를 먹어치우고 뒤를 돌아보지 않고 떠났다. 동그란 빵 사이에 버거킹 로고를 채운 브랜드 제복을 입은 등 굽은 노인이 접시와 쓰레기를 정리하고 있었다. 한남수는 콜라를두 모금 마시고 일어섰다. 버거를 절반은 먹었으니 끼니를 거른건 아니었다. 한남수는 길을 따라 도현타워의 지하 출입구로 향했다. 그는 멍하게 걷다가 마주 오는 여자와 부딪치는 바람에 여자 손에 든 지갑이 떨어졌다. 인상을 찡그린 여자는 뭔가 중얼 거리며 바닥에서 지갑을 주웠다. 한남수는 죄송하다고 말하고는 걸음을 옮겼다.

지하도가 왼쪽으로 휘어지는 벽에 노인이 구걸을 하고 있었 다. 직사각형으로 자른 박스에 무릎을 꿇은 노인은 양팔로 바닥 을 짚고 고개를 숙였다. 절도 있는 자세로 앞에 앉은 누군가에게 사죄하는 모습으로 보였다. 노인 앞에 어딘지 귀한 멋이 보이는 갈색 중절모가 놓였다. 모자는 지금이라도 뒤집어 머리에 쓰면 인물을 북돋우어줄 물건이었다. 그가 입은 옷은 십 년은 된 것 같은 허름한 회색 양복으로 낡았지만 그런대로 깨끗했다. 자선 센터에서 구한 한 벌 같았다. 노인은 출근과 퇴근, 점심시간에만 그 자리에 무릎을 꿇고 앉아 동정을 구했다. 이제는 구걸도 파트 타임으로 하는 모양이었다. 아니면 목이 좋은 곳을 하나 더 잡고 있는지도 몰랐다.

폰을 보며 걷던 청년이 노인의 중절모를 밟아버렸다. 청년은 깜짝 놀라 발을 떼고 머리를 까딱 숙이고는 그냥 지나갔다. 한쪽 에 신발 자국이 선명하게 남은 찌그러진 모자는 안간힘을 쓰며 원래의 모습으로 돌아오고 있었다. 한남수는 주머니를 뒤졌다. 오백 원 동전이나 천 원 지폐가 잡히지 않았다. 지갑에는 만 원 과 오만 원 지폐만 들었다. 그는 지하도의 노인 모자에 자주 돈 을 넣었다. 한남수는 어릴 때 걸인에게 공손하게 돈을 주라는 교 육을 받았다. 어머니는 네가 저 자리에 앉아 있다고 생각해보렴.

동전을 던져주는 사람이 얼마나 고맙겠니. 그 돈으로 한 끼 식사를 해결할 수도 있지 않을까. 한남수가 자라서 걸인을 관찰해보니 구걸한 돈으로 밥보다 술에서 얻는 즐거움에 빠진 사람이 훨씬 많았다. 어쨌든 걸인에게 밥만큼이나 술도 가치가 있었다. 어머니는 걸인에게 적선하면 보답을 받고 불행을 피한다고 가르쳤다. 따져보면 현실에 적용되지 않는 헛된 믿음이었다. 걸인에게 만 원은 지나치다고 그냥 가려다 문 팀장이 우리는 돈에 중독되었다고 한 말이 떠올랐다. 한남수는 고작 만 원을 들고 고민하는 자신이 한심했다. 그는 수천억 원을 한 번에 투자할 수 있는 MT삼조회사 비서실 직원이었다. 한남수는 만 원을 모자에 집어넣고 걸음을 옮겼다. 노인이 모자에 들어온 푸른 지폐를 향해 깊숙이 고개를 조아렸다.

한남수의 오후 근무도 편하지 않았다. 그가 권호 대표의 지시를 받아 통보한 해고는 문 팀장이 네번째였다. 한 명은 중대한 서류를 잘못 작성하는 바람에 잘렸다. 인수할 회사의 현금 흐름을 잘못 계산한 것이었다. 인수 기업이 1년에 얼마를 벌어들일 것인가를 몇 개의 시나리오로 나눠 작성했는데 틀린 것이었다. 기초 자료 자체를 잘못 뽑아 제대로 검증을 할 수 없었다. 현금 흐름은 MT삼조회사가 해당 기업을 인수할 것인지, 그리고 금융 기관에서 빚을 얼마까지 내서 인수 가격을 맞출 수 있는지를 결정하는 핵심 요소였다. 권호 대표는 직원이 똑같은 실수를 두 번 하자 두말없이 잘랐다. 두번째 해고한 직원은 한 회사를 인수한 밤에 사고를 냈다. 그는 팀원들과 승리의 술을 마시고 혼자서 맥줏집에 가서 손님들과 싸웠다. 경찰서에서 사원증에 기재된 MT삼조회사로 연락하자 권호 대표는 고개를 저었다. 거액을 다루는 사람이 술집에서 하찮은 시비를 벌여 경찰 조사를 받는다는 건 중대한 흠이었다. 한남수가 음주 사고를 일으킨 직원에게 해고를 통보하자 직원은 무척 자존심이 상한 얼굴이었다. 그는 자신이 무엇을 잘못했는지 명확하지 않으며 자신은 회사에 손해를 끼치지 않았다고 주장했다. 그 둘을 자를 때도 불편했다. 하지만 문 팀장은 한때 한남수의 팀장이었다. 문 팀장은 업무 실력과 판단력이 뛰어나 한남수는 사모펀드 운영에 관한 많은 기술을 그에게 배웠다. 그는 오후 내내 친형을 집에서 쫓아낸 것과 같이 가슴이 답답했다.

그러나 MT삼조회사에서 권호 대표는 절대자였다. 스물세 명 회사 직원은 그에게 머리 숙여 복종했다. MT삼조회사는 권호 대표가 자본금을 투자했고 그가 펀드 자금을 모아서 키워낸 회사였다. 미국의 사모펀드 블랙스톤에서 아시아 부문 본부장으로 일했다는 권 대표의 경력은 화려했다. 기금과 연금 그리고 금융회사와 사채를 굴리는 큰손까지 MT삼조회사에 자금을 투자했다. MT삼조회사는 펀드를 모아 대략 5년 전후로 운용했는데 1호부터 3호까지 모은 펀드는 좋은 실적으로 청산해 투자자의 주머니를 넉넉하게 채웠다. 운영 자금이 4,300억이었던 4호 펀드가 인수해서 운영하는 회사가 세 개였고 현재 주식 지분을 산 회사가 아홉 개였다. 4호 펀드는 바이오와 자동차부품회사, 식료품회사 등을 사들였다. 막 운영을 시작한 5호 펀드는 투자받은 자금이 5,500억이었다. 회사가 받는 펀드 운영 수수료는 연 1.2 퍼센트로 5호 펀드로 벌어들이는 수수료만 66억이었다. 펀드를 청산하면서 약정한 수익을 넘어서면 MT삼조회사는 초과 수익의 20퍼센트를 성과 보수로 받았다. 4호 펀드는 수익률이 쉽지 않았다. 그중에서 부산 정관에 있는 자동차부품회사 남신이 가장 문제였다. MT삼조회사가 인수하자 노동조합에서 일일이 회사 경영을 방해했다. 예전부터 근무한 관리직 간부들은 자리가 불안해서인지 뒷짐을 진 채로 돌아서서 노조를 은근히 부추기고 있었다. MT삼조회사가 임명한 장공대 사장은 장악력과 실행력이 뛰어난 부품업체 전문경영자였다. 그런 장 사장도 고전하고 있었다. 노조와 기존 간부들이 원하는 바는 한 가지였다. 고용을 보장해줄 것. MT삼조회사는 인수 회사 누구에게도 고용 보장을 약속하지 않았다.

권호 대표가 지시해 한남수가 남신의 노동조합 위원장을 만난 일이 있었다. 위원장은 기어이 조합사무실로 오라고 말했다. 사무직과 생산직 할 것 없이 직원들의 신경이 곤두서 있기 때문에 밖에서 만날 수 없다는 사정이었다.

"따로 만나면 의심 받거든."

노조사무실은 회사 입구에 있는 건물 3층 끝에 있었다. 사무실은 권호 대표의 사무실처럼 아무런 장식이 없었다. 그 흔한 '단결 투쟁' 같은 구호도 벽에 걸려 있지 않고 붉은색 포스터 하나 없이 깔끔했다. 노조 위원장은 몸이 다부지고 얼굴이 검은 편이었다. 머리를 짧게 깎은 위원장은 곰을 닮아 묵직하고 입이 무거워 보였다. 위원장은 핵심을 바로 캐물었다.

"직원 고용은 어찌되는 거요?"

"변수가 많아 아직 말씀 못 드립니다."

"목을 빼고 앞날을 걱정하는 직원 삶이 변수에 불과하다?"

"우린 숫자를 따질 뿐입니다. 직원과 가족들 삶은 저희도 챙깁니다."

"그래요? MT삼조회사는 인수한 회사의 기업 가치를 올린다면서요. 그러고는 몇 년 후에 팔아서 이익을 낸다는 건데 기업 가치를 올린다는 게 대체 뭘까?"

"기업의 현금 흐름을 높이는 겁니다. 들어오는 돈은 많고 나가는 돈이 적으면 자연히 현금 흐름이 좋아지지요."

"그러니까 어떻게 기업이 돈을 많이 벌게 만든다는 거요?"

"여러 방법이 있죠. 구체적으로 다 말씀드리지는 못하지만."

"우리는 당신들이 몽둥이를 마구 휘두르지 않을까 걱정이야. 점령군처럼 말이야."

"회사가 튼튼해지면 직원과 조합에도 도움이 됩니다."

"뭐라고 말하든 우린 당신들을 믿지 않아. 당신들은 돈에 중독된 자들이니까."

"편견이죠. 우리가 인수한 후로 경쟁력이 높아진 업체가 많습니다."

"오호. 그러슈. 우리에게도 그런 은총을 내리겠다! 미안하지만 사양이야. 그냥 우리를 자유롭게 놔두면 고맙겠어."

남신은 태업과 불량률을 높이는 방법으로 계속 힘겨루기를 하고 있었다. 그들은 MT삼조회사가 남신을 인수한 대금 1,430억을 물먹이기로 작심하고 있었다.

한남수는 우울한 마음으로 사무실에서 퇴근했다. 거리로 나서자 초가을이 실어준 부드러운 기운이 자신을 감쌌다. 그는 뿌연 빛을 쏟는 가로등 아래에 섰다. 그림자가 길게 드리웠고 거리가 비스듬히 기운 것 같았다. 어두운 하늘이 그에게서 더욱 멀어져 보였다. 문 팀장을 자르고 난 후의 밤을 견디려면 어디선가 한잔해야 할 것 같았다. 그는 단골 술집에 가기 위해 빌딩 사이에 난 길로 들어갔다. 그가 가는 곳은 어둡고 몽롱한 분위기의 바였다. 카페 옆에 붙은 바는 테이블이 세 개밖에 없었다. 길게 뻗은 검은색 나무 스탠드에 앉아서 몰트위스키를 한잔 마시고 싶었다. 스코틀랜드의 작은 양조장에서 할아버지 셋이 만든다는 독한 술이나 대만에서 독특한 맛을 내는 주조에 성공한 술이 지금 어디론가 마구 달리고 싶은 심정과 어울리는 것 같았다. 50도 알코올이 속을 타고 내려가면 어딘지 마음이 시원해질 것만 같았다. 스탠드 옆자리에 누가 앉아도 한남수는 거의 말을 나누지 않았다. 나이 들고 머리를 짧게 깎은 바텐더는 위스키를 추천하고 그 술에 얽힌 이야기를 짤막하게 들려주었다. 그는 손님이 말을 걸기

전에는 꼭 필요한 말만 건넸다. 손님이 술에 젖으면서 침울하게 또는 활기찬 어조로 뭔가 말을 붙이면 바텐더는 조용히 귀를 기울이고 응대했다.

한남수가 길을 따라 걷다 모퉁이를 돌자 자신의 이름을 부르는 소리가 들렸다. 그는 멈칫했다가 주위를 둘러보고 다시 걸음을 옮겼다. 다시 이름이 들렸다. 이번에는 또렷했다. 걸걸하고 쉰 듯한 목소리였다. 그는 고개를 찬찬히 돌리다 편의점 플라스틱 의자에 앉은 노인을 발견했다. 노인이 손을 들어서 오라는 신호를 보냈다. 편의점 옆에 놓인 두 개의 테이블에는 사람들이 앉아 맥주를 마셨다. 종이컵에 맥주를 따라 마시는 사람 중에 한 명이 유난히 목소리가 커 거리의 소음이 움츠러드는 것 같았다. 편의점에서 가볍고 싸게 술을 마시는 방식이었다. 노인은 테이블에서 떨어져 사각 플라스틱 의자에 혼자 앉아 있었다. 그는 빈 플라스틱 의자에 명태포를 놓고 소주를 잔에 따라 마시고 있었다. 한남수가 처음 보는 노인이었다. 노인은 각진 얼굴에 눈 밑에 주름이 잡혔고 머리는 세었으나 검은 머리카락이 제법 남아 반백이었다. 느긋하면서 사람을 유심히 관찰하는 인상을 주는 눈이었다. 허름한 회색 양복이 어디선가 본 옷이 분명해 한남수는 다가가며 노인을 떠올리려 애를 쓰고 있었다.

노인이 플라스틱 의자를 내주며 말했다.

"기억나지 않나. 오늘 점심에 내게 만 원을 주었는데."

한남수는 그제야 구걸하는 노인임을 알아챘다. 위에서 내려다

본 얼굴과 정면으로 바라보는 얼굴이 너무 차이 나 거리에 엎드린 노인과 허리를 펴고 앉은 노인은 전혀 다른 사람으로 보였다. 한남수가 그대로 서 있자 노인이 의자에 앉도록 의자를 조금 밀었다.

"앉게."

노인의 목소리에는 거부하기 어려운 묘한 위엄이 섞여 있었다. 한남수가 자리에 앉자 노인은 새 잔에 소주를 부어 내밀었다. 한남수가 잔을 받아들고 물었다.

"제 이름은 어떻게?"

"고개를 숙여 바닥에 집중하면 지나가는 대화가 잘 들려. 근처 사모펀드에서 일한다 들었는데."

한남수는 고개를 끄덕였다.

"큰 고객을 만나 반가워. 내게 적선을 많이 베풀었거든."

노인이 바지 오른쪽 호주머니에서 오늘 받은 만 원을 꺼내들었다.

"제가 자주 드린 적은 없습니다."

노인이 껄껄 웃으며 한 잔을 들이켰다.

"바닥을 마주하면 거긴 또 다른 세계야. 난 자네 신발과 바지를 알아. 검정과 갈색 구두를 번갈아가며 신고, 뒷굽 오른쪽이 비스듬히 닳았지. 몸 중심축이 뒤로 가 있다는 말이야. 그런데 정장 아닌 평상복 바지에 늘 구두거든. 처음엔 이상했지. 그 회사는 근무시간에 평상복을 입는 모양이야."

MT삼조회사는 권호 대표부터 모두가 평상복 차림으로 근무했다. 권호 대표는 미국의 사모펀드 블랙스톤에 다닐 때부터 정장 근무를 싫어했다. 정장은 상상력을 옥죄고 유연한 생각을 가로막는다는 것이었다.

한남수가 소주를 마시자 노인이 술을 따르며 구걸하는 자신 앞을 지나간 수많은 구두와 종아리를 말했다. 붉은 꽃무늬를 넣은 비단 구두는 구걸하는 사람에겐 관심 없이 늘 빠른 걸음으로 지나갔다. 그녀의 날씬한 종아리와 인상적인 복숭아뼈는 코튼 슈즈를 신어도 눈에 띄었다. 검은색 가죽에 납작한 구두를 신은 남자는 가끔 오백 원 동전을 던져주었다. 목이 짧은 양말에 흰색 운동화 주인은 백 원 동전을 넘은 적이 없었다. 은색에 핑크 끈을 맨 구두 주인은 정강이에 검은 점이 박혀 있었고 금요일이면 긍정적이고 친밀한 인상을 주는 오렌지 슈즈를 신고 오는 발등이 통통한 여자도 있었다. 그 하체들은 이고 있는 상체와 다른 독자적인 생물로 다가왔다. 모자에 돈을 던지기 위해 몸을 숙일 때는 더욱 그랬다.

노인은 칠십대 초반이나 중반쯤 되어 보였다. 노인은 낡았으나 어쨌든 정장을 입고 몸에서 냄새도 나지 않았다. 머리도 깨끗했고 손톱과 손도 잘 다듬어져 있어 노숙자처럼 보이지 않았다. 노인은 한남수의 속을 읽은 것처럼 말했다.

"하루에 두 번 목욕해. 난 불결한 걸 싫어해. 내게 적선하는 사람에게 좋은 인상을 주고 싶거든. 시에서 운영하는 희망센터로 가면 샤워 시설이 괜찮아. 이층 침대인데 이틀마다 침대 시트도 갈아줘."

노인은 한 잔을 또 마시고 한남수에게 따라줬다. 한남수가 적선했던 걸인과 만난 술자리이니 이 자리에 오래 있을 이유는 없었다. 그런데 이상한 일이었다. 한남수는 길거리에서 걸인과 소주를 마시는 자리가 어색하지 않고 편했다. 걸인치고는 깨끗하고 깔끔한 사람이기는 했다. 그래도 결국 구걸한 돈으로 술을 사마시는 알코올중독자에 가까운 사람이었다. 이런 식의 삶은 점점 더 꼬이다가 마침내 풀지 못하는 매듭으로 도시에서 사라지고 만다. 언젠가 이 노인도 지하도에서 사라질 것이었다. 노인이 말했다.

"오늘 점심때 자네 마음이 영 편치 않았어. 다리에 힘이 없고 발을 끌면서 걸어가더군."

한남수는 화들짝 놀랐다. 자신의 마음이 그렇게 구걸하는 사람에게 읽혔다는 게 놀라웠다. 그는 놀란 마음을 감추며 태연하게 전혀 그렇지 않았다는 어조로 가볍게 말을 던졌다.

"그런 게 보이나요?"

"그럼. 보이고말고. 천 원을 찾다 만 원을 던진 망설임도 봤어."

노인은 컬컬 소리 내 웃으며 한 잔을 마시고는 편의점에서 소주 한 병을 더 사 왔다. 노인이 소주병을 척 깠다.

"구걸한 돈으로 술이나 마신다고 생각하지는 않나?"

한남수는 떠올린 상념이 자신도 모르게 표정으로 나타나는가 생각했다. 아니면 온갖 풍파를 겪은 노인이 사람의 얼굴에 잘게 뜬 마음을 읽는지도 몰랐다. 그보다 이 자리에서 걸인과 술을 마시는 사람이라면 누구든 걸인의 술값을 궁금해할 것도 같았다.

한남수가 말했다.

"술도 마셔야죠. 저도 번 돈으로 술을 마십니다."

"맞아. 나도 내 돈으로 술을 마셔. 자네가 적선한 돈은 모두 좋은 일에 쓰여. 그것도 아홉 배로 불려서 말이야."

한남수는 노인을 찬찬히 바라보았다. 노인은 그런 한남수를 바라보며 빙긋이 웃었다. 한남수는 자신의 고민을 노인이 파악하고 있다는 느낌을 받았다. 지하도 바닥에 엎드려 구걸을 하는 노인이 그런 통찰력을 지니고 있다니 믿기지 않았다. 노인이 구걸을 해서 모은 돈을 좋은 일에 사용한다는 말도 기이했다. 한남수는 만만찮은 상대에게 자세를 잡고 조심스럽게 물었다.

"아홉 배가 무슨 말인가요?"

노인이 바지의 왼쪽과 오른쪽의 호주머니를 보여주었다. 한남수가 적선한 만 원은 오른쪽 호주머니에 들어 있었다. 노인은 오른쪽 주머니에 든 지폐와 동전을 꺼내 의자에 가지런히 놓았다.

"구걸한 돈은 오른쪽에 넣어. 그 돈에 내 돈을 아홉 배 더해서 기부를 해. 뭐 가난한 아이들 학비나 몸이 아픈 사람 치료비로 말이야. 그러니까 자네가 오늘 점심에 적선한 만 원에 구만 원을 더한 십만 원이 누군가의 어려움을 더는 데 쓰인단 말이야. 왼쪽 호주머니엔 내 돈이 들어 있지. 그 돈으로 술을 마셔."

노인이 하는 말은 이해하기 어려웠다. 구걸하는 노인이 자신의 돈을 보태 기부를 한다니 믿어지지 않았다. 구태여 아홉 배라는 큰 액수를 정한 것도 놀라웠다. 만약 노인이 돈이 많다면 바로 기부를 하면 될 것이 아닌가.

"언제까지 그렇게 기부를 할 셈입니까?"

노인이 진중하게 되물었다.

"글쎄. 언제까지일까."

노인은 혹시 자신이 거짓말을 하면서도 그 말이 진실하다고 믿는 작화증에 걸린 것은 아닐까. 노인이 생각을 굴리는 한남수를 보며 빙그레 웃었다. 한남수는 자신이 떠올린 의문을 노인이 알아차렸다는 느낌이 들었다. 그는 노인에 대한 호기심이 확 일었다.

"구걸하지 말고 가진 돈을 그냥 기부하면 되지 않습니까?"

"아. 그건."

노인이 말을 멈추었다. 노인은 이마를 찡그리고 입술을 다물었다. 그러면서 한남수를 쳐다보았다. 그건 내가 하는 말을 당신이 이해할까 하는 의심을 담은 눈초리였다. 어떤 특이한 행동에 깔린 철학과 인생관을 단순한 몇 마디 말로 전하기는 쉽지 않다는 눈길이었다.

노인은 시선을 바닥으로 돌렸다가 딴 이야기를 꺼냈다.

"자네가 일하는 사모펀드는 회사를 인수해서 경영하는 종류인가?"

한남수는 예상치 않은 질문에 답을 잠시 미뤘다. 사모펀드는 일반인이 잘 쓰는 용어가 아니었고 금융에 관심이 깊은 자라야 운영 방식을 이해했다. 한남수는 친구가 사모펀드가 뭐냐고 물었을 때 투자자를 구성해 회사를 인수한다고 설명하자 금방 알아듣지 못하기도 했다.

"네. 때로 회사 주식 지분을 사서 시세 차익을 얻는 업무도 합니다."

"음. 경영 참여와 지분 인수를 함께하는 사모펀드군."

노인은 한남수의 답을 전문용어로 간편하게 정리했다.

한남수는 노인에게 다시 물었다.

"왜 제 돈에 아홉 배를 더해 기부를 하죠? 구걸한 돈으로 충분하지 않나요?"

"그건 말이야, 사모펀드에 관여한다니까 돈에 대해 알 것 같은데, 돈에서 벗어나기 위해서지."

별난 대답이었다.

"돈에서 벗어난다고요?"

"그래. 우린 자본주의 세상에 살고 있지 않나. 말 그대로 돈이 주인이고 뼈대인 사회지. 우린 골수까지 돈에 푹 절어 있고."

"그래서요?"

한남수는 돈에 대해 안다고 생각했다. 적어도 그렇게 자부하고 있었다. 돈이 부리는 비정한 마법에 무릎을 꿇은 사람을 많이 봐왔다. 사회주의 나라에서 돈을 중심으로 돌아가는 사회로 건너온 사람들은 적응이 힘들었다. 한남수는 탈북자를 가르치는 친구에게 들은 이야기가 떠올랐다. 중국을 거쳐 시장경제에 맞춰본 후 한국으로 온 탈북자는 그나마 괜찮았다. 북한에서 바로 남으로 넘어오거나 태국 등에서 짧게 거주하다 들어온 사람은 골치라고 했다. 그런 사람에게는 은행이라는 시스템을 이해시키기가 무척 힘들었다. 내가 예금주이고 예금한 돈의 주인이라는 사고방식은 낯설었다. 그들에게는 자신이 일해서 번 돈을 은행에 자기 이름으로 넣는다는 행태가 기괴했다. 북한에서는 국가나 사업소가 돈을 움직이는 주체였고, 개인이 주는 아니었다. 장마당에서 돈을 번 경험이 있어도 우리의 금융과 유통에 비하면 보잘것없었다. 좋게 말해 순박하고 돈에 때 묻지 않은 이런 탈북자들이 한국에서 살아가기는 험난했다. 그들은 돈을 중심으로 얽혀 돌아가는 사회에서 엇나가는 톱니였다. 돈을 다루지 못하는, 돈에 익지 않은 탈북자들은 물에 뛰어들지 못하는 물총새거나 나무를 쪼지 못하는 딱따구리 신세였다. 더욱이 대부분이 가진 돈 몇 푼 없는 맨몸이었다. 그들은 한국에서 실패하고 거듭 실패해서 사회의 하층으로 가라앉았다. 한남수의 친구는 가라앉는 그들을 사회 밑바닥에서 건지는 건 거대한 크레인이 있어야 가능할 것이라고 말했다. 그러나 건져놔도 그 자리를 지키지 못하고 또 가라앉을 가능성이 컸다.

노인이 말했다.

"돈은 뜻대로 움직이지 않는 사람에게 행패를 부리며 길들이

지. 대리인을 보내 우리를 채찍질하고 말이야. 거기서 벗어나고
싶은 거야."

한남수가 자주 들은 넋두리였다. 성공으로 가는 사다리를 타
지 못한 사람의 상투적인 한탄이었다. 그런 사람은 늘 자신이 어
쩌지 못하는 운과 외부의 상황에 책임을 돌렸다. 한남수가 노인
에게 말했다.

"돈에 대해 콤플렉스가 심하군요. 돈에게 혼이 났다는."

"오호. 그런가. 돈 쓰는 맛도 알아. 내가 금융업계에서 일했거
든. 목돈을 벌면 단골 바에 가서 위스키 열 병을 사는 거야. 그날
온 손님에게 공짜로 몽땅 돌렸어. 바텐더와 일하는 아가씨에게
듬뿍 팁도 주고. 잠시 세상 걱정을 놓고 호탕하고 유쾌한 사람이
되는 거야. 자주 그랬더니 바의 마담이 저러다 빈털터리가 되지
않나 걱정할 정도였으니까. 이상한 수집병이 들려 돈을 엄청 쓰
기도 했어."

"뭘 수집했는데요?"

"만년필."

"글을 쓰기 위해서요?"

"아냐. 그냥 만져보기만 했어. 몇백만 원씩을 들여 사놓은 비
스콘티 만년필의 푸른 대리석 몸체나, 오노토의 밝고 화려한 노
랑, 라미의 날렵한 티타늄 만년필을 놓고 감상하고 어루만졌지.
만년필을 만든 장인의 정신이 몸체와 펜촉에 녹아 있는 작품이
었어. 눈으로 색감을 즐긴 다음에 손으로 촉감을 느끼는 거야.

그래서 단 하나도 직접 쓰지를 못했다니까. 만년필을 시리즈로 사놓고 그냥 상상하며 좋아하는 거야. 비스콘티는 세트를 다 구입하면 오천만 원쯤 들었어. 아무짝에도 쓰지 못할 만년필에 꽂혔으니 가족은 기가 찼겠지. 소비를 위한 소비에 몰두했으니 자본주의 소비자로 최고가 아니었을까. 나도 돈 가지고서 이상한 짓을 해볼 만큼은 해봤어."

한남수가 마지막 잔을 털어 넣으며 말했다.

"회사는 왜 그만두었어요?"

"흔들려서 그랬지. 그건 자네도 마찬가지야. 오늘 점심때 자네는 많이 흔들리고 있었어. 회사에 무슨 일이 벌어졌는지 모르지만 돈이 시키는 대로 하면 늘 그래."

"전 돈이 시키는 대로 움직이지 않습니다. 학교든 기업이든 해야 할 일이 있죠. 전 그 일을 충실히 할 뿐입니다."

"좋아. 좋아. 아주 좋아."

노인의 눈에 감탄하는 빛이 어렸다. 그건 착각이었는지 모른다. 그 눈에서 안타까움과 연민이 번져나가더니 먼 과거를 돌아보는 회상의 빛이 머물렀다가 사라졌다.

"나도 한때는 그랬지. 자네보다 열 배는 더했을 거야. 하지만 돈은 제 갈 길을 가고야 만다네. 돈은 의지가 무섭도록 강해."

노인은 허리를 펴고 일어나 자세를 똑바로 했다. 둘은 서로 다른 방향으로 헤어졌다. 노인은 어깨를 숙인 자세로 어둠 속으로 사라졌다.

3

양원진은 국립과학수사연구원의 디지털분석과 감식실에 앉아 있었다. 그는 감식 의뢰가 들어온 만 원 위폐를 두고 생각에 잠겼다. 이미 자주 만났던 끝 번호 2197번과 7534번이었다. 만 원을 위조해서 고작 얼마를 벌까. 그럼에도 위폐범은 결승점이 없는 마라톤을 꾸준히 뛰고 있었다. 범인은 위폐를 조금씩 여러 곳에서 나눠 쓰고 있었다. 끈질기게 소액으로 출몰하는 만 원 위폐에 그는 어떤 경외감조차 들었다. 양원진은 분광기에 위폐를 올리고 다시 입체분석기로 살펴보았다. 완벽하지는 않으나 사람을 속이기는 적당했다. 만 원 위폐가 용지부터 시작해서 여기까지 온 여정은 어땠을까. 모든 물건은 고유한 이야기를 지닌다. 물건은 자신을 쥔 사람에게 속삭이기도 하고 정을 붙이기도 한다. 그건 그 물건을 만든 사람의 이야기이기도 했다. 감식가로서 양원진은 살인과 강도와 사기에 관한 증거를 많이 봐왔다. 국립과학수사연구원에서 취급하는 증거는 아쉽게도 증거 그 자체로만 다뤄졌다. 그는 의자를 젖히고 이 위폐가 들려주는 이야기를 상상했다.

양원진은 화학공학과 대학원을 다닐 때 국립과학수사연구원에 연구보조원으로 처음 들어갔다. 그때 국립과학수사연구원은 자동차 도장 페인트의 데이터베이스를 개정하는 프로젝트를 진행했다. 도주 차량과 차를 이용한 범인을 잡는 데 필요한 작업이었다. 프로젝트의 자문위원이었던 대학원 지도교수가 원진을 연구보조원으로 추천했다. 국과수의 화학분석과 선임연구원인 윤재천이 페인트 프로젝트를 담당했다. 그는 미세증거 분석가로 범죄 현장에서 찾은 섬유 조각이나 신발의 흙, 자동차의 카펫 한 자락 등을 분석했다. 윤재천에게 범죄 현장은 세밀한 증거로 쌓여진 보고로 그는 경찰이 현장에서 수거한 흙과 파편이 전하는 특집 다큐멘터리처럼 풍성한 사실 이야기에 심취해 있었다.

연구보조원 양원진이 미세증거물을 분석하는 연구실 방문을 요청하자 윤재천은 흔쾌히 들어주었다. 범죄와 관련 없는 먼지 한 점도 작업실에 끼어드는 것을 싫어하는 윤재천의 분석실은 깔끔했다. 그는 벽장문을 열어 날짜와 이름 라벨이 붙은 병을 꺼냈다. 병을 흔들자 푸른 페인트가 묻은 버클이 굴러다녔다.

"뺑소니 사고 차량에서 묻은 자국이지. 심야에 거리 청소부를 치고 달아나버렸어. 청소부가 자기의 죽음과 바꾼 흔적이야."

죽음을 증명하는 섬뜩한 푸른빛은 병을 꽉 채웠다. 빛은 자신을 없애기 위해 스멀스멀 밖으로 기어 나오는 것처럼 보였다. 윤재천이 말했다.

"자동차를 도장한 페인트는 회사와 차종마다 달라. 이건 외제 차량에서 묻은 거야. 그런데 요즘 외제 차량은 넘쳐나니까."

그는 시료를 떼내어 미국과 독일과 일본에 보냈다. 미국 수사 기관은 차량의 도장용 페인트를 데이터베이스로 보유하고 있었다. 그건 미국 차량이었고 마침 출시한 지 얼마 되지 않은 모델이었다.

"경찰에서 범인을 잡았어. 차량을 운전한 사업가는 혼자였다고 밝혔지만 수사관 직감은 틀리지 않았지. 조사해보니까 조수석에는 막 뜨기 시작한 여자 탤런트가 앉아 있었다는 거야. 탤런트도 참고인 조사를 받은 모양이야. 그런데 그 여자가 대단했어. 사업가가 대단한지도 모르지만. 어떻게 했는지 경찰 입을 틀어막았어. 드라마에도 멀쩡하게 계속 나왔고. 탤런트가 운전을 한 것 같다는 직감이 들었지. 제가 잠깐만 운전해봐도 될까요. 그러지 않았겠어? 경찰도 그렇게 생각했을 거야. 그런데 사업가가 완강하게 자신의 짓이라고 주장하니까 어떻게 더 해보지를 못했지."

"지금도 나오는 배우입니까?"

양원진은 궁금한 나머지 답을 듣지 못할 것을 알면서도 물었다.

"아냐. 사고를 낸 몇 년 후에 은퇴해 차를 운전한 사업가와 결혼을 했어. 그 사업가도 항소심에서 집행유예로 풀려나왔거든. 돈을 어찌나 퍼부었는지 유족이 사업가를 선처해달라는 탄원서를 낼 정도였으니까. 그래서 진실은 묻혀버린 거야. 그들 부부가 헤어져도 이제는 진실을 살려내기는 힘들겠지."

누군가 분석실에 들어서면서 심각한 표정으로 잃은 진실을 아쉬워하는 윤재천에게 큰 소리로 말했다.

"또 자동차 페인트 이야기인가? 이봐, 신참. 그런 이야기에 속지 말게. 들려줄 때마다 사건 내용이 달라지니까 말이야. 도대체 그 차 운전자는 몇 번이나 바뀌는 거야."

디지털분석과의 김 팀장은 통통한 얼굴에 가슴은 좁고 팔은 가늘었다. 큰 눈은 선량한 인상을 주지만 꾹 다문 입술은 강하고 고집스러워 보였다. 양원진이 고개를 숙여 새로 온 연구보조원이라며 인사했다.

"반가워. 시간 나면 우리 팀에 놀러오게. 재미있는 이야깃거리는 우리 팀에 훨씬 더 많아."

"무슨 일을 하십니까."

"우린 문서나 도장, 필적이 진짜가 맞는지 조사해. 위조지폐도 감식하고. 우리 팀이 재미있어. 미세증거팀은 말이야. 금속이나 섬유 조각과 씨름한다고 세월을 다 보내. 게다가 세상에 섬유와 금속 조각이 얼마나 많은가 말이야."

자동차 도장용 페인트 프로젝트에 붙은 연구보조원은 세 사람이었다. 원진을 뺀 두 사람은 금속공학과 대학원생이었다. 그들은 시간이 지나자 처음 보였던 호기심을 잃고 비슷비슷한 반복 작업으로 보이는 일을 권태롭게 처리했다. 그들은 범죄와 관련된 무엇을 만지거나 조작하는 일을 불길하게 여겼다. 부검실의 해부대에 올린 시신을 메스로 열어 심장과 위장을 꺼내서 무게를 재고 내용물을 분석한 이야기를 하면 여자 보조원은 점심을 아예 먹지 못했다. 그들에게 연구원은 핏물 가득한 도살장과 비슷해서 연구원 바깥에서 하는 프로젝트를 선호했다.

양원진은 국립과학수사연구원의 분위기가 마음에 들었다. 수사연구원은 공리공론을 논하는 곳이 아니라 진실을 캐내는 장소였다. 진실은 명확했고 힘찼다. 그곳이 밝힌 감정 결과는 관계된 몇 사람의 운명을 뒤바꿔버리기 일쑤였다. 진실의 힘이었다.

양원진은 대학원을 졸업하고 국립과학수사연구원의 채용 시험에 응시했다. 밀려드는 DNA 감정 때문에 유전자를 감식하는 보건연구사만 채용 인원이 많았고 나머지 부서는 인원이 얼마 되지 않았다. 원진이 보조원으로 일했던 자동차 페인트 프로젝트 국장이 면접위원 중 한 명이었다.

프로젝트 국장이 양원진에게 수사연구원에 지원한 동기를 물었다.

"세상에는 많은 거짓이 돌아다니고 있습니다. 진실을 찾으면 벌을 받아야 할 사람과 억울한 사람을 골라낼 수 있지요. 진실을 가려내는 업무가 매력 있습니다. 우리는 정의를 수호해야 합니다."

면접위원들은 그의 대답을 마음에 들어 했다. 면접위원 한 사람이 지원자가 우리 연구원 간부인 것처럼 말한다고 하면서 웃음을 머금었다.

다른 면접위원이 원진에게 물었다.

"과학수사를 통해 거짓과 진실을 완벽하게 가려낼 수가 있을까요?"

그는 시원하게 대답했다.

"예. 저는 확신합니다."

양원진의 강한 확신이 불안했는지 끝자리에 앉은 면접위원이 물었다.

"과학은 완벽해도 불완전한 인간이 다루는 일은 빈틈이 있을 것도 같은데."

양원진은 질문을 되새겨보고 여전히 자신감에 차서 대답했다.

"우리가 노력하면 측정과 검사에서 오류를 극복할 수 있다고 생각합니다."

원진이 화학분석과에서 처음 맡은 일은 혈중 알코올 수치 측정이었다. 운전자 혈액에 든 알코올 양을 측정하는 작업은 자동화된 기계가 처리했다. 그는 수치를 확인하고 경찰서에 혈중 알코올 수치를 기재한 감정서를 통보했다. 감정서에는 특별한 이의가 없으면 일주일 후에 증거물을 폐기한다고 인쇄되어 있었다.

반복되는 작업으로 타성에 젖을 즈음에 감정서를 보낸 경찰서에서 연락이 왔다. 경찰관은 감정서 번호를 말하고 채취한 혈액 표본이 남아 있는지 물었다.

"폐기했습니다. 무슨 일인가요?"

"음주운전 피의자가 자신은 절대로 술을 마시지 않았다는 겁니다."

양원진은 경찰관에게 물었다.

"음주측정기의 수치도 0.07을 넘었는가요?"

"그렇습니다."

"음주측정기와 혈액에서 거의 같은 수치가 나왔는데도 억지를 부리는 모양이죠?"

"그게 조금은 이상한 건 단속 당시에 사람이 멀쩡해 보여서요. 사회적 신분이 있는 분이라 꼭 억지만은 아닌 것 같습니다만."

그는 대화를 끝내기로 마음먹었다.

"규정대로 혈액을 폐기해버려 방법이 없을 것 같습니다."

"아. 네. 그렇죠. 죄송합니다. 감정서를 받으면 대개 승복하는데 이번은 별난 사람이 돼서."

양원진은 선임연구원에게 혈중 알코올 측정 건을 이야기했다.

"검사 장비가 오류를 낼 수도 있나요?"

"장비 신뢰도가 99.99퍼센트이니까 확률로 따지면 만 명에 한 명은 틀린다고 봐야겠지. 그래도 알코올 수치가 차이 날 뿐이지 아예 안 마신 사람을 만취자로 둔갑시키지는 않을걸."

양원진이 다시 물었다.

"DNA 분석 장비는 100퍼센트 완벽하게 사람의 DNA를 구별하지 않나요. 그건 같은 사람이 없지 않습니까?"

선임연구원은 고개를 흔들었다.

"100퍼센트 완벽한 건 이 세상에 없어. 몇십만 명의 하나든, 몇백만 명의 하나든 오류가 날 수 있지."

그는 놀라 다시 물었다.

"그럼 DNA 분석에서 살인범을 잘못 잡을 수도 있다는 말인데요."

"이론이 그렇다는 거고 보조 증거도 있으니까. 하여튼 절대에 가깝지만 절대는 될 수 없어. 절대라는 말은 신의 영역이야."

양원진은 몇십만의 1이라는 비율이 마음에 걸렸다. 완벽을 원한 그는 검사용 혈액에 혀를 대서 알코올을 맛보고 싶은 충동에 시달렸다. 그건 기계를 따르지 못하는 원시적인 감각이었으나 내가 통제할 수 있는 몸에 속해 있었다. 계기판에 나타나는 수치는 언제나 일말의 불안감을 일으켰다. 하지만 측정 기계는 원진의 혀보다 정확함이 분명해 그런 사실을 되새기면 그는 초라해지곤 했다.

디지털분석과의 김 팀장이 양원진을 자신의 사무실로 불렀다.

"혈중 알코올 분석은 할 만해?"

원진은 자기도 모르게 따분한 얼굴로 변했다.

"재미없습니다. 분석 기계가 다 해내니까요. 전 수치를 확인할 뿐입니다."

"신입이 맡는 일이란 다 그래. 경찰도 감정서에 찍힌 국립과
학수사연구원 도장이 필요할 뿐이야. 공인된 수치로 음주운전
자 면허를 정지시키고 벌금을 때리면 사건 하나가 정리돼. 경찰
도 음주운전 사건은 재미없고 지루해. 우리 연구원 일이 대부분
지겹기 짝이 없지. 유전자 분석을 하는 법유전과도 마찬가지야.
유전자염기분석기를 돌리면 DNA의 유형을 깨끗하게 정리해줘.
요령만 익히면 우리 일은 고등학교 졸업생도 할 수 있다고."

고졸도 할 수 있는 일이라니 연구원이 좋아할 말은 아니었다.
김 팀장 머리를 차지한 원형 탈모가 더 커 보였다. 양원진은 김
팀장의 통통한 얼굴을 쳐다보며 말했다.

"팀장님이 맡은 분야는 흥미 있습니까?"

"필적이나 인영을 조사하면 꽤 재미있어. 문서와 서명이 위조
나 변조됐는지 가려내는 일도 괜찮아. 필적이나 도장이 누구 것
인지를 가려내다 보면 뭐라고 할까, 그 일을 저지른 마음이 느껴
져. 뭔가를 자신이 원하는 대로 이루고자 하는 욕망 말이야. 위
조지폐 용지를 인쇄기에 올릴 때의 심정. 특수 잉크를 넣고 지폐
를 돌릴 때의 기대감. 거기에는 이야기가 있고, 감정이 흐르고,
인간의 의지가 박혀 있어. 위조지폐를 가만히 들여다보면 말이
야, 사람의 욕망을 밀어내는 심장박동이 들려. 그런데 분석관이
이런 재미있는 분야를 피하고 있으니 답답해. 이봐. 위조지폐 분
석을 맡고 싶은 생각이 없나?"

양원진은 김 팀장의 제안에 놀랐다.

"제가요? 전 위조지폐를 배우지 않았습니다."

"위조지폐를 공공연히 배우는 사람이 어디 있겠나? 화학공학을 전공했잖아. 지폐와 화학은 밀접한 관계야. 화공과를 나온 건 중요한 자격이고."

"김 팀장님과 제가 있는 부서가 다르지 않습니까?"

"그건 걱정할 거 없어. 어느 부서든지 전문가를 길러내겠다고 하면 위에서도 인정해주니까. 위조지폐 분야는 전문가를 길러내기 쉽지 않아. 하겠다고 마음먹으면 내가 힘써볼게. 하나은행과 한국은행에는 오랜 경험을 쌓은 감식전문가가 근무하고 있고. 그들 감식안은 대단해. 냄새를 맡고서도 위폐를 가려낸다니까. 위폐를 만든 잉크에선 불쾌한 냄새가 난다는데 난 그 말을 믿지는 않아. 어쨌든 그들은 코만 대고서도 위폐를 가려내. 위폐범들에게 다행스럽게 그런 전문가는 수가 적어. 돈으로는 결코 살 수 없는 숙련된 기술이야. 그들도 국립과학수사연구원에는 경험과 요령을 아낌없이 전해주니까."

원진의 마음이 김 팀장에게 기울어졌다. 그는 위조지폐와 문서와 서명 그리고 필적을 둘러싼 이야기와 참과 거짓, 진짜와 가짜의 대결이 맘에 들었다.

며칠 후에 늘 사람 좋은 미소가 떠나지 않는 엄 과장이 양원진을 불렀다.

"문서와 지폐 감식 업무를 배우겠다면서."

그는 신입연구원이 위조지폐 업무를 배우겠다는 동기가 궁금한 얼굴이었다.

"예."

원진이 대답하자 엄 과장은 걱정이 앞서는 모양이었다.

"먼저 말해두지만 김 팀장 밑이 쉽지는 않아. 그 양반이 일은 잘하지만 개성이 강하거든."

원진은 말없이 엄 과장의 이야기를 들었다.

"김 팀장이 나와 같이 들어왔어. 그런데 신참에게 이런 말을 하기는 뭣하지만 김 팀장은 상사와 관계가 좋지 않아. 그래서 아직 선임연구원 신분을 벗어나지 못하고 있다니까. 한마디로 성미가 있어. 위에서 뭐라고 하든 자기가 한 분석이나 보고서에 대한 고집을 꺾지 않아. 그래서 김 팀장 아래에서 업무를 배우려는 직원이 잘 붙지를 않지."

"감식이 틀렸습니까?"

"아냐."

엄 과장은 고개를 흔들었다. 그는 설명하기 곤란한 내용을 어떻게 말하면 좋을까 생각하면서 이마를 찡그렸다.

"분석 능력은 출중해. 업무 책임감도 강해. 하지만 조직이 좋아할 유형이 아니야. 반항아 기질이 있거든. 김 팀장 아래에서 문서와 화폐 업무를 배우면 장점과 단점이 있어. 전문 분야 하나를 통달한다는 장점이 있고, 대신에 불가피하게 따라오는 손해가 있어. 어떤가?"

과학수사연구원에선 김 팀장을 배척하는 분위기가 묘하게 깔려 있었다. 상사들은 그를 꺼려했고 동료나 후배들도 그와 밀착하려들지 않았다.

김 팀장은 그런 주변 분위기에 구애받지 않았다. 그는 요청받는 문서와 화폐 감정에 집중할 뿐이었다. 휴일에 만난 서울과학수사연구소 선배가 김 팀장을 멀리하는 이유를 알려주었다. 선배는 김 팀장이 업무는 잘하니 일을 배우면 빠져나오는 것이 좋겠다며 말했다.

"김 팀장이 상사의 감정 부탁을 거절했거든. 두 번이라고 들었어. 노인 재력가와 여대생이 일종의 연애계약서를 만들었는데 어떤 경우에도 여자가 아이를 가지면 안 되고 만에 하나 가지면 바로 중절을 하도록 되어 있었대. 그런데 똑같은 계약서가 두 장이 나왔는데 한 장은 아이 관련 조항이 없었어. 그 여자는 고의인지 하필 임신을 했고 서로 중절 문제로 시비가 된 거야. 배상금과 위자료 문제로 소송이 붙었고 재판 도중에 계약서 진위가 문제됐어. 여기 간부가 김 팀장에게 부탁을 한 걸로 알고 있어. 감정 잘해달라고. 그 말이 뭘 뜻하겠어. 본원이 서울 신월동에 있을 때 사건이야."

"그래서요?"

"노인 재력가는 빌딩 두 개에 엄청난 숫자의 아파트와 오피스텔을 가졌다고 했지. 현금이 좍좍 들어오는 임대사업자였던 거야. 로비로 쓸 돈도 많았겠지."

양원진은 조용한 시간에 김 팀장에게 그 사건을 돌려서 물어보았다.

"예전에 팀장님이 복잡한 감정을 했다고 들었습니다. 연애계약서라고 하던가요?"

김 팀장은 묻는 뜻을 금방 알아들었다.

"아, 그 감정 사건. 부장이 잘 챙겨달라고 부탁했는데 아무래도 그 윗선에서 내려온 것 같았어. 그래서 그 사람더러 내게 직접 전화를 하라 했지."

"그런 일이 있었군요."

"그게 우리 원장인 줄 알았는데 행정안전부의 실세가 하나였고 그보다 높은 라인이 하나 더 있었어. 생각해보겠다고. 일단 실물과 감정본을 자주 보겠다고. 나도 나름 대비를 해두었지. 그런 종류의 부탁은 녹음해두고 사건경위서와 자료를 날짜별로 정리해서 서명해둬. 녹음한 파일과 자료를 복사해서 몇 곳에 나눠 보관해두고. 옛날 조선왕조실록도 몇 곳에 보관했으니까. 나도 조상의 지혜를 응용한 셈이야."

원진은 궁금했다.

"그래서요?"

김 팀장이 말했다.

"난 문서와 필적과 서명이 내게 말해주는 대로만 감정해. 서로가 대화를 하는 거야. 이봐, 진실을 말해줘. 그러면 종이와 획과 운필이 술술 말을 해준다니까. 그 외에는 누구도 내게 말하지 못해. 내가 입을 막아버리니까."

김 팀장은 자신의 대처 방식에 자신이 있었다.

"청탁 자료를 챙기고는 윗선에 아무 대답도 하지 않는 거야. 날 흔들거나 불이익을 주면 터뜨리는 거지. 인사 발표가 나기 하루 전에 나를 엉뚱한 지방 연구소로 보낸다는 정보가 들어왔어. 외곽에 가서 몇 년 썩으면 감식 기술도 녹슬어버리니까. 인사책임관에게 따졌지. 날 보내는 이유가 뭐냐고. 순환보직이라고? 말도 안 돼. 인사책임관에게 말했어. 난 가지 않는다. 연구원장 따위가 아니다. 몽땅 터뜨리고 몽땅 날려버리겠다. 그랬더니 원래 자리로 돌아왔지."

원진이 물었다.

"정말 그렇게 할 생각이었어요?"

"그럼. 방송사와 신문사에 자동으로 메일이 발송되도록 조치해두었거든. 모두를 통째로 날리는 폭탄이 달렸으니까. 흥미진진해서 언론이 달려들기 딱 좋게 포장해서 말이야."

김 팀장이 어수룩한 웃음을 지었다. 그럴 때면 둥근 얼굴이 아기처럼 순수해 보였다.

"허풍이 아니야. 내가 반드시 해치운다는 걸 상대방도 알아야해. 몽땅 던져버리고 알몸이 되겠다고 작심하면 이겨."

"무일푼으로 말이에요?"

"그럼."

양원진은 오래전 김 팀장에게 들었던 무일푼을 각오하고 싸우면 이긴다는 말이 떠올랐다. 그가 감식하는 만 원 위폐는 혹시 맨몸으로 나가떨어져도 괜찮다는 범인이 만드는 건 아닐까? 장기간에 걸쳐 잡히지 않는 놈이라면 그에 합당한 무언가가 있을 터였다. 그는 감식통보서에 위폐의 특성과 분광기 검사 결과를 기재하고 자리에서 일어났다.

4

　권호 대표는 매달 두 번의 파티를 열었다. 파티는 첫째와 셋째 금요일 밤 10시에 시작해 다음날 새벽 1시까지 열렸다. 권호 대표가 미국 사모펀드 블랙스톤에서 일할 때 즐겼던, 사람을 사귀고 세상 이야기도 자연스럽게 오가는 파티를 한국에서 연 것이다. 파티는 한강을 낀 건물의 9층에서 열렸다. 9층은 건물 옥상으로 탁 트인 공간에서 도시 야경을 즐기는 루프탑 바였다. 실내는 격자무늬 양탄자를 깔고 중앙에 7미터 길이로 너도밤나무 원목테이블 바가 놓였다. 탁자에 놓인 작은 회색 램프와 천장에서 비추는 조명이 공간을 부드럽게 채웠다. 벽에 붙은 칵테일 바 진열대는 네 줄로 둥글고 네모나고 길쭉한 갖가지 모양의 술병을 전시했다. 진열대 양끝에 사각 청동 등이 걸려 은은한 빛을 내뿜고 흰 대리석인 스탠드는 바닥에서 조명을 받아 허공에 둥실 떠 있었다. 옥상에는 푹신한 가죽 소파와 탁자가 손님을 기다렸다. 펜스에 기대 바라보는 한강은 어둠과 강물에 반사한 빛으로 낮과 달리 좁은 여울처럼 느껴졌다. 강변을 따라 늘어선 빌딩과 아파트, 달리는 도로에서 차가 내뿜는 조각난 빛이 강을 떠돌아다녔다. 밤의 한강은 어둡지도 밝지도 않게 희끄무레하게 번지는 물감으로 길게 흘러갔다.

권호 대표는 한 달에 두 번 바를 통째로 빌렸다. 권호 대표가 돈을 쓰는 곳은 이 파티뿐이었다. 그는 독신으로 돈을 써야 할 가족이 없었다. 사는 곳은 고급 아파트 단지이나 크지 않은 아파트였고 골프를 치기는 하지만 비즈니스 때문에 마지못해 움직일 뿐이었다. 그는 요트를 사거나 헬기를 타고 다니지도 않았다. 여의도에서 사모펀드를 운영하는 사장이 권호 대표를 요트에서 열린 선상파티에 초대한 적이 있었다. 패러티730 요트는 22미터를 넘는 길이에 침실이 세 개였고 호두나무를 간 호화로운 응접실이 돋보였다. 권호 대표는 선상파티에서 칵테일 한 잔만 마시고 대화에 끼지 않았다. 초대한 사람 낯을 봐서 지켜야 할 최소한의 시간이 지나자 그는 다른 약속이 있다며 화려한 요트를 떠났다.

권호 대표가 돈을 쓰는 곳은 하나 더 있었다. 금 수집이었다. 그는 로마 시대 금화, 스페인과 영국, 프랑스 중세의 금화를 수집했다. 인물이 새겨진 금화를 아꼈고 로마 황제가 새겨진 금화를 특히 좋아했다. 권호 대표가 금화에 새겨진 로마 황제에게서 권위와 힘을 찾는 모습을 상상하면 그다웠다. 베네치아 공화국이 만든 두카트 금화도 좋아한다고 했다. 월드컵과 올림픽 개최 국가가 발행한 기념 금화도 모았다. 금으로 만든 예술적 가치가 높은 목걸이와 장신구도 좋아했다. 금은 나라와 계급과 이념을 초월한 지구적인 돈이었다. 금은 변질되지 않았고 손상되지 않았다. 미국이 달러 지폐를 마구 찍어 뿌릴 수 있었지만 금을 뿌릴 수는 없었다. 권호 대표는 벌어들인 돈으로, 그러니까 언제든지 휴지로 전락할 수도 있는 지폐를 금으로 바꾸는 일에 인생을 바치는 셈이었다. 권호 대표는 그렇게 모은 온갖 종류의 금을 집에 있는 특수금고에 보관했다. 내화 처리가 된 금고는 보안 시설을 친 방에 들어 있었다. 금고는 고사하고 금고가 있는 방에 들어가는 것 자체가 불가능했다. 권호 대표의 수집품이 대단하다는 소문은 돌았지만 수집품을 본 사람은 없었다. 그는 자신의 수집품을 꺼내서 순금의 광채를 혼자만 감상한다고 알려졌다. 딱 한 사람 금 컬렉션을 본 투자자가 호화롭고 뛰어난 수집품에 입을 다물지 못했다는 소문만 확실치 않게 돌아다녔다.

루프탑 바 파티는 39명만 들어왔다. 투자 은행이나 사모펀드와 같은 금융계 인사는 거의 없었다. MT삼조회사 직원은 한남수를 비롯한 세 명뿐이었다. 다양한 직업의 다양한 나이대의 사람들이 참석했는데 권호 대표가 이 사람들을 어떻게 선택해서 초대하는지는 미지수였다. 화학자와 반도체 연구원, 전기배터리 전문가는 투자할 회사 발굴에 도움이 될 것 같았지만 그럴 것 같지 않은 화장품회사의 인턴 청년에다 은퇴해서 자원봉사를 하는 나이 지긋한 노인도 있었다. 이제 연극에 두 번 출연한 새내기 배우에 여자 경찰이 있기도 했다. 한두 명씩 끼여 있는 유명인에게는 상당한 참석 보수를 지급한다는 근거를 찾기 어려운 소문도 떠돌았다. 한번 초대를 받으면 세 달, 즉 여섯 번을 참석할 수 있었다. 권호 대표는 세 달마다 파티 참석자를 바꾸는 셈이었다. 세 달이 끝날 때 참석자 중에서 선발된 15명 정도는 다음 팀에도 들어와 2년 가까이 고정 손님이 된 사람도 여럿이었다. 파티 참석자의 성격이나 취향은 다양했다. 어떤 사람은 과도한 사회참여를 찬양했고, 어떤 사람은 철저한 개인주의에 야구광으로 타율과 투수에 관한 전문적인 지식을 늘어놓아 사람을 짜증나게 만들었다. 어떤 여자는 성적 일탈을 비난했고 어떤 여자는 자유분방했다. 사람 성향을 나눠서 이 사람은 이렇고, 저 사람은 저렇다며 꼬리표를 붙이고 은밀하게 관찰한 결과를 공표하는 사람도 있었다. 사람을 모으고 대화의 중심에 늘 서 있으며 결점이라곤 하나도 없어 보이는 남자가 있는가 하면 수줍게 구석에서 칵테일을 홀짝이며 그 맛에 반해 혼자 인간적인 미소를 짓는 사람도 섞였다.

　권호 대표는 파티 참석자를 극진히 대접했다. 이름난 셰프가 아래층에 있는 부엌에서 음식을 만들었다. 흰 접시에 딸기와 크림을 넣은 달콤한 과자가 놓였다. 속을 채소로 채우고 피가 얇은 이태리 만두에다 생선살로 만든 완자에 치즈를 올린 요리가 있기도 했고 새우에 냉채를 곁들인 샐러드가 나오기도 했다. 접시에 담긴 안주는 정성스럽게 모양을 내고 옆에 과일 몇 조각을 담아 맵시 있게 나타났다. 고급 와인과 위스키 그리고 중국과 일본의 술이 아낌없이 나왔다. 칵테일을 원하면 바텐더가 바로 냈다. 새벽 1시에 파티를 마치면 모범택시를 불러 손님을 집까지 모셔주거나 입이 무거운 경비업체 직원이 대리로 운전을 했다.

권호 대표는 파티를 주최한 주인으로 정장을 하고 나타났다. 투 버튼 상의에 흰 와이셔츠, 넥타이핀까지 꽂고 모자를 썼다. MT삼조회사에서 평상복으로 근무하는 모습과는 딴판이었다. 업무에 집중할 때는 평상복, 부담 없는 파티에서는 정장이었다. 그는 위스키를 한 잔 들고 다니며 신중하고 예의 바르게 손님들 사이에 끼어들었다. 낮의 권호 대표는 냉철하고 위엄에 찼다. 밤의 권호 대표는 낮의 모습보다 두 계단 아래로 내려서서 여유 있는 모습에 유머를 구사했다. 모임에 참석한 손님은 친교를 즐기며 제약 없는 담소를 즐겼다. 파티에는 몇 명 분위기를 띄우는 사람들이 섞여 웃음이 터졌고 새벽 1시에 자리를 떠나는 모두가 나른한 즐거움에 싸였다. 루프탑 바의 세 시간은 단언컨대 웬만한 모임 몇 배 가치를 자랑했다.

권호 대표의 파티는 우아했고 말썽이 없었다. 한번 파티에 참석한 손님은 다음에 열릴 금요일 파티를 기다리게 되었다. 손님들이 이 파티를 왜 개최하는지 권호 대표에게 묻기도 했다. 권호 대표는 말했다.

"허리 숙이고 종일 일하다 몸을 쭉 펴는 기분이죠. 지하실에 갇혀 있다 화창한 공원에 나왔다고 할까요."

한남수는 권호 대표가 파티를 통해 돈에 관한 감각을 잡는다고 생각했다. 침술사가 아픈 어깨의 반대쪽 손가락 끝에 침을 놓듯이 권호 대표는 금융 정보와 투자 판단으로 굳어진 자신의 신경을 풀고 감각을 예리하게 벼리기 위해 파티를 이용하는 것이었다. 그게 파티에 드는 비용과 시간에 대한 합당한 해석이 아닐까. 그것도 한남수가 내린 엉뚱한 판단일지 몰랐다. 권호 대표가 한국 사회를 살아가는 온갖 사람이 모인 파티에서 어떤 보석을 캐고 있는지는 그 혼자만이 알고 있을 터였다.

한남수는 감식가 양원진을 파티에서 만났다. 9월의 밤은 한강에서 불어오는 바람으로 선선했다. 양원진은 한강을 바라보는 소파에 몇 사람과 같이 앉아 있었다. 탁자에는 도자기 모양의 스탠드 라이트가 은은한 빛을 흘리고 있었다. 옥상은 한강 조망이 가리지 않도록 담 대신에 튼튼한 펜스를 세워놓았는데 소파에 앉으면 아무래도 펜스가 눈에 거슬렸다.

양원진은 국립과학수사연구원에서 문서와 화폐 감식을 한다고 자신을 소개했다. 국립과학수사연구원은 예전에 서울 신월동에 본원이 있었는데 원주의 혁신도시로 옮겨갔다. 양원진은 주말에 서울의 아파트에서 지내다 월요일 일찍 청량리역에서 무궁화호 기차로 원주로 출발했다. 서울의 직장인 통근 시간보다 그다지 오래 걸리지 않았고 기차에 앉아 자료를 여유 있게 볼 수도 있었다. 업무가 밀리면 원주에서 주말을 보냈지만 주말에 서울을 기차로 오고 가면 먼 곳을 여행 다닌 낯선 느낌에 잡히면서 즐거웠다. 같은 자리에 앉은 방송작가가 물었다.

"원주는 다닐 만해요?"

"괜찮은데 겨울엔 춥습니다."

"한적하고 외로울 거 같아요."

"거기도 도시죠. 있을 거 다 있고. 서울이 지나치게 비좁은 편 아닌가요."

무궁화호 열차는 청량리역에서 원주역을 거쳐 정동진역까지 달렸다. 청량리역에서 원주역까지 70분이 걸렸다. 무궁화호 열차는 객차 외관에 칠이 벗겨진 곳이 드문드문 보였으나 객실은 괜찮았고 좌석도 편안했다. 청량리역을 출발하면 기찻길을 따라 낡은 주택과 아파트가 이어지는 곳까지 느리게 달리다 중랑천을 지나면 속도를 올렸다. 북한강을 지나 논밭과 비닐하우스가 보이고 멋진 전원주택과 농가가 어울린 마을이 나타나기도 했다. 서울이란 대도시에서 원주역에 도착하면 갑자기 시간이 옛날로 되돌아간 느낌이 들었다. 자그마한 원주역은 오가는 승객들이 편안하게 다니는 기능에 충실한 검소한 장소였다. 원주역 앞으로 나오면 중소도시의 소박한 역 앞 모습이 펼쳐졌다. 건물은 낮았고 지나가는 사람 발걸음은 느리고 편안한 기운이 감돌았다. 역 앞에서 손님을 기다리는 택시 기사도 그다지 급할 게 없다는 표정이었다. 역 오른편에 높이 선 급수탑이 눈에 띄었다. 1940년

대에 증기기관차에 물을 공급해주던 흰색 급수탑은 오래전에 증기차가 사라지면서 급수할 기차를 잃어버렸지만 여전히 꼿꼿하게 원주역을 지켜보았다. 역 앞의 도로를 건너면 임진왜란 전투에서 죽은 원주 목사의 비와 원주가 발전하기를 기원하는 곡선 형태의 상징탑이 아담하게 서 있었다.

원진은 원주역에서 택시를 타고 혁신도시에 있는 국립과학수사연구원으로 갔다. 매주 월요일 아침이면 되풀이하는 출근이었다. 택시는 큰 도로를 타지 않고 원주하천에 놓인 치악교를 건너 샛길로 달렸다. 밭과 언덕과 집들이 띄엄띄엄 있는 시골처럼 보이는 길이었다. 택시 기사는 원주역에서 10분 정도 걸리는 국립과학수사연구원까지 달리며 한적한 이 동네가 곧 개발된다고 말했다. 그러나 그 개발은 언제 실현될지 감감해 매년 길옆 밭에는 감자와 옥수수가 심겨졌다.

한강에서 파티장으로 시원한 바람이 불어왔다. 양원진 옆에 앉은 치과 의사가 관심을 보였다.

"과학수사연구원이라, 드문 직업이네요. 이야깃거리도 많을 것 같고."

맞은편에 앉은 중국사 박사인 여자가 말했다.

"과학수사라는 말이 멋있어요. 어떤 범인도 놓치지 않고 딱 잡아넣을 것 같은 어감이에요."

양원진은 거북함이 담긴 목소리로 말했다.

"그게 간단하지 않습니다."

그랬다. 과학수사 분야에 근무한다면 사람들은 평소의 궁금한 사건이나 주변의 고민을 물어보기 일쑤였다. 양원진이 범인을 체포하거나 직접 수사에 종사하는 사람이 아님에도 사람들은 그게 그거지 하는 표정으로 그쪽 분야의 사람이니 마땅히 알겠지 하는 어조로 윽박지르다시피 질문을 내놓았다. 자신이 저지른 사건을 친구가 벌인 일처럼 포장해서 알아보기도 했다. 귀찮기 짝이 없었다. 마땅한 해법이 없는 사건이 대부분이라 시간을 들여 답변을 해도 그 정도 답이야 이미 알고 있다는 눈빛으로 심드렁한 반응이 돌아오기 일쑤였다. 겨울밤에 도로에 세워둔 트럭을 타고 집으로 돌아온 운전사가 있었다. 운전사는 다음날 아침에 사망 사고를 내고 도주한 용의자로 체포되었다. 그는 영문을 모른 채 경찰서로 와서야 자신이 어제 몰았던 트럭 앞바퀴에 만취한 사람이 앉아 있었음을 알게 되었다. 운전사는 트럭 시동을 걸면서 바퀴에 뭔가가 걸린 느낌을 받았지만 아마도 돌이거나 도로에 떨어진 잡동사니로 생각하고 무심히 집으로 돌아온 것이었다. 겨울밤의 도로는 어두웠고 하필이면 그 앞의 가로등은 고장 나서 꺼져 있었다. 어때요? 운전사가 도주한 것이 맞겠지요?

묻는 사람은 제시한 상황에 명쾌한 답변을 기대하고 있었다. 간단치 않았다. 제대로 답하려면 혈흔과 시신의 위치와 장기와 뼈의 파열 각도와 타이어의 흔적과 운전사의 진술과 도로 구조 등 수십 가지의 조사가 필요한 상황이지만 마치 아픈 강아지를 동물병원에 데리고 와서 수의사라면 강아지 얼굴만 보고서도 병을 알아맞혀야 한다고 추궁하는 것과 같았다.

양원진은 자신의 경계심이 깔린 태도에 미안함을 느끼며 중국사 박사에게 물었다.

"어느 시대를 전공했어요?"

"청나라. 그중에서 아편전쟁과 태평천국의 난이에요."

대화를 듣던 한남수가 끼어들었다.

"기억납니다. 태평천국의 난을 일으킨 홍수전이 예수의 동생이라고 주장했죠."

한남수는 태평천국의 난을 알게 되며 역사의 모순에 놀랐다. 홍수전이 며칠을 환상에 시달리다 자신이 예수의 동생으로 태평천국을 건설해야 한다는 사명을 받았다며 전도에 나섰다. 홍수전이 대군을 일으켜 전쟁을 벌인 역사는 한 편의 거대한 거짓말로 느껴졌다. 수많은 사람이 전쟁 도중에 죽었고 성이 파괴되었으며 영국을 비롯한 외국군까지 들어와서 진압을 한 기록이 있으니 아마도 사실일 것이다. 그러나 그 엄청난 사건이 지나간 오늘에 살펴보면 그 진행 과정이 너무도 환상이고 꿈같아 사실 같지 않았다. 태평천국의 난이 일어난 시대에 살아서 그 사건에 휩쓸렸다면 시대의 한계에 갇혀 전모를 볼 수도 없고, 온갖 헛소리와 거짓말에 휩쓸렸을 테니 역시 진실을 알아내기 어려웠을 것이다. 한남수가 중국사 박사에게 이런 말을 하자 그녀는 즐겁게 웃었다. 뭐라고 말하든, 홍수전은 존재했던 인물이고 태평천국의 난은 시작과 중간과 끝이 있는 실체라는 것이다. 중국사 박사가 양원진을 향해 말했다.

"그게 역사고 인생이 아닐까요. 홍수전이 과거 응시자에서 반란군 두목이 되듯, 우리 삶에서도 형사가 범죄자로, 평범한 시민이 살인자로 바뀔 수 있죠."

한남수가 말했다.

"드라마에 자주 나오죠."

"드라마가 아닌 실제가 더 극적이에요. 제가 아는 분인데 결혼해서 아이를 둘 낳은 오십대 주부가 뒤늦게 레즈비언 정체성을 깨닫기도 했어요. 홍수전같이."

"그러니까 현실이 더 극적이라는?"

"맞아요. 현실은 그 어떤 드라마도 훌쩍 뛰어넘어요. 현실은 소설보다 더 소설적이죠. 우린 그걸 의심하면 안 돼요. 이건 사모펀드가 회사를 하나 인수해서 숫자로 실적을 나타내는 것과는 차원이 달라요."

"무슨 말씀을. 회사를 인수해도 시작과 중간과 끝이 있고 극적인 변신이 기다려요."

"태평천국의 난도 똑같다니까요. 그건 너무 많은 사람이 몰리며 서로 영향을 주고받아서, 온갖 재료를 넣은 커다란 케이크를 닮았죠. 케이크는 존재하고 맛도 있지만 그 안에 섞여 들어간 재료를 하나하나 구별해내기는 어려워요. 그래서 케이크는 이상하게도 케이크의 재료로부터 분리된 독자적인 물체로, 개성 강한 맛으로 느껴진다니까요."

한남수가 양원진에게 어떻게 생각하느냐고 물었다.

"저희 감식가는 눈앞에 놓인 증거를 조사한다고 정신이 없어서요. 역사인 태평천국의 난이나 극적인 현실에 대해서는 드릴 말이 없군요. 그보다 사모펀드가 회사를 인수해서 이익을 남기는 과정이 이해가 되지 않아요."

한남수가 말했다.

"인수한 회사가 잘 풀리지만은 않습니다. 회사 영업이 안 되거나 생각지도 못한 변수가 터져 망할 때도 있고요."

양원진이 그런가요 하며 궁금했던 점을 말했다.

"소유자가 바뀌고 경영자를 갈면 회사가 이익을 낸다는 것이죠. 마법사가 벌이는 마법 같기도 하고요."

한남수가 말했다.

"자본주의 기업에서 소유자와 경영자가 바뀌는 건 다 바뀌는 거지요."

"하지만 직원도 있지 않습니까?"

"직원이야 있지만 홍수전을 따르는 군중과 같아요. 지도자가 방향을 바꾸면 통째로 옮겨옵니다. 기업은 싸게 사서 비싼 값으로 되파는 상품과 다름없어요."

"놀랍군요. 정말 그렇게 생각하세요?"

"기업이란 조직 속성이 그렇지요. 그런데 어떻게 국립과학수사연구원에서 감식을 하게 됐습니까?"

중국사 박사와 치과 의사도 궁금하다고 말했다. 양원진이 말했다.

"그게 간단하지 않습니다. 숨겨진 진실을 찾고 싶었다고나 할까요."

치과 의사가 말했다.

"진실이라, 어렵군요. 진실이 과연 있기는 한 걸까요. 인간이란 필요에 따라 진실을 만들어내는 동물 아닐까요."

"부정적이네요. 사람을 괴롭히는 충치가 있듯 있지 않을까요."

중국사 박사가 물었다.

"위조지폐를 감식하면 기분이 어때요?"

양원진이 감식하는 위폐 상당수는 허접했다. 감식실에 설치된 분광기를 거치지 않아도 자세히 보면 이상한 점이 눈에 띄었다. 경찰에서 감정 의뢰를 하면 양원진은 맨눈으로 위폐임을 확인해도 어쩔 수 없이 분광기에 올렸다. 분광기를 통해 얼룩덜룩한 색과 까맣게 죽은 홀로그램과 선이 흐릿한 초상화를 확인하고 감정서를 썼다. 이런 돈을 만드는 범인은 위폐를 쓰는 방법도 엉성해서 오래 버티지 못하고 잡혔다. 2년째 감정이 들어오는 끝자리가 7534와 2197인 위폐는 달랐다. 양원진은 그것을 불빛에 비춰보고 기울여서 다시 보았다. 홀로그램의 이미지가 다른 형태로 변하지 않았다. 지폐의 촉감은 진폐와 비슷했다. 원진은 범인이 75퍼센트의 면에 25퍼센트의 마를 섞은 반죽을 사용해서 실제의 지폐와 비슷한 질감을 내는 용지를 사용한다고 추정했다. 손이 많이 가는 작업이었다. 아니면 어디선가 비밀스러운 경로를 거쳐 지폐 용지를 구했을까? 늘 양원진을 들뜨게 하는 이런 깊숙한 이야기는 파티에서 즐길 소재는 아니었다.

"위폐로 판정하면 갑갑하죠. 이런 쓸데없는 위조를 왜 하나 하는."

"위폐로 돈을 번 범인이 있겠죠?"

"글쎄. 있을까요. 징역만 살죠."

중국사 박사가 은근하게 물었다.

"그런데 진짜와 가짜의 차이가 뭐죠?"

"예?"

"진짜 지폐와 가짜 지폐는 뭐가 달라요?"

"그거야 진폐는 한국은행이 보장하는……"

양원진이 얼버무리자 중국사 박사가 말을 잘랐다.

"어차피 종이잖아요? 금도 아닌. 어떤 종이는 천 원으로 찍혀 있는데, 어떤 종이가 만 원이나 오만 원으로 찍혀 있으면 그만큼 대우를 받죠. 천 원 지폐와 오만 원 지폐 제작 원가가 얼마 차이 날까요? 그러니 일종의 사기가 아니냐는 말이죠."

양원진에게 진짜와 가짜 경계는 분명해서 섞이지 않았다. 그는 자신의 눈과 촉감으로, 분광기와 입체현미경으로 가짜 돈을 가려냈고 진짜가 사는 세계에서 몰아냈다. 그건 태양이 매일 아침 뜨는 것과 같은 사실이었다.

"위폐가 돌면 경제 질서가 무너져버립니다. 누구도 서로를 믿지 못하죠."

양원진은 입에 익은 대답을 하면서 자신이 위폐로 인한 해로움을 말하고 있다고 깨달았다. 그는 한국은행이 뭘 보장하지 하는 생각을 잠시 했으나 곧 머리에서 사라졌다. 중국사 박사가 말했다.

"글쎄요. 난 월급을 현금으로 받아본 적이 없어요. 은행 계좌로 들어오죠. 신용카드로 마트에서 물건을 사고, 식당을 이용하면 카드회사에서 내 구좌의 돈을 빼가죠. 난 돈을 구경도 못해봐요. 통장에 찍혀 있는 숫자를 거래할 뿐이라니까요. 지폐 없이도 사는 데 지장 없어요. 무너질 질서도 없을 것 같은데요."

중국사 박사는 과학수사 감식가에게 평소 지녔던 의문을 캐물었다. 양원진은 처음 만난 사람이 내민 의문에 밀린다는 느낌으로 당황스럽게 말했다.

"은행 계좌에 찍힌 숫자도 화폐의 공신력으로 지탱되지 않을까요? 우리가 숫자에 불과한 종이를 걱정 없이 거래하는 것은 그만큼 지폐 시스템이 안전하게 정착해서죠."

"그렇다면 결국 신뢰의 문제겠죠. 우리는 중앙은행이 발행한 지폐를 종이에 불과하지만 믿죠. 그런데 만약 심각한 인플레이션이 발생해 지폐를 믿지 못하면 지폐는 그냥 휴지로 전락해버리는 거죠. 빵 한 쪽을 사기 위해 과거 어떤 나라는 빵 열 배 무게의 지폐를 들고 가기도 했다니까. 그러니 결국 지폐는 믿음과 연결돼요. 서양 중세의 신과 같은. 증명하지는 못하나 믿는."

중국사 박사는 전문가에게 요령 있게 말해서 뻐기는 말투로 이었다.

"그래서 진폐는 홍수전이 자신이 예수의 동생이며 태평천국을 건설해야 한다는 믿음과 같은 겁니다."

한남수는 중국사 박사의 말을 들으면서 구걸하는 노인을 떠올렸다. 노인은 돈은 제 갈 길을 가버린다고 말했다. 만약 화폐 시스템이 허황된 믿음에 불과하다면 돈이 가는 길 또한 헛된 것이었다. 쓸데없는 허튼소리였다. 돈이 차지한 자리는 굳건했고 지금 이 순간에도 사람들은 돈을 벌지 못해 아우성이었다. 돈은 추남을 미남으로, 낮은 학벌을 높은 학벌로, 무식한 사람을 교양 있는 자로 바꿔냈다. 돈은 모두를 손아귀에 쥔 황제였고 태평천국이었다.

한남수가 호기심을 보이며 양원진에게 물었다.

"색다른 시각이네요. 그런데 위폐범이 잡히지 않기도 하나요?"

"거의 없습니다."

"드물게나마 있다는 말씀이군요."

"있다 해도 한국 원화 위조는 잔챙이니까요. 달러를 정교하게 위조한, 흔히 슈퍼노트로 불리는 위폐 조직이 골치죠. 잡히지도 않고요."

한남수가 말했다.

"위폐범은 단지 돈을 벌려는 걸까요? 다른 목적은 없을까요?"

양원진이 대답했다.

"무슨 목적이 있겠습니까? 오직 돈을 바랄 뿐이죠."

한남수 생각은 달랐다.

"글쎄요. 돈을 벌기 위해 돈을 위조한다? 돈을 증오하기 때문에 위조할 수도 있지 않을까요. 세상에는 별난 사람이 많으니까요."

"아직은 보지 못했습니다만 그런 범행 가능성도 있겠네요."

한남수가 양원진에게 말했다.

"흥미롭네요. 언제 시간 되면 대화를 더 나누고 싶네요."

양원진이 환영한다며 말했다.

"제 아파트 옆 천희카페 커피가 근사해요. 주말에 자주 갑니다."

중국사 박사가 끼어들었다.

"사모펀드회사가 위폐도 모으려고요?"

한남수도 고개를 주억거렸다.

"그러게 말입니다. 투자수익률은 위폐 제조가 탁월하겠는데요."

한남수는 MT삼조회사 권호 대표가 모은 지폐 이야기를 꺼냈다.

"회사 대표가 일제강점기부터 지금까지 지폐를 모아놓았습니다. 저도 옛 지폐를 보며 가끔 생각하죠. 저게 도대체 무얼까 하고."

양원진이 말했다.

"옛 지폐라면 가격이 상당하겠는데요."

"옛 지폐의 가격을 다시 현재 지폐로 계산하면 그렇죠."

칵테일을 들고 지나던 여자가 끼어들었다. 어깨를 드러낸 풍만한 몸매의 소프라노였다. 그녀는 여럿이 모인 자리마다 대화가 끊어지면 이어주고 분위기를 온화하게 만드는 단골 멤버였다.

"머리 아픈 얘기는 잠시 쉬세요. 자. 칵테일을 한 잔씩 들고. 제가 멋진 분을 소개해드릴게요. 이번에 걸그룹 노래를 히트시킨 기획사 부장이세요."

서로 인사를 나눈 다음에 자리는 다시 떠들썩하게 변했다. 한강에서 바람이 시원하게 불어와 바에서 나눈 태평천국의 난과 위조지폐에 대한 이야기를 걷어가버렸다. 대화는 이번에 뜬 걸그룹의 춤과 노래로 넘어갔다. 기획사 부장은 까다로운 대중의 음악 취향과 소수만 살아남는 대중음악계의 치열한 경쟁을 이야기했다. 음악은 신이 내린 선물이지만 지상에 있는 음악계에선 소수만이 선물을 차지했다. 나머지는 선물 상자를 훔쳐보면서 상자 안에 든 보물을 상상할 뿐이었다. 누군가가 노래가 히트하면 기획사와 걸그룹이 돈을 얼마 버느냐고 물었다. 부장은 음원보다 광고에 달려 있다며 난처한 수익 질문을 비켜나갔다.

5

한남수는 시계를 보았다. 7시까지 출근해야 하나 아직 여유가 있었다. 경쟁 펀드를 제치며 회사를 인수하고 인수한 회사를 운영하는 데는 엄청난 낮과 밤이 들어갔다. 직원은 자유롭게 출근하고 퇴근해도 되지만 자기가 맡은 업무는 분명하게 처리해야만 했다. MT삼조회사가 출범한 초기에는 직원이 사무실에 접이식 간이침대를 놓고 살기도 했다. 20일을 사무실에서 자고 먹은 직원도 있었다. 회사 업무는, 바꿔 말하면 이익과 돈은 인간의 자유와 시간을 손에 쥐고 있었다. 사람은 난민촌에서 식량을 배급받아 사는 것처럼 돈에게 자유를 조금씩 타서 쓰고 있는지도 몰랐다.

회사 앞 지하도에 노인이 꿇어앉아 있었다. 그는 아침 일찍부터 양손을 바닥에 짚고 머리를 깊이 숙인 자세였다. 지하도가 아닌 종교 시설이었다면 절대자를 향한 속죄의 자세로 보아도 좋을 경건함이 흘렀다. 빌딩이 모인 중심지 지하도는 이른 시간이라 아직 사람이 많지 않았다. 지나가는 사람은 노인을 그냥 지나쳐 갔다. 바쁜 하루를 시작하는 행인은 통로에 꿇어앉은 노인에게 시선을 던질 여유조차 없어 보였다. 노인 옆에는 다리가 허벅지까지 절단된 걸인이 성한 한쪽 다리를 쭉 뻗고 앉아 있었다. 그는 허벅지를 지저분하고 검은 얼룩이 묻은 붕대로 감아 없는 다리 부분이 두드러졌다. 한쪽 팔도 사고로 다쳤는지 쭉 뻗지 못하고 팔꿈치 각도가 고정되어 있었다. 처음 보는 장애인인데 아침 일찍 벌이를 시작한 셈이었다.

한남수는 노인 앞에서 멈췄다. 노인이 자신에게 돈을 던져주는 사람의 신체 아래와 신발을 유심히 바라본다고 생각하니 자신의 구두로 눈이 옮겨갔다. 구두와 바닥 타일이 함께 눈에 들어왔다. 지하도 타일과 타일 사이에 검은 때가 눅진히 달라붙어 어떤 곳은 반들반들 빛났다. 같은 크기의 사각 타일은 수많은 사람이 구두와 신발로 뭉개는 바람에 변색되어 달라 보였다. 타일 하나에도 어둡고 더럽고 깨끗하고 밝은 곳이 섞여 있었다. 한남수는 지하도 바닥을 살피면서 갑자기 현실에서 떨어져 낯선 곳에 내동댕이쳐졌다는 느낌이 들었다. 지나가는 여자가 무릎을 숙여 동전을 노인과 장애인에게 던졌다. 여자는 노인과 장애인을 쳐다보지 않고 몸을 세워 빠른 걸음으로 지나쳤다. 한남수는 여자가 신은 검은색 플랫 슈즈를 바라보았다. 종아리가 날씬했지만 복숭아뼈가 두드러지게 튀어나온 것 같았다. 몸통을 받치는 무릎 아래는 다 비슷한 줄 알았던 한남수는 무릎 아래쪽으로 사람의 개성이 드러난다는 사실에 놀랐다.

한남수는 오만 원을 노인의 모자에 던져 넣었다. 신사임당과 대나무가 그려진 황금색 지폐가 모자로 들어갔다. 그가 오만 원을 모자에 넣으면 노인이 아홉 배인 사십오만 원을 보탠다고 하니 한남수는 결국 오십만 원을 기부하는 셈이었다. 나쁘지 않았다. 한남수는 오만 원 몇 장을 지갑에서 꺼내 더 넣고 싶은 충동을 느꼈다. 한남수가 오만 원 넉 장을 넣으면 결국 이백만 원을 기부하는 셈이었다. 그런 셈이 가능할까? 저 노인은 절반쯤 정신이 나갔거나 어쩌면 거짓말이 입에 익은 사람인지도 모른다. 자신에게 돈을 많이 던지기를 바라서 하는 말이거나 구걸하는 신세로 몰락한 자존심을 감추기 위한 행동인지도 몰랐다.

노인은 지폐가 떨어지는 미세한 소리나 감을 느꼈는지 머리를 깊숙이 조아렸다. 그리고 손을 바닥에 짚은 자세로 돌아갔다. 노인은 모자에 들어온 황금빛 지폐를 허겁지겁 확인하거나 주머니에 넣지도 않았다. 노인의 시선이 모자 앞쪽 바닥을 향해 있어 모자를 제대로 보는지 의심스러워 한남수는 모자를 들고 도망치고 싶은 충동을 느꼈다. 그러면 노인이 보이는 엄정한 자세가 순식간에 허물어지지 않을까. 노인이 모았다는 비스콘티 만년필이 생각났다. 며칠을 벌어야 쓰지도 않을 만년필 하나를 살까.

노인은 돈을 넣은 이가 누구인지를 알고 있다. 그가 어떤 마음으로 돈을 넣었는지도 알고 있을 것이었다. 한남수는 천 원을 장애인 앞에 놓인 상자에 넣었다. 라면 박스를 뜯어내 만든 상자는 테이프를 지저분하게 발라 흉했다. 장애인이 목발을 바닥에 두드리며 에잇 하고 목소리를 높였다.

"다리 잘린 놈은 천 원, 사지 멀쩡한 사람은 오만 원. 너무한 거 아냐!"

한남수는 흠칫 놀라 제자리에 섰다. 노인은 그 소리에도 꼼짝하지 않았다. 장애인은 한남수가 얼마를 노인의 모자에 넣는지 유심히 살펴본 모양이었다. 장애인은 뺨을 실룩거리고 이를 드러내 한남수를 쏘아보았다. 그는 장애인의 상자에서 돈을 빼내오기라도 한 양 미안했다. 한남수는 속으로 어디서나 경쟁업체가 문제라고 생각했다.

사무실에 들어서자 문익태 비서가 급한 소식을 전했다. 문익태는 비서실에 있는 두 명의 비서 중 한 명이었다. 한남수보다 두 살 적고 금융업계 경력도 그만큼 적었다. 문익태는 야망이 컸다. 사모펀드회사에 다니는 직원 성향은 두 가지로 나뉜다. 회사를 인수하는 승부의 짜릿함과 그에 따른 전리품인 보수가 중요한 사람. 또 하나는 그에 더해 권력욕을 지닌 사람이었다. 권력욕이 있는 직원은 인수한 회사의 이사나 사장으로 나갈 꿈을 꾸고 있었다. MT삼조회사가 인수한 회사의 이사로 발탁되어 회사를 운영하는 경험을 쌓고 언젠가 회사의 대표이사로 나가는 코스였다. 일반 회사의 말단 직원으로 들어가 우여곡절 끝에 능력을 인정받고 이사나 회사 대표로 뽑히는 경로는 이제는 거의 이룰 수 없는 꿈이었다. 그러나 사모펀드회사는 회사를 인수한 소유자였다. 소유자는 인수한 회사를 잘 운영하고 이익을 많이 낼 경영자를 찾는다. 사모펀드 대표 눈에 들면, 그리고 자신이 회사를 장악해 순조롭게 경영하는 능력을 보여주면 인수한 회사의 대표가 되는 꿈도 가능했다. 그러나 사장 임명권을 쥔 권호 대표는 수많은 전문경영자와 관계를 맺고 있었다. 모든 회사는 자신만의 뼈대와 근육을 지니고 있었다. 자동차부품회사, 게임회사, 식품회사, 경비회사, 엔터테인먼트회사는 모두 피가 달랐다. 부품회사 직원은 생각과 행동 방식이 게임이나 화장품회사와 달랐으며 이익을 내는 방식도 달랐다. 권호 대표는 자신이 인수한 회사에 그 분야에서 검증된 경영자를 배치했다. 검증된 마땅한 사람이 없으면 대타로 보험회사 출신 경영자를 선호했다. 보험회사는 철저하게 소비자를 중심으로 돌아갔고 그런 서비스회사에서 성공한 경영자라면 어떤 종류의 회사에서도 실적을 낸다는 믿음이었다. 문익태가 그런 전문경영자와 경쟁해서 회사의 대표 자리를 따내려면 먼저 인수 회사의 이사로 나가 경영 실무를 쌓아야 했다. 그는 그런 야망을 감추지 않았다. 문익태는 젊었고 성취 욕구가 강했으며 맡은 업무를 저돌적이고 철저하게 해냈다. 그가 언젠가 이사나 대표가 되는 꿈을 이룰 것도 같았다.

문익태가 말했다.

"오늘 도고E회사를 2차 입찰에 부친답니다."

"설마."

"우리가 최고가인 것 같은데 2위와 금액 차이가 나지 않는 것 같아요. 입찰 회사가 돈을 더 당겨보겠다는 거지요."

매각 담당 증권회사가 입찰 회사에서 더 짜내려고 작정한 모양이었다. 증권회사가 아침 9시에 통보를 보냈다. 입찰 금액이 비슷한데다 비가격 조건도 비슷해서 48시간 후에 재입찰을 받는다는 내용이었다. 도고E회사는 탄탄했다. 건축용, 공업용, 자동차용 도료를 만들고 업력이 50년에 가까운 회사였다. 3세 후계자는 몇 년 경영을 해본 후에 자신은 회사 경영에 맞지 않다고 깨달은 모양이었다. 후계자는 자신이 가진 회사 지분에서 7퍼센트만을 남기고 몽땅 팔 계획이었다. 그 매각 대금으로 문화재단을 만들어 사회에 공헌하겠다고 알렸다. 후계자는 현대미술에 조예가 깊었고 아내는 중국 문학에 관심이 많았다.

도고E회사 입찰을 맡은 팀과 권호 대표와 비서실이 모인 긴급 회의가 열렸다. 권호 대표는 회의를 대개 짧게 끝냈는데 올바른 결정이라 해도 오래 끌면 좋아하지 않았다. 설령 잘못되었다 해도 신속하고 단호한 집행이 질질 끄는 올바른 결정보다 낫다는 입장이었다. 입찰 팀장이 5분에 걸쳐 현상황과 매각 증권회사의 의도를 설명했다. 팀장은 입찰 금액을 조금 더 올리자고 했다. 팀원이 돌아가면서 주장을 밝혔다. 종전에 낸 안 그대로 가자는 사람과 금액을 조금 더 쓰자는 사람이 갈렸다. 한남수는 위험을 줄이기 위해 금액을 조금만 더 올리자고 말했다. 문익태는 매각 증권회사가 입찰 금액을 올리기 위해 벌이는 쇼이니 그대로 가자는 주장이었다. 권호 대표가 결론을 내렸다. 입찰 마감 30분 전에 말할 테니 금액을 비워놓은 서류를 준비하라는 지시였다. 회의는 23분 만에 끝났다. 권호 대표는 이런 종류의 협상에 능했다. 종전에 비슷한 건도 권호 대표가 최종 제시한 금액으로 승부가 갈렸다. 권호 대표는 미국 블랙스톤 사모펀드에서 일할 때 이조 원대 매물이 불과 칠십억 원 남짓한 금액 차이로 승부가 갈리는 것도 보았다. 사모펀드가 분석을 몇 번이나 끝낸 물건에서 마지막으로 더 지르는 칠십억은 처음 입찰 분석을 시작할 때의 칠십억과 무게가 다르다고 말했다.

"그때 칠십억은 천억 가치야. 입찰에 들어오는 여러 펀드가 상대방이 내놓을 수를 잘 알고 있거든."

권호 대표는 입찰 가격이 비슷하면 비가격 요건을 추가해 입찰에 성공하기도 했다. 인수를 하고 난 후에 신주를 발행해 기존 소유자에게 일부 넘겨주거나 이익이 목표 금액을 넘으면 일정액을 매도인에게 돌려주는 옵션을 붙이기도 했다. 권 대표는 매도인을 만족시키는 다양한 비가격 요소를 절묘하게 조합했다. 때로 입찰 금액은 밀리지만 비가격 요소가 뛰어나 입찰에 성공하는 경우도 있었다. 한남수는 이번 도고E회사 재입찰에서 권호 대표가 금액을 더 써넣지는 않을 것 같았다. 권호 대표는 매각 회사가 이런 식으로 사모펀드회사를 쥐어짜는 것을 싫어했다.

사모펀드는 돈을 퍼주는 창고가 아니었다. MT삼조회사는 많은 투자자가 권호 대표를 믿고 투자한 결정체로 그는 투자자의 신뢰를 지키고 그에 걸맞은 이익을 돌려줘야 할 책임을 지고 있었다. 권호 대표는 돈에 관해서는 책임감이 대단한 사람이었다.

한남수는 오전에 앞으로 인수할 가능성이 큰 회사의 손익계산서를 다뤘다. 점심을 먹으러 갈 때는 머리가 멍했다. 숫자를 다루다 오전 11시를 넘으면 뇌세포가 움직이는 속도가 느려지는 것이 느껴졌다. 여러 경우로 나뉘는 복잡한 수에 뇌는 하품을 하고 끄덕끄덕 졸았다. 권 대표와 문익태 비서는 그런 증상이 없었다. 오히려 숫자가 어려울수록 집중력이 더 솟아나는 것 같았다. 그 둘은 늘 돈을 진지하게 대하면서 진검으로 승부를 벌이는 자세였다. 내가 베지 못하면 상대가 나를 벤다. 물러설 곳 없는 끝없는 승부와 승부의 연속이 있을 뿐이었다. 자연이 준 수명이 끝나야 승부도 끝이 났다.

권호 대표는 점심에 생고기를 꼭 먹었다. 두툼한 등심이나 안심 한 조각이었다. 권호 대표는 살짝 익힌 고기에서 떨어지는 육즙까지 알뜰하게 입에 넣고 허연 지방은 뱉어냈다. 고기를 오래 씹지는 않았다. 입술과 혀가 고기가 주는 쾌락을 충분히 뽑아내면 목으로 넘겼다. 사무실에서 권호 대표가 하는 일은 사냥에 가까웠다. 맹렬한 질주와 먹잇감의 목덜미에 단숨에 박아 넣는 송곳니와 집요함이 필요했다.

권호 대표에게 한남수는 들은 이야기라며 이상한 노인 이야기를 전했다. 구걸하는 노인이 자신이 동냥한 돈에 아홉 배를 보태 기부한다고 했다. 권호 대표는 예상한 대로 반응했다.

"미쳤군."

문익태도 거들었다.

"제정신이 아니에요. 기부를 한다면 그냥 자신이 가진 돈을 내놓으면 되죠."

권호 대표가 말했다.

"미국에서 그런 사람을 본 적이 있어. 금융회사 사장이었는데 회사가 파산한 후로 반 미쳐서 구걸을 했지. 돈을 모으면 자신이 옛날에 다니던 고급 레스토랑으로 가서 근사한 요리를 주문하는 거야. 그게 미친 게 아니고 무어겠어."

"그 사람은 어찌됐나요?"

"오래지 않아 교통사고로 죽었어. 슬픈 죽음이었지."

"구걸해서 기부하는 노인이 깊은 철학이 있는 건 아닐까요."

"철학이라! 돈을 다루는 철학은 하나야. 돈과 정정당당하게 승부한다. 돈은 실력이 대단한 놈이니까. 수천 년 동안 갈고닦은 실력이 뛰어나. 우리는 돈과 싸워 이기고 있는 몇 안 되는 사람 이야. 돈은 교활한 놈이니까 긴장을 늦추면 안 돼. 하지만 돈은 자신과 겨루는 진정한 승부사를 존경해. 그래서 승부사에게는 합당한 대우를 해주지."

"돈과 승부에서 지면은요?"

"다시 일어나 또 싸우는 거야. 죽을 때까지 말야. 누구는 영화로 싸우고, 누구는 그림이나 문학으로 죽을 때까지 싸운다는데, 우리는 돈이 상대지. 우리가 실질적이야."

권호 대표는 칼로 자른 고기를 씹어 넘겼다.

"예술이 귀중하단 말을 하는데, 냉정하게 역사를 살피면 엉터리야. 예술은 돈이 키운 찌꺼기에 불과해. 감상자에게 구십만 원 그림과 구십억 그림은 결코 같지 않아. 사람들이 느끼는 미감이 달라져. 구백억을 들인 건축물과 구백만 원을 들인 건축은 비교가 되지 않아. 유럽의 역사도시에 남은 유명한 건축물은 모두 엄청난 돈이 들어갔어. 돈으로 칠한 예술이야."

한남수가 말했다.

"그렇지만 예술이 그 무엇보다 위대하다 말을 하잖습니까."

권호 대표는 딱 부러지게 말했다.

"위선이야. 그런 헛된 말은 위선의 신전에 바치는 찬양이야. 돈이 최고야. 사람은 거짓을 말해도 돈은 거짓말을 하지 않아. 일조 원으로 미술관을 짓고 고흐와 피카소와 모딜리아니를 사 모으면 대중과 언론과 평론가는 입을 맞춰 내 안목을 칭찬할 거야. 돈이 만들어낸 안목이고 돈에 바치는 칭송이지."

한남수는 그날 밤 빌딩을 나와 자신도 모르게 편의점으로 향했다. 아홉 배를 더해 기부한다는 노인에게 묘하게 끌려간 걸음이었다. 노인의 이상한 행동이 어디서 기원했는지 그 바탕을 알고 싶기도 했다. 그건 외향형 성격인 사람이 자신과 다른 내향적인 성격을 지닌 이성에게 끌리는 심리를 닮았다. 한남수는 몇천억 원을 투자하는 회사 직원이었고 노인은 동전을 구걸하는 삶으로 그 돈의 낙차만큼 당기는 무엇이 있었다. 노인은 편의점 앞 의자에 앉아 소주를 마시고 있었다. 노인은 한남수를 보자 아무 말 없이 소주를 따라주었다. 한남수도 묵묵히 명태포를 씹으며 소주를 마셨다. 노인은 투명한 액체를 잔에 따르고 한참을 보았다. 노인은 소주를 단숨에 마시고는 한남수에게 말했다.

"자네 오만 원을 모자에 넣을 때 내게 속는다는 심정이었어."

한남수는 대답을 망설였다. 그런 마음이 없었다고 하면 거짓이었다.

"아홉 배로 기부한다는 말이 쉽게 믿어지지는 않죠."

"그래. 돈은 그런 믿음을 허락하지 않아. 그런 기부가 널리 퍼지면 돈이 가진 마력이 사라지니까. 돈은 더 이상 우리를 지배하지 못하고 지하로 쫓겨나 어둠에 묻히는 거야."

하여튼 이상한 노인이었다. 그런 말을 하는 노인은 새로운 기부를 전파하는 개척자라기보다 지친 모습이었다.

"돈키호테가 이런 말을 하지. 둘씨네아 공주는 아름답고 기품 있어. 하지만 공주를 직접 보고 그걸 믿는다면 그거야 당연하다는 거야. 둘씨네아 공주를 보지 않고 그녀의 존엄과 미와 기품을 믿어야 한다는 거야."

"하지만 돈키호테는 미쳤죠."

"그래. 우리 모두도 똑같아. 우리도 돈에 미쳤다니까. 돈키호테는 미쳤지만 가난한 자를 돕고 정의를 지키겠다고 맹세하니 우리보다 훨씬 나아. 자네도 내가 기부를 한다는 걸 보지 않고도 믿어야 해."

한남수는 노인 말을 믿을 수도 있었다. 그래봐야 오만 원을 모자에 던져 넣는 것이 고작일 것이다. 그와 노인은 지하도에서 우연히 만난 사이에 불과했다. 노인이 어떤 이유로, 또는 어떤 철학으로 아홉 배 기부를 실천하는지 알 수 없지만 돈이 가진 힘과 마력을 없앨 사람까지는 아니었다. 그게 가당키나 한 일인가.

"자네가 사모펀드회사에 다니지만 돈을 안다고는 알 수 없지."

한남수가 모르지는 않았다. 사모펀드에 다니면 사람들이 돈에 대해 지닌 이중성을 깨닫게 된다. 사모펀드가 회사를 인수해 기업 가치를 높여 되팔아 이득을 얻으면 사람들은 경멸했다. 썩은 고기에 달라붙은 하이에나 취급이었다. 기업 가치를 높이는 작업은 쉽지 않아 직원을 자르는 방법만으로 달성할 수 없는 험준한 목표였다. 직원을 많이 자르면 오히려 남은 직원이 수동적으로 변하고 틈을 봐서 다른 회사로 옮겨 혼자 살길만을 찾았다. 새로운 제품을 개발하고, 기존 제품은 개량하고, 광고와 홍보를 새롭게 하고 사업 패러다임을 바꾸고 직원들에게 동기를 부여하고 시스템을 혁신해야 했다. 하나하나가 엄청난 도전이었다. 그러면서도 사람들은 사모펀드 대표와 직원이 많은 돈을 벌면 부러워했다. 사모펀드회사에 취직하려는 인재는 줄을 섰다. 구직자에게 이 회사에 지원한 이유를 물으면 능력을 발휘하고 싶어

서라고 대답했다. 사회적 가치를 실현한다는 따위로 빙 둘러서 말하기도 했는데 바꿔 말하면 돈을 많이 벌고 싶어서였다. 입사 면접에서 큰돈을 벌어 멋있습니다, 하고 대답한 지원자가 있었다. 그렇게 돈에 대한 욕망을 솔직히 표현한 지원자는 드물었다. 채용된 그 지원자가 문익태였다.

한남수는 MT삼조회사에 다니며 자신의 마음에 금이 생기는 것을 느꼈다. 권호 대표의 지시를 따라 직원을 해고할 때도 실금이 마음에 그어졌다. 해고되는 직원이 악을 쓰고 저주했으면 차라리 마음이 편했을 것이다. 한남수가 직원을 찾아가면 무릎을 꿇고 순순히 올가미에 목을 밀어 넣었다. 그는 사형집행인처럼 올가미를 목에 건 직원이 선 바닥을 열어 떨어뜨렸다. 밑으로 휘청 떨어진 해고자 목뼈가 우두둑 부러지는 소리가 들렸다. 해고는 교수형이었다. 다른 회사를 찾아 부활할 가능성은 있지만 그래도 목에 걸렸던 시뻘건 밧줄 상흔은 지워지지 않았다. 금융업계에서 MT삼조의 보수와 성과급은 유명했다. 권호 대표는 이익을 내면 아낌없이 직원에게 베풀었다. 일에 필요하면 비행기 비즈니스석과 특급호텔과 업무용 고급차를 내주었다. 금융업계에서 MT삼조의 해고도 유명했다. 권 대표는 감봉이나 정직 같은 어정쩡한 조치를 취하지 않았다. 권 대표의 왕국에 머무르든지 아니면 나가든지 둘 중의 하나였다. 한남수는 머묾과 사직을 둘러싸고 자신의 마음에 그어진 금이 커지는 것을 느꼈다. 어쩌면 마음 한쪽이 빙산으로 뚝 떨어져 나갔는지도 몰랐다. 금을 따라서 불안과 묘한 거리감이 올라오고 있었다. 한남수는 아직 몰랐다. 자신의 마음에 그어진 금이 권호 대표와 자신을 갈라놓는다는 것을. 권호 대표는 그런 금을 지닌 사람을 거두지 않았다. 한남수는 왜 그런 감정이 드는지 원인을 알기 어려웠다. 감정은 이성이나 생각보다 강하다. 마음 밑바닥에 층층이 쌓인 경험과 상태가 자신을 조종하는 감정을 만들어내고 있는 것이다. 한남수는 스스로 성공했다고 생각했다. 적어도 성공이란 산의 중턱까지 오른 셈이었다. 나무와 바위 사이로 올라가야 하는 길은 자취가 분명히 보였다. 날씨도 나쁘지 않아 한눈팔지 않고 꾸준히 오르기만 하면 되었다. 그러나 한남수는 산길에 점점 흥미를 잃었다. 자신의 마음에 생긴 금과 관련이 있었다. 그런 마음이 몰락한 노인 앞에서 떠나지 못하게 한 것일까. 한남수가 노인의 모자에 돈을 넣어 적선했다. 그런데 한남수는 구걸을 한 노인이 오히려 자신에게 베푸는 모습으로 느껴졌다. 이상한 일이었다.

한남수가 물었다.

"모았다는 만년필은 어쨌습니까?"

"왜? 수집하려고?"

"궁금해서요. 그걸 팔면 거리에 나앉지 않아도……"

"맞아. 그랬겠지. 그걸 팔면 말이야. 그렇군. 그랬어야 했나. 하지만 묻어버렸다네."

"어디에요. 땅에 말입니까?"

"어디겠나. 모든 물건은 그곳이 종착지야."

노인이 말했다.

"주말에는 뭐하나?"

"일을 하죠. 주말에는 쉽니까?"

"아. 나도 쉬어. 여기저기 다니며."

노인이 말했다.

"자네는 왜 내가 구걸한 돈의 아홉 배를 기부하는지 궁금하지."

"그야 변칙적이고 이상하니까요."

"그럴 거야. 다음에 만나면 왜 그런지 얘기를 할게."

"좋습니다. 그땐 제가 술을 사지요."

6

노인은 컴퓨터 모니터를 뚫어지게 바라보고 있었다. 지하도에서 구걸을 한 노인이었다. 노인 이름은 허태곤이었다. 27인치 모니터에는 넉 장의 만 원권이 나란히 놓여 있다. 얼른 봐서 똑같은 만 원권이지만 확대하면 할수록 그 차이가 분명하게 드러났다. 왼쪽 한 장은 진짜 만 원이고 오른쪽 석 장은 위폐다. 진폐는 자연광선으로 찍은 사진처럼 부드럽고 우아한데, 위폐는 색색의 인공조명을 선명히 받은 것처럼 구석구석에 원색의 흔적을 지울 수 없다. 잉크도 잉크지만 종이의 특성과 흡수성이 중요하다.

중고 분광기를 켜서 지폐를 바닥에 놓고 필터를 걸어 적외선을 쏘면 모니터에 나타난 지폐는 우중충하고 무질서한 모습을 단박 드러냈다. 분광기까지 갈 것 없이 손으로 세심하게 만지고 불빛에 비춰 보아도 위폐임을 알 수 있었다. 허태곤이 사용하는 장비는 잉크젯프린터 세 대, 컴퓨터와 스캐너가 두 대씩이었다.

허태곤은 지난달 231장을 유통시켰다. 제작 경비와 체포 위험을 고려하면 소액이었다. 지난번 위폐는 잉크젯프린터로 제작했다. 지폐를 빛에 비추면 조잡하지만 세종대왕이 나타나고 은박지도 붙어 있었다. 적외선 감지기와 은박지 검사 시스템이 붙은 위폐감식기를 통과하지는 못한다. 언젠가 ATM감별기를 통과하는 위폐를 만들어야 한다. 조폐공사에서 사용하는 종이와 잉크를 장만하고 금형을 구해 요판인쇄로 위폐를 제작해야 한다.

중요한 것은 제작에 필요한 잉크와 용지 재료와 인쇄기를 구하는 것이다. 잉크젯프린터로는 제작 매수를 늘리기가 쉽지 않다. 요판인쇄기는 거래를 통제해 구하기 어려워 평판인쇄를 이용해야 한다. 중국에서 만들어 서해를 통해 한국의 소형 어선에 넘기는 것도 한 방법이다. 중국에는 평판으로 인쇄한 위폐가 넘쳐난다.

그가 지난 몇 달 동안 인터넷에서 찾는 것도 바로 그런 재질의 종이와 은박과 인쇄기였다. 그러나 이 일은 쉽지가 않다. 지폐 금형을 만들어 대량으로 찍으면 일이 커진다. 허태곤은 컴퓨터에 보안 프로그램을 깔고 가상의 계정을 통해 중국과 인도 쪽에서 관련 업체 검색을 하고 있었다.

지금까지 그가 찍은 위폐는 일련번호의 끝이 두 종류였다. 7534와 2197로 만 원권이었다. 경찰과 국립과학수사연구원은 잉크와 용지, 위폐의 번호가 유사하게 찍힌 점 등을 주목하며 수사를 좁혀올 것이다.

허태곤은 커피를 마시며 머리를 식혔다. 그는 과거 육십대 초반에 부산에 있는 저축은행 지점장으로 근무했다. 저축은행은 은행과 증권회사에 비하면 지위가 떨어지는 직장이었다. 그러나 미국 서브프라임 모기지로 금융 위기가 닥치자 은행과 증권회사가 오히려 위태했다. 2009년에 허태곤이 아는 은행 지점장이 회사를 그만둔다며 작별 인사를 했다. 허태곤이 말했다.

"아니, 왜 그만둡니까? 실적도 나쁘지 않은데."

"나도 뜻밖이었어."

"이유가 뭡니까?"

"이유가 뭐가 있겠어. 인력 재배치에다 구조조정이지."

"그래도 버터보시죠."

"그게 쉽겠어. 내가 그만두지 않으면 직원을 본보기로 자르겠다는데."

"그게 말이 됩니까?"

"말이 되지 않으면 어쩔 거야. 무슨 싸울 방법이 있냐 말이야. 퇴직수당에 위로금이 넉넉하니까 그나마 다행이야."

은행 업무가 점점 첨예한 사이버 시대에 접어들어 전산화되면서 업무가 애매한 간부도 구조조정을 거쳐 잘려 나갔다. 평생 돈이나 만지면서 이 시대의 중류층으로 그럭저럭 살아갈 거라고 믿고 있었던 금융기관 직원들은 생각도 안 한 보이지 않는 괴물의 아가리에 먹혀버린 꼴이었다.

허태곤이 다녔던 저축은행은 미국 금융 위기를 버터냈다. 오히려 회장을 비롯한 경영진은 헐값에 나온 빌딩과 회사의 지분을 인수하고 심지어 외국의 자원개발회사 주식을 사들이기도 했다. 그는 삼십 년 업력의 회사 저력과 회장의 경영 철학을 믿었다. 저축은행은 회장이 모든 것을 결정하는 군주였다. 회장은 지역사회에 기부를 많이 해 평판이 좋았다. 권위적이지 않으면서 시대의 흐름을 읽어나가는 투명 경영을 한다고 소문도 났다. 그러나 그런 겉모습은 눈속임이었고 대주주와 경영진 몇이 똘똘 뭉쳐 저지른 비리와 부실은 엄청났다. 단지 경영진의 철저한 비밀주의에 가려 직원들은 기둥까지 썩어가는 실태를 몰랐을 뿐이었다. 저축은행을 믿고 맡긴 예금주의 돈으로 놀아난 사정이 밝혀지면서 직원들은 충격을 받았다. 양심적으로 소문난 회장도 거대한 금융 괴물의 하수인에 불과했다.

허태곤은 자신이 근무한 저축은행의 경영 상태를 잘 안다고 믿었다. 저축은행이 공시한 현금 흐름에도 문제가 없어 보였다. 금융위원회가 저축은행을 감사한 후로 그런 믿음은 무너졌다. 위험해도 설마 문을 닫는 일이야 없다고 여겼다. 다른 직원들도 그렇게 생각하면서 불안한 하루하루를 보내고 있었다.

허태곤은 9월의 일요일 아침에 직원들을 긴급 소집했다. 금융위원회가 월요일부터 영업을 정지한다는 명령을 내렸기 때문이었다. 부산에서 세번째였다. 허태곤은 낮 12시에 영업정지에 관런된 '예금자 여러분께 드리는 말씀'과 '경영개선명령 공고'를 지점 유리창에 붙이도록 지시했다. 순식간에 퍼진 소식에 몰려 온 예금주가 불안하게 직원을 둘러싸고 있었다. 고객들은 웅성 대며 언제 예금을 찾을 수 있는지 물었다.

우수 고객이 저축은행 홍종석 과장에게 말했다.

"건실하다 해서 여기 맡겼는데 거지 되게 생겼다. 어떡할 거냐?"

홍종석이 머리를 숙였다.

"죄송합니다. 곧 가지급금을 받을 수 있으니⋯⋯"

누군가가 목소리를 높였다.

"예금이 일억 오천만 원이나 있어. 누가 책임질 거야. 고객 알기를 아주 우습게 알아!"

웅성대는 고객들의 목소리가 높아지며 흥분한 몇몇이 직원들에게 욕설을 했다. 고객과 직원은 며칠 전까지 영업장에서 반갑게 안부를 나누던 사이였다.

허태곤이 나와서 둘러선 고객들에게 영업정지에 몰려 죄송하다고 사과했다. 한 고객이 뛰쳐나와 지점장 멱살을 잡아서 흔들었다.

"당신이 일주일 전에 이자 높으니 예금하라고 했지. 그랬어, 안 그랬어. 이거 완전 사기 아냐!"

조금 전에 목소리를 높인 예금주였다. 고객이 우르르 지점장에게 몰려들자 홍종석과 직원들이 앞을 가로막았다. 이 장면을 기다리기도 한 양 방송 카메라가 앞으로 달려오고 사진 기자의 플래시가 번쩍대며 터졌다.

"설명 필요 없고, 당장 내 돈 내놔!"

성난 예금주에게 몰린 허태곤이 닫힌 출입문 앞으로 밀렸다. 홍종석과 직원들이 지점장과 고객 사이를 막아섰다.

"이따위 저축은행은 박살을 내야 해!"

누군가가 은행을 향해 던진 돌이 내려진 셔터에 맞아 쾅 소리가 났다. 그 소리를 신호로 예금주들의 행동이 난폭해졌다. 그들은 지점장이 돈을 숨기고 있는 것처럼 거세게 밀어붙였다. 성난 그들이 손을 뻗어 직원들의 옷과 머리카락을 마구 잡아당겼고 누군가의 안경이 바닥에 떨어져 우지직 밟히는 소리가 났다.

홍종석 과장은 지점장 앞에서 멱살을 잡히고 주먹으로 얼굴을 얻어맞았다. 사람들이 섞여서 밀고 밀리는 중이라 그나마 충격이 크지 않았다. 그는 허물없던 할머니에게 뺨을 얻어맞기까지 했다. 홍종석이 친절하다며 매번 음료수를 사 들고 오기도 한 할머니였다. 그는 평소에 영업장을 찾은 할머니의 가족이 잘 지내는지 묻고 이런저런 대화도 나누었다. 머리가 헝클어진 할머니는 눈을 부릅뜨고 '내 돈, 피 같은 돈!'을 부르짖었다. 몇 시간째 고함을 지른 할머니는 목이 쉬어서 끄윽끄윽 신음을 올렸다. 예금을 떼먹힌 피해자 모두가 괴물로 변한 것 같았다. 사람이 밀리는 중에 할머니가 홍종석을 노려서 밀어붙였다. 놀라운 괴력이었다. 할머니에게 홍종석은 소중한 돈을 통째로 강탈한 흉악한

강도범이었다. 홍종석이 쓰러지면서 머리를 바닥 모서리의 돌에 부딪쳤다. 할머니가 달려들어 홍종석의 머리를 붙잡아 바닥에 쿵 찧었다. 순식간에 일어난 일이었다. 직원 두 명이 할머니를 붙잡는 사이에 겨우 홍종석을 아수라장에서 끄집어냈다. 급하게 옮긴 병원에선 경막밑출혈로 진단하고 바로 뇌수술을 준비했다. 경찰 기동대가 사이렌을 울리며 달려왔다. 사람들은 물러나지 않았다. 그들은 지점장 허태곤을 놓치면 영영 돈을 찾지 못한다는 조급함에 사로잡힌 것 같았다. 지점장도 이번 사태에 대해 아무 권한 없는 말단에 지나지 않는다는 것을 손님들은 부러 외면했다. 허태곤은 예금주에게 머리와 옷을 뜯기고 발로 채여 얼굴과 온몸에 상처가 났다. 누군가가 주먹으로 허태곤 코를 때려 피가 턱으로 흐르며 옷을 적셨다. 경찰이 방패와 경찰봉을 휘둘러 한덩어리로 뭉친 예금주들을 하나씩 뜯어내서야 소란은 진정되었다.

금융기관이 망해도 보호받는 한도인 예금액 오천만 원을 넘긴 예금주가 많았다. 홍종석을 중태에 빠뜨린 할머니는 그런 예금주 중 하나였다. 또 다른 예금주 한 명이 허태곤의 집을 공격했다.

허태곤은 부산의 해변 근처 단독주택 단지에 살고 있었다. 조용한 주택 단지 입구에 단지 전체를 지키는 경비실도 있었다. 큰 도로에서 단지로 접어들면 주위는 조용해지고 지나가는 사람도 드물었다. 나무가 잘 자란 이층집이 늘어선 그곳은 범죄와는 거리가 먼 곳이었다.

　그날 허태곤이 수상한 소리에 잠을 깬 시각은 새벽이었다. 규칙적으로 울리는 소리는 먼 곳에서 기계로 집을 부수는 소리를 닮았다. 충격음과 그에 뒤이은 뭔가 울리는 소리는 불길하고 불안했다. 허태곤은 머리맡에 놓아둔 골프채를 들고 거실로 나섰다. 그가 열고 나온 방문이 스르륵 닫혔다. 거실에 친 블라인드 사이로 어디선가 약한 빛이 들어와 가로로 차곡차곡 긴 선을 그었다. 거실 구석에 세운 실내자전거 운동기구의 손잡이가 낮과 달리 괴상하게 서 있었다. 한 남자가 보였다. 한쪽 다리를 저는 육십대 중반 남자는 기울어진 몸통과 뻐딱한 고개로 멀리서도 눈에 띄었다. 남자는 왼손으로 딸의 목을 조르며 오른손에 쥔 도구로 딸의 머리를 치고 있었다. 입에 쑤셔 넣은 머플러로 딸은 숨이 막히는지 헐떡대었다. 입을 틀어막고 흘러내린 하늘색 머플러 한쪽 끝이 딸의 가슴까지 내려왔다. 딸은 산발한 머리카락이 얼굴을 가려 무덤에서 올라온 귀신처럼 보였다. 몸을 오른쪽으로 기울인 남자가 손에 든 도구는 허태곤이 저축은행 회장에게 받은 상패였다. 그는 거실 책장에 놓인 오각형 청동 상패를 자신의 능력과 노력이 들어간 상징으로 아꼈다. 회장은 우수한 실적에 대한 포상으로 상패를 허태곤에게 준 그해 그에게 적지 않은 특별 성과급을 지급했다. 남자는 상패 꼭대기를 단단하게 거머쥐고 한쪽 모서리로 딸의 머리를 치고 있었다. 탁탁 소리가 날 때마다 딸의 몸이 떨리며 팔이 허공을 휘저었다. 딸은 상패 모서리를 피해 좌우로 고개를 돌리려고 안간힘을 썼으나 굵은 남자 팔뚝은 완강했다. 거실 곳곳에 피가 흘렀다. 황갈색 나무 마루에 떨어진 피는 희미한 빛을 받아 거무튀튀했다. 남자는 그 단순한 공격에 온 근육을 실었는지 뜨겁고 헉헉대는 숨결이 허태곤이 선 거리에서 느껴졌다. 허태곤은 머릿속이 새하얗게 타서 텅 비어버렸다. 몸이 뻣뻣하게 굳어 숨을 훅 멈췄다. 그런 다음 몸에서 피가 몇 배로 빨리 돌아 분노가 솟구치고 근육이 팽창했다. 몸 심연에서 엄청난 힘이 올라와 그는 단매에 남자를 때려죽일 것 같았다. 허태곤은 골프채를 손에 단단히 쥐고 한 걸음 앞으로 나섰다. 놈은 갑자기 괴물이 소리치는 듯한 절망적인 웃음을 터뜨렸다.

홍종석 과장이 저축은행에 데리고 온 손님이었다. 그 사람은 노후 자금으로 쓸 몇억을 저축은행에 투자했다. 지점장실에서 돈을 잘 불려달라고 부탁하던 모습이 환하게 떠올랐다. 그때 그는 자신이 맡긴 돈의 사연을 두서없이 말했다. 선원이었던 그는 장년까지 원양어선을 탔고 대구와 참치를 잡았다고 말했다. 멀고도 험한 바다였다. 그물을 인양하는 로프에 말려 들어가 죽은 동료는 눈앞에서 뼈가 부서지는 소리를 바락바락 냈다고 했다. 로프에 팔뚝이 말리면 옆 선원이 바로 도끼로 팔을 잘라내야 한다는 것이었다. 어어 하는 사이에 로프는 끅끅 소리를 울리며 몸전체를 무자비하게 끌고 들어갔다. 윈치는 로프를 자동으로 감았고 거센 파도와 강한 바람이 날뛰는 사이에 윈치를 넘출 틈 없이 순식간에 사건은 끝난다는 것이었다. 이게 그렇게 목숨 내놓고 번 돈입니다, 허허. 손님 중에는 자신이 예금한 돈을 번 사연을 말하는 사람이 있었다. 대개 선원이나 건설 노동자, 벌목 같은 힘든 일을 해서 번 돈이었다. 부자가 그런 말을 올리는 경우는 없었다. 부자가 저축은행에 돈을 맡기는 건 재산을 보호하기 위한 분산투자 목적으로, 그런 경우 빠르고 냉정하게 일을 처리했다. 어떤 사연을 지닌 돈이든 돈의 무게는 똑같았다. 목숨 걸고 벌었다 해서 두 배로 돈 가치를 치는 것은 아니었다. 그 사람 옆에 앉은 홍종석이 예금을 맡긴 것은 탁월한 선택이며 다른 금융기관보다 금리가 세며 안전하다고 말했다. 그는 지점장 말을 듣고 싶은 눈치였다. 허태곤이 묵직하게 잘 오셨다, 믿고 맡겨도 된다 말하자 그는 아무 걱정 없다는 밝은 미소를 지었다. 그는 응접실을 떠나면서 지점장을 향해 머리를 깊숙이 숙였다. 지점장이 자신이 맡긴 귀중한 돈을 잘 관리해주리라 믿어 의심치 않는 태도였다. 저축은행이 문을 닫자 이 사람도 항의하러 여러 번을 왔었다. 시위대에서 눈에 띄지 않게 조용한 스타일이었다.

허태곤이 소리 높여 말했다.

"손 들어!"

남자가 뭐라고 악을 썼다. 무슨 말인지 알아들을 수 없는 괴성이었다. 남자가 하고 싶은 말을 한꺼번에 내지르는 바람에 말이 뒤죽박죽 엉킨 소리였다. 울부짖던 남자는 이제는 웅얼웅얼 중얼거리고 있었다. 손에 든 상패를 왼손으로 옮기더니 주머니에서 돈을 꺼내 바닥에 던졌다. 푸른 지폐 몇 장이 바닥에 떨어져 피를 머금었다. 피 같은 내 돈이란 뜻인가. 아니면 잃은 내 돈을 피로 보복하겠다는 건가.

방문이 딸깍 열리며 허태곤 아내가 밖으로 나왔다. 아내는 짧은 순간 사태를 바라보다 상황을 이해하고선 너무나 높은 고음으로 비명을 질렀다. 거실 장식장과 책장에 놓인 그릇과 유리 제품이 순간 출렁대며 움직인 것 같았다. 남자는 귀를 막아야 할 높은 소리에 놀라 몸을 떨었다. 자신이 무슨 짓을 했는지 그제야 정신을 차렸는지도 모른다. 남자는 딸의 머리카락을 움켜쥐더니 바닥에 내동댕이쳐버리고 현관으로 도망쳤다. 딸은 피와 지폐 사이에 쓰러진 채로 꿈쩍 않았다. 경찰과 구급차량이 달려왔다. 딸을 실은 구급차는 온 이웃을 깨우는 사이렌과 경광등을 번쩍이며 달려갔다. 방아쇠를 당긴 한 사건에서 여러 개 사건이 연달아 퍼져 나갔다. 남자는 그날 아침에 허태곤 집 뒤 산책길에서 발견됐다. 목을 매달아 죽은 사체 옆에 자신이 흉기로 썼던 청동 상패가 떨어져 있었다. 남자는 도망을 치면서 쓸데없는 상패를 왜 들고 갔을까. 범행 도구를 숨기기 위해? 자신이 범행을 저지른 동기가 지점장이 받은 우수 실적 때문이라고 알리기 위해?

경찰이 허태곤에게 상패를 가져왔다. 오각형 청동에 둥근 유리가 박힌 상패에 탁월한 예금 실적을 칭찬하는 글이 쓰여 있었다. 귀하의 노력으로 사상 최대의 실적을 거둔 당 저축은행은 고객에게 더 나은 금융서비스를 약속하며, 고객의 만족은 곧 우리의 기쁨이고…… 청동 상패를 쥔 손이 부르르 떨렸다. 시뻘겋게 녹이 슨 칼로 머리 한쪽을 쓱 도려낸 것 같았다.

딸은 심각한 후유증에 시달렸다. 딸은 뾰족한 물건을 무서워 했다. 붉은색과 푸른색도 두려워했다. 만 원 지폐를 보면 환각에 괴로워했다. 어떤 목소리가 딸에게 돈을 먹어치우라고 명령한다 는 것이었다. 하늘에서 끝이 뾰족한 화살 같은 것이 쏟아져 딸 몸에 박히는 환각이 덮쳤다. 딸은 정신병원에서 몇 달을 보낸 뒤 에 죽음을 택했다. 딸은 그때 대학원 박사과정에 다니며 학위논 문 초고를 마친 상태였다. 딸 때문에 아내는 심각한 우울증에 걸 렸다. 아내는 딸이 죽은 뒤부터 말문을 닫았다. 귀머거리가 되었 는지 말을 듣지 못했고 아내가 말을 알아듣는지 확인할 방법도 없었다. 아내는 바깥에서 들어오는 소리를 막고 안에서 나가는 소리도 끊었다. 음식도 먹지 못해 말라비틀어져갔다. 아내는 딸 이 죽은 두 달 후 쓰러졌고 병원에서 죽고 말았다. 의사는 '병사' 라고 말했다. 영양실조도 심하고 면역도 돌아가지 않아 몸이 이 미 죽은 상태예요. 몸이 살기를 거부한 거죠.

괴물이 남자를 미치게 만들었고 딸과 아내를 차례로 집어삼켰 다. 허태곤도 괴물을 키우는 데 일조했다. 그는 괴물의 등에 타 서 느긋한 삶을 즐겨왔다. 아니 그것이 괴물이라는 인식조차 없 이 달콤하고 부드러운 케이크로만 여겼었다. 허태곤은 그 괴물 을 처단하고 싶었다. 불가능한가? 누구도 해내지 못한 일인가? 적어도 그는 괴물의 몸뚱이에 가시를 박고 싶었다. 괴물이 뽑지 못하는 가시를 말이다. 괴물은 가시로 인한 통증을 의식하며 살아야 할 것이다. 괴물은 모든 일을 순조롭게 해치우다가 한 번씩 가시에 걸려 통증을 느낄 것이다. 가시로 염증이 생겨 괴물이 중병에 걸릴지도 모른다. 이 가시를 어떻게 박아야 할까?

허태곤은 가시만이 아니라 할 수만 있다면 괴물의 몸에 깊은 상처를 내고 싶었다. 괴물이 두려워해 치료를 해야만 하는 상처. 위조화폐로 그런 상처를 주는 게 가능할까? 오만 원권을 대량 위조해서 뿌리면 어떤 반응을 보일까? 설령 괴물을 상처 낸다 하더라도 그다음은 어디를 두드려야 하나? 어떻게 하면 괴물에게 치명상을 입힐까? 괴물은 줄기찬 행보를 계속해왔고 앞으로도 꿋꿋하게 걸어나갈 것이었다. 괴물은 전진하는 산맥이었고 진격을 막겠다는 그는 조약돌에 불과했다. 괴물에게 통째로 먹히지만 않아도 다행인지 몰랐다.

한때 지점장이었던 허태곤은 만 원 위폐를 찍었다. 그는 만 원 위폐를 한 장씩 쓸 때마다 아홉 배의 돈을 더해 어려운 사람에게 기부했다. 이건 필사적으로 괴물의 아가리에서 벗어나려 애쓰는 시도였다. 괴물 몸에 가시를 박는 저항이었다. 그렇게 싸우지 않으면 그도 아내를 뒤따라 말하지도 듣지도 못하며 몸이 시들고 마음이 죽어 쓰러지고 말 터였다. 허태곤은 그렇게 생각했다. 바닥에 몸을 엎드려 구걸한 돈에도 아홉 배를 보탰다. 무릎을 꿇고 앉으면 종아리에서 허벅지를 거쳐 엉덩이까지 저렸다. 따뜻한 피 대신에 냉기가 하반신을 채웠다. 무릎이 쑤시다가 바늘로 찌르는 통증이 밀려왔다. 무릎은 다리를 펴서 피가 돌도록 요구했으나 허태곤이 악착같이 버티면 날카로워진 통증은 쐐기로 무릎을 찍어대다 아릿해지고 둔해졌다. 마침내 무감각해진 무릎을 꿇고 허태곤은 경멸에 찬 시선을 기꺼이 견뎠다. 몸이 차갑게 굳고 방광이 터지게 차올라도 견뎠다. 그건 예기치 않게 비명에 가 버린 아내와 딸에게 속죄하는 길이기도 했다.

7

MT삼조의 지원부서에 근무하는 장수미가 한남수에게 드릴
말이 있다며 연락했다. 장수미는 단단하고 야무진 여직원이었
다. 책임감이 대단해 무슨 일을 맡겨도 상사가 걱정하지 않도록
마무리 지었다. 장수미는 회사 리서치를 도와주기도 하고 프레
젠테이션 자료를 만들기도 했다. 회사 인수팀이 바쁘면 그 팀에
서 작성하는 방대한 재무제표 엑셀 작업을 돕기도 했다. 회사는
보수 지급 업무는 외부에 위탁해서 처리했다. 그러나 회사에는
수많은 소소한 일들이 벌어졌고 그걸 지원부서 네 명이 처리했
다. MT삼조 직원이 그렇듯 지원부서도 온몸을 소진시켜야 하는
일이 자주 일어났다. 지원부서는 그런 요구를 잘 처리해냈다. 세
무 일도 그중 하나로 전담 세무사무소가 있지만 그 사무소와 연

결해서 회사 세금과 관련된 업무를 처리하는 것은 지원부서 몫이었다. 지원부서 직원은 보수도 높았고 성과급도 회사 인수팀에 비해 작기는 하지만 지급받았다.

한남수가 장수미를 만난 것은 밤 10시 카페였다. 11시까지 운영하는 카페는 손님이 빠져나가고 있었다. 한남수는 주변을 둘러보며 여직원을 혼자서 만나는 부담스런 자리를 지켜보는 다른 시선이 없는지 조심스레 살폈다. 그는 무슨 일인가 궁금해하며 카페로 들어오는 장수미를 향해 손을 흔들었다. 장수미는 커피에 입술을 살짝 대고 바로 용건을 말했다.

"저와 관련된 일이에요."

"말씀하시죠."

"제가 비서실 문익태 비서와 사귀었어요. 반년쯤 만나다 얼마 전에 관계가 끝났어요."

"그렇군요."

젊은 남녀 사이에 벌어진 만남과 이별이었다. 장수미는 냉정하게 특별한 게 없는 관계였으며 그녀는 문익태의 성격과 생각에 실망했고 문익태도 자신에게 그랬을 것이라고 말했다. 서로를 달군 열정이 식자 상대방의 흠과 차이가 두드러지게 띄었다는 것이다. 한남수가 생각하기에도 둘은 오래갈 사이는 아니었다. 문익태는 야심에 찼고 결혼도 그 연장선상에서 배치할 가능성이 높았다. 장수미는 다른 점을 걱정하고 있었다.

"문익태가 권호 대표에게 말해 절 해고시킬까 봐 걱정하고 있어요."

한남수는 놀랐다.

"설마. 그럴 리가요."

"잘 몰라서 그래요. 문익태는 야망이 크고 복수심도 강해요. 제가 먼저 물리친 모양샌데 자존심이 상했나 봐요."

"지나친 걱정입니다. 제가 아는 문익태는……"

"제가 아는 문익태는 그럴 사람이에요. 여자가 더 예리하게 남자 속을 알 거에요."

장수미는 지적 장애인 남동생을 두고 있었다. 아버지가 실직해서 장수미가 남동생을 키우는 부담을 지고 있었다. 장수미에게 MT삼조에서 받는 넉넉한 돈은 남동생과 가족을 지키는 소중한 자산이었다. 남동생은 골격이 튼튼하고 인물도 좋으나 다섯 살 지능에 불과해 온전한 사회생활을 하려면 누가 도와줘야만 했다. 장수미는 말했다.

"남동생 팔짱을 끼고 마트에 가면 지나던 아가씨가 돌아봐요. 남동생 인물이 괜찮은 편이거든요."

남동생은 낮에는 정부에서 보조하는 돈으로 지적 장애인을 가르치는 학교를 다녔다. 휴일과 평일 저녁에는 가족이 남동생을 돌봐야 했다. 지능이 낮아 곁에 사람이 떨어지면 불안해하고 길을 잃을 수도 있어 위험했다. 지금은 장수미의 어머니가 그 일을 해냈다.

장수미는 돈을 벌어 남동생이 평범한 생활을 해나갈 수 있는 안전장치를 만들고 싶었다. 남동생이 생활할 작은 오피스텔 하나. 병이 나거나 다른 필요한 곳에 쓸 예금. 이런 것이었다. 장수미는 그런 돈을 악착같이 모으고 있었다. 그녀는 외국을 자주 나가는 또래 친구들과 달리 해외여행을 일본 한 곳만 다녀왔는데 그것도 회사에서 보내준 여행이었다. 장수미는 얼마 전에 대출금을 보태 오피스텔을 샀다. 그런데 자신이 갑작스레 해고되면 곤란했다.

"문제되는 업무가 있어요?"

"그런 건 없어요. 하지만 보기에 따라 다르게 평가할 수 있으니까요."

장수미는 불안해하고 있었다. 한남수에게 비밀스런 이야기를 털어놓을 정도면 그럴 만한 근거가 있을 것이다. 남녀 사이에 벌어진 일을 삼자는 알기 어렵다. 지원부서에서 무슨 일이 터졌는지도 모른다. 한남수는 문익태가 복수심이 강하다는 말이 마음이 걸렸다. 복수심이 강한 사람은 음모를 꾸미고 모함을 하는 한이 있어도 반드시 보복하고야 말았다. 겉으로는 의심을 살 어떤 내색도 하지 않으면서 말이다. 문 비서가 애정 문제를 회사와 연결시킬 사람은 아닌 것 같았으나 그것도 별 근거 없는 믿음에 불과했다. 한남수는 문익태를 직장에서 만나 업무와 관련해서 대화를 나누고 접촉했을 뿐이었고 그건 사람을 종합적으로 판단하는 데 턱없이 부족한 시간과 장소였다.

다음날 한남수는 지원부서 팀장에게 전화를 걸었다.

"요즘 지원부서에 무슨 일이 있는 건 아니죠?"

"여기야 후방인데요. 문제는 없습니다만."

"장수미 직원은 일 잘하는가요?"

"일 욕심 많고 야무지다고 정평 나 있죠. 무슨 일이 있습니까?"

"아뇨. 뭐 맡길 일이 생길 것 같아서요."

사흘 후 권호 대표가 한남수를 불렀다. 11시 45분이었다. 한남수는 심장이 빠르게 뛰고 가슴 안쪽이 기분 나쁘게 조여 답답했다. 긴장하면 나타나는 증상이었다.

권호 대표 지시는 간단했다.

"지원부서로 가서 장수미를 해고 조치하게."

한남수가 말했다.

"지원부서요? 그 부서는 해고를 시킨 적이 없지 않습니까?"

권 대표는 별말을 다 듣는다는 얼굴로 한남수를 쳐다봤다.

"이제부터는 있게 돼. 가보게."

한남수는 복도 끝에 있는 지원부서로 갔다. 복도 벽은 흰색과 검은색이 세로 띠 모양으로 번갈아 칠해져 낮과 밤을 연달아 통과하는 느낌이었다. 한남수는 복도를 울리는 자신의 구두 소리를 들으면서 걸었다. 그는 구걸하는 노인이 말했던, 뒷굽을 먼저 바닥에 내려놓으며 걷는다는 사실을 불현듯 깨달았다. 습관은 몸에 무섭도록 박혀 있었다. 그 깨달음은 갑자기 회사와 돈의 시스템이 끔찍하게 견고하다는 생각으로 이어졌다. 그는 장수미

에게 원한도 편견도 없으며 장수미 앞날이 밝기를 바랐으나 손
에 피를 묻혀야만 했다. 노인의 말이 떠올랐다. 돈은 제 갈 길을
가고야 말아. 어떤 장애물도 녹이면서 말야. 한남수는 거대한 그
물의 중앙에서 조종하는 대로 움직이는 새끼 거미가 된 것 같아
몸이 오싹했다. 권호 대표가 보낸 경비원 두 명이 한남수를 몰아
붙이는 불쾌한 구두 소리를 내며 뒤를 따랐다. 그와 경비원 둘이
지원부서로 들어서자 장수미가 자리에서 일어섰다. 장수미는 닥
칠 일이 닥쳤다는 담담한 표정이었다. 지원부서에는 아무도 없
었다. 권호 대표가 지시해 다른 직원들은 일찍 나간 모양이었다.
다른 동료가 맛난 점심을 들고 사무실로 돌아오면 해고된 동료
는 사라져 있다. 핏자국은 지워졌고 시체까지 깨끗이 정리된 것
이다. 남은 동료는 빈자리를 쓱 쳐다보고 보너스를 기대하며 다
시 열심히 일을 한다. 동료에 대한 애도란 없다. 그건 MT삼조에
다니는 직원에게 사치스럽고 무용한 감정이다. 인간이 진화하며
퇴화된 꼬리뼈를 닮은 감정이라고 할까. 인연이 닿으면 만나고
인연이 다하면 헤어진다는 철학을 투자회사 판본으로 바꿔 체득
한 것이다. 한남수는 장수미와 마주앉았다. 장수미가 고개를 끄
덕였다. 그래도 이번 건은 이렇게 끝낼 수는 없었다. 회사에서
지적한 업무적인 잘못이 없지 않은가 말이다.

한남수가 말했다.

"횡령이나 돈 문제 이런 거는 없지요?"

"없어요."

"업무 잘못이나 서류가 터진 것도 없고."

"팀장이 이 시간까지 지적한 거 없어요."

한남수는 침묵했다. 그는 커피 기계에서 블랙커피를 뽑아서 왔다. 출입문에서 기다리는 경비원 두 명은 절차가 왜 오래 걸리는지 의아한 얼굴로 팔짱을 꼈다.

장수미가 말했다.

"빨리 정리해요. 바쁘잖아요."

"우린 늘 바빴어. 천천히 하는 것도 괜찮아."

한남수는 커피를 마시고 말했다.

"오늘 5시까지 기다려보자고. 권호 대표에게 말하면 뒤집을 수 있을 거야."

"괜한 짓 말아요. 한 비서만 힘들어져요."

"권호 대표는 합리적이고 판단이 정확해."

"착각이에요. 그분은 무서운 사람이에요. MT삼조회사는 무시무시한 사람만이 경영할 수 있는 곳이에요."

"무섭다?"

"권호 대표는 돈의 화신이에요. 강철 옷을 입은."

그랬다. 그건 한남수도 알고 있었다. 그러나 강철도 두께와 강도가 무거운 것에서 가벼운 것까지 여러 종류가 있었다. 가늘고 얇게 뽑아낼 수도 있었고 녹이 슬기도 했다.

오후에 한남수는 권호 대표를 만났다. 한남수가 말했다.

"장수미 건을 말씀드리겠습니다."

"그래. 말해봐."

권호 대표는 장수미를 조치하지 않은 것을 알고 있었다. 한남수는 장수미가 억울한 점을 말했다. 지원부서 팀장이 일을 잘한다고 평가하고 있으며 혹시 문익태 비서와 애정 문제로 지나친 비난을 받는지 우려스럽다고 말했다. 집안이 어렵고 지적 장애 남동생을 부양하고 있는 점도 알렸다.

권 대표가 말했다.

"그뿐인가?"

한남수는 당황하며 말했다.

"더 말씀드릴 수도 있습니다만."

"왜 내 지시를 따르지 않았나? 지금 그런 이유로?"

"재고하도록 요청하기 위해서입니다."

"어리석은 소리. 그딴 이유로 내 지시를 어겨!"

"혹시 모르시는 점이 있나 싶어서……"

"내가 바보인가? 둘의 연애 사건은 알고 있어. 그딴 연애로 문익태 비서가 이르는 말에 내가 흔들린다고 보는가. 장수미를 해고한 건 충분한 이유가 있어. 자네는 그 이유를 알 필요 없어. 내 지시를 따르기만 하면 돼."

권 대표는 몸을 곧추세우고 한남수를 노려봤다.

"난 MT삼조 지분 72퍼센트를 갖고 있어. 이 회사에서 난 황제야. 황제가 신하에게 이유를 설명하는가? 양해를 구할까? 황제가 내린 칙어는 칙어 그 자체로 존재해. 이봐. 이 나라가 왜 이렇게 혼란스러운 줄 알아. 각자 자기 지분만큼 권리를 쓰면 문제 없어. 백억 가진 사람과 겨우 백만 원 있는 사람이 어떻게 똑같 겠어. 난 회사의 모든 사람을 꿰고 있어. 그리고 이 회사의 주인 은 나야. 내가 운영해서 자네들 보수와 보너스를 주는 거야. 그 러면 내 지시에 복종해야지. 그렇지 않은가?"

"이제까지 전 잘해왔습니다. 단지 한 번 더 생각해달라고 요 청할 뿐입니다. 똑같은 지시면 바로 조치하겠습니다."

"요청이라고! 그건 명령 불복종이야. 군대에선 총살당할 죄 야. 난 자네가 뭘 좀 아는 줄 알았어. 여긴 내 왕국이고 계약 해 지는 내 권한이야. 그건 묻지 말고 복종해야 해. 됐어. 나가보 게."

이틀 뒤였다. 문익태가 점심을 먹자고 말했다.

"같이 나가죠."

"그래. 알았어."

11시 50분이 되자 문익태가 책상에 서류를 내놓았다. 한남수 는 물끄러미 서류를 내려다보았다.

"이게 뭐야."

"계약 해지 서류입니다. 한 장은 보안 유지 서류죠."

한남수가 해고되는 직원에게 내밀었던 서류였다. 한남수는 고 개를 쳐들었다. 어느새 경비원 두 명이 비서실에 들어와 있었다. 문익태가 말했다.

"컴퓨터는 지금부터 쓰지 못합니다."

"누구야. 이런 짓을 한 게."

"권호 대표입니다. 전 지시를 따를 뿐이죠."

"미쳤군."

한남수는 서류를 던지고 대표실로 향했다. 문익태가 막아섰다.

"경비원이 왔지 않습니까? 조용히 정리합시다. 특별 보너스가 더 지급됩니다."

"비켜. 권 대표에게 직접 말할 거다."

"어어. 왜 이러십니까. 권 대표 스타일을 아시면서. 명령 한 번 내리면 끝입니다. 그냥 서명하시죠."

"비키라니까."

"서명 안 하면 거부한 것으로 처리합니다. 이 자리 녹음되고 있습니다."

한남수가 말했다.

"이 자식이 이거 어디서 하는 버릇이야."

문익태가 이마를 찌푸리고 능글맞게 말했다.

"선배한테 배웠죠. 이만 협조해주시죠."

한남수가 문익태를 밀치며 앞으로 빠져나가려 했으나 하체가 튼튼한 문익태는 끄떡하지 않았다. 문익태가 한남수의 팔을 붙잡으며 말했다.

"명예롭게 끝냅시다."

명예로운 해고가 있을까. 해고란 일방적으로 단두대 밑에 끌려가 내려오는 칼날에 목을 들이미는 것이었다. 언제 내려칠지 모르는 칼날을 기다리며 두려움에 몸을 벌벌 떨고 오줌을 싸는 것이었다.

"명예! 웃기는 소리 마. 이거 못 봐."

문익태가 짜증 난다는 얼굴로 말했다.

"선배라서 봐주려 했더니 이거 못쓰겠네. 경비 여기 끌어내."

경비원이 한남수 뒤에서 바지를 잡고 팔을 꺾어 올렸다. 또 한 명은 멱살을 단단히 잡았다. 건장한 체격에 팔뚝이 두꺼웠다. 한 남수에게 지시를 받기도 했던 경비였지만 조금도 사정을 봐주지 않았다. 숨이 막혀 컥컥대며 몸부림치는 한남수 앞에서 문익태 가 팔짱을 끼고 말했다.

"이런 모습으로 1층 거리까지 끌려 나가겠다는 겁니까."

한남수가 문익태에게 발길질을 했으나 가까이 가지도 못한 발 짓이 공허했다.

"이런 개자식. 비열한 놈. 여자를 괴롭히고 보복하는 벌레 같 은 놈."

"난 장수미에게 받은 만큼 돌려줬을 뿐이야. 서로 공평해. 장 수미 말을 믿다니 어리석어. 그 여자도 숨기는 게 많아."

문익태가 시계를 보고 말했다.

"1분 시간을 줄게. 선배라서 예우를 갖추려고 했는데 말이야. 선배는 사냥개 자질이 부족해. 권호 대표는 전부터 선배에게 불 만이 많았어. 권 대표가 말하면 이빨을 드러내고 당장 달려들어 야 하는데 말이야. 이것저것 재는 게 많았거든. 약해. 그래서는 여기 직원에게 대표 기강이 안 서."

"선배를 쫓아내고 그 자리를 차지해? 더러운 놈."

"내가 아닌 권호 대표가 쫓아내는 거야. 그야 난 더럽지. 그런데 돈도 더럽고 지위도 더러워. 사람도 보기에 따라서는 아주 더럽지. 입에서 위장에다 항문까지 다 뒤져보자고. 깨끗한 사람이 어디 있는지. 곱게 가셔. 짐을 챙겨 가지 않겠다면 여기 보관해 놓지. 내게 허락받아 찾아가라고. 참, 12시 30분부터 사무실 출입이 정지될 거야."

경비원 둘이 한남수를 질질 끌고 나갔다. 복도는 조용했다. 한남수가 창피를 덜 당하도록 모두가 자리를 비켜준 것만 같았다. 비서실 오른쪽으로 대표와 비서실만 쓰는 비상 엘리베이터가 있었다. 비상 엘리베이터 앞에 MT삼조회사 로고를 새긴 나무 팻말이 있었다. 한남수가 몸을 비틀더니 팔을 빼내 주먹으로 팻말을 후려쳤다. 나무에 손등이 쭉 찢기면서 피가 흘렀다. 경비원은 갑작스런 주먹질에 전혀 놀라지 않고 지시받은 일을 정확하고 빠르게 처리하는 데 집중하고 있었다. 경비원은 아무 말도 없이 엘리베이터로 한남수를 끌고 들어가 작동 카드를 넣었다. 핏자국은 팻말에서 엘리베이터까지 이어졌다. 경비원이 단단히 팔을 붙잡는 바람에 핏방울이 경비원의 청색 제복에 뚝뚝 떨어졌다. 경비원은 옷에 떨어지는 핏방울에 무심한 것 같았다. 그 둘은 한남수를 건물 바깥으로 내보내는 데 온 힘을 쏟고 있었다. 경비원이 지하 1층을 눌렀다. 경비원 둘이 양쪽에서 한남수의 팔을 옥죄는 바람에 한남수는 팔이 아팠다. 경비원은 한남수가 팔을 뿌리치고 팻말을 주먹으로 부수는 사고가 다시 생기지 않도록 손아귀와 팔뚝에 있는 대로 힘을 주고 있었다. 그는 질질 끌려가고 있었다. 한남수가 직원에게 해고를 알릴 때면 늘 뒤에 서 있던 경비원들이 이렇게 힘이 좋은지 몰랐다. 나이트클럽 앞에 서서 몸을 과시하는 깡패처럼 장식 역할에 그칠 줄만 알았다. 계약이 해지돼서 강제로 끌려 나가는 사람은 한남수가 처음이었다. 한남수가 자른 직원은 순순히 짐을 싸고는 떠났다. 빌어먹을. 한남수는 생각했다. 무식하게 근육이 좋군. 경비원은 한남수를 지하 1층 주차장에 내팽개치고는 엘리베이터로 올라갔다.

내던져진 한남수는 일어나서 팔을 주물렀다. 긴장이 풀리자 어깨와 팔의 근육이 아프고 다리가 후들거렸다. 바닥에 긁힌 손목 피부가 벗겨져 피가 흘렀다. 한남수는 손목과 손등을 바지에 대고 꾹 눌러 지혈시켰다. 셔츠 단추가 떨어져 나가 가슴이 보이고 회색 바지에 시커먼 줄이 나 싸움판에서 온 사람처럼 보였다. 그는 방금 쫓겨난 비상 엘리베이터에 올라 출입카드를 넣어보았다. 엘리베이터는 꿈쩍하지 않았다. 그는 힘없이 물러나 우두커니 섰다. 주차한 벤츠 승용차에서 내린 사람이 한남수를 쳐다보고 멀찍이 거리를 뒀다. 한남수는 지하 주차장에서 거리로 나왔다. 주머니에 든 폰으로 문익태에게 전화를 걸자 신호만 가다 끊겼다. 1층 경비실로 들어가 MT삼조회사의 문익태에게 전화를 해달라고 말했다. 경비원이 한남수의 모습을 훑어보고는 의심

가득한 얼굴로 그를 건너다보았다.

"무슨 일입니까?"

"사무실에 잊은 게 있어서요."

경비실에서 내준 전화를 받자 아무 소리도 들리지 않았다. 한남수가 야, 개새끼야 라고 말하는 순간 전화는 툭 끊어졌다. 경비원은 한심한 얼굴로 한남수를 밖으로 내쫓았다. 한남수는 건물 밖으로 나와 권호 대표에게 전화를 했다. 그도 전화를 받지 않았다. 그들은 한남수가 유령인 것처럼 차단했다.

땅이 울렁거리고 무릎에 힘이 없었다. 그는 자신의 몸이 주저앉지 않도록 안간힘을 썼다. 모욕감을 견딜 수 없었으나 그가 뒤집을 수 있는 건 없었다. 그는 입술을 굳게 다물었다. 행인은 많지만 한남수에게 관심을 두는 사람은 없었다. 저 남자는 왜 멍청하게 서 있을까. 손에 왜 핏자국이 있을까. 그런 의문은 떠오르지 않는 모양이었다. 길을 걷는 사람들은 다들 정해진 곳으로 빠르게 걸음을 옮겼다. 어중간히 거리에 선 한남수는 어디로 가야 할지 방향을 잃었다. 햇빛에 눈이 부셔 그는 이마에 손을 올리고 자신이 쫓겨난 도현타워 빌딩을 올려다보았다. 유리와 강철로 된 빌딩은 단단하고 차가웠고 그에게 아무런 관심이 없었다. 그가 갑자기 증발해서 사라져도 빌딩은 꿈쩍 않을 것 같았다.

8

한남수는 해고된 후 아파트에 처박혀 어디에도 나가지 않았다. 해고된 다음날 아침 5시 40분 알람이 울리자 그는 벌떡 일어났다. 거실로 나와 아침을 챙겼다. 삶은 계란 하나에 샐러드, 구운 두부와 밥 반 그릇을 아침으로 먹으면서 MT삼조로 출근하지 못한다는 것을 깨달았다. 그럼에도 수년 동안 출근 시간에 익은 몸은 자동으로 움직여 샤워를 했다. 비누를 푼 샤워타월로 몸을 가볍게 씻었다. 물을 끄자 물방울이 가슴에서 다리로 부드럽게 굴렀다. 타월로 몸을 훔치고 머리를 말리면 상쾌했고 오늘 닥칠 어떤 일도 유연하게 처리해낼 것 같았다. 습관적으로 옷장을 열었다. 평소에는 전날 밤에 다음날 날씨를 보고 입을 옷을 정해두었다. 오늘은 달랐다. 연한 하늘색 바탕에 진한 감색 줄이 그어진 티셔츠와 베이지색 바지를 입고 서류 가방을 챙겨 현관에서 거울을 보았다. 어제의 한남수와 오늘의 한남수는 달라 보이지 않았다. 코가 뭉개지거나 눈 한쪽이 찌그러진 것도 아니었다. 얼굴과 몸은 어제와 같았지만 그는 발을 내딛지 못했다. 들어가면 심장이 빨리 뛰고 경쟁자와 맞서기 위해 두뇌 활동이 왕성해지는 MT삼조는 그를 기다리지 않았다. 그는 현관에서 몸을 돌려 따분하고 아무런 자극도 주지 않는 거실 소파에 앉았다.

한남수는 주변을 돌아보았다. 검은색 오디오도 52인치 텔레비전도 조용했다. 집 안 가구는 실업자가 된 그를 측은하게 여겨 침묵을 지키기로 작정한 것 같았다. 소파에 앉아 머리를 감쌌다. 한남수 개인은 미약했다. 그는 권호 대표라는 커다란 늪에서 꼬물꼬물하며 진흙을 기어 다니는 미꾸라지였다. 늪에서 건져내 길바닥에 내던져진 미꾸라지는 몸을 꼬며 차가운 세상 공기에 무력하게 혼자 노출되어 있었다. 권호 대표가 지시하는 길은 확실했고 성공을 보장했다. "의심을 버리고 몸을 던져 따르라." 권호 대표가 강조한 말이었다. 권 대표는 한남수를 품어주는 큰 산이고 호수였다. 한남수는 홀로 되자 권 대표의 힘이 새삼 느껴졌다. 한남수는 아침에 갈 곳이 사라졌다는 그런 정도가 아니라 존재 자체를 뿌리 뽑힌 상실감에 시달렸다. 권 대표 팔에 안겨 포근한 가슴으로 도로 들어가고 싶었다.

한남수는 거실의 끝에서 끝까지 걸었다. 거실 끝에 놓인 자전거에 올라 속도를 레벨5로 올리고 페달을 묵직하게 저었다. 시계를 보았다. 고작 6분밖에 지나지 않았다. 그는 침대로 가서 벌 렁 드러누웠다. 사지를 뻗고 누워서 왠지 이렇게 편히 누워 있으면 안 되겠다는 생각이 들어 손에 잡히는 책을 아무렇게나 주워서 읽기 시작했다. 중국 근현대를 다룬 역사책이었다. 언젠가 한강 파티장에서 만난 중국사 박사의 말이 생각나 태평천국의 난 부분을 펼쳤다. 중국사 박사가 현실 같지 않은 현실이지만 일어났다고 말했었지.

점심 무렵 냉장고를 뒤지자 냉동실에 언제 넣었는지 모를 새우와 쇠고기와 만두가 들어 있었다. 새우와 쇠고기를 넣은 카레를 해 먹었다. 하루하루가 지나며 냉장고는 조금씩 비워졌다. 그는 책상에 놓인 컴퓨터를 켜서 전쟁 게임에 몰두했다. 헬기를 띄워 목표물에 미사일을 쏘고 비행기로 적군 기지를 폭격했다. 화면은 붉은 화염으로 불타올랐다. 인터넷으로 연결된 누군지 모르는 적군은 능수능란하게 한남수의 헬기와 비행기를 격추해버렸다. 적군은 미사일로 한남수 진지를 공격했고 마침내 탱크까지 밀고 들어왔다. 게임은 패배였다.

첫날과 둘째 날은 제대로 잠을 잤다. 삼 일째 되는 날 그는 무기력에 빠졌다. 몸에 힘이 하나도 없었고 무릎도 풀렸다. 산길을 오래 내려와 무릎이 휘청대는 것과 같았다. 전쟁 게임도 시들했고 중국 근현대사는 끝판에 등소평이 내건 "먼저 부자가 되라"는 구호를 좇아 돈을 버는 것은 무엇이든 허락한다로 맺어졌다. 사 일째 되는 날에 그는 집에서 양주를 한 병 마셨다. 한남수는 혼자서 술을 마시지 않았다. 사모펀드 업무에서 받는 스트레스와 실적이란 중압감을 혼자 마시는 술로 달래다가는 중독되기 십상이었다. 그가 아는 사모펀드업계 선배 여럿이 알코올중독에 빠져 망가졌다. 한남수는 이제 별 볼일 없는 실업자에 불과하니 마셔도 괜찮다고 주문을 걸었다. 그는 술병을 열고 몰트위스키를 잔에 따랐다. 상표에 그려진 사슴 문양을 바라보며 오크 향이 강한 달콤한 술을 목으로 넘겼다. 뜨겁고 날카로운 것이 입 안을 데우고 아래로 미끄러져 내려갔다. 그는 술병을 음울하게 쳐다보고 한 잔 또 한 잔을 마셨다. 몸이 더워지고 술이 오를수록 정신은 더 차가워졌다.

한남수는 육 일째 되는 날 밤에 집을 나섰다. 아파트 복도에서 그는 잠시 멍청히 기다렸다. 벌레 한 마리가 윙윙 날다가 벽에 붙었다. 저 벌레는 어떻게 여기까지 올라왔을까. 다시 땅으로 내려갈 수 있을까. 복도 천장의 등이 꺼지면서 어둠에 갇히자 자신의 숨소리가 거칠게 들렸다. 그는 자신의 숨소리에 놀랐다. 그가 천장을 향해 손을 휘저어 불을 켜자 익숙한 공간이 나타났다. 그를 팽팽하게 채웠던 조급함이 사라지자 자신이 어쩐지 우스꽝스럽게 느껴졌다. 복도에 우두커니 선 자신이 낯설고 이상하기조차 했다. 맞은편 아파트 문에는 아이가 그렸음직한 고개를 숙인 사람과 나무가 서 있는 그림이 붙어 있었다. 저 그림이 언제 걸렸지. 한남수는 아이 그림을 처음 보는 것 같았다. 복도와 문과 그림과 엘리베이터 모두 그에게 적대감을 보이는 것 같았다.

날벌레까지 그에게 멀찍이 떨어져 기고 있었다. 그는 밖으로 나와 아파트 단지를 한 바퀴 걷고 지하철을 탔다. 찬바람에 몸과 마음이 식으면서 그는 자신을 몰아댔던 초조함에서 천천히 벗어났다. 한남수는 도시를 밤새 떠돌아다니고 싶었다. 한강공원을 걷고 하늘공원을 산책하며 북촌 한옥마을과 서촌 골목을 다니고 싶었다. 그런 길을 걸어본 지 오래되었다. 한남수는 MT삼조회사에 모든 시간을 바쳤다. 가야 할 목적지 없이 느긋하게 길을 걸은 지가 너무나 오래되어 여기저기를 움직이는 것이 가능할 것 같지 않았다. 대낮에 골목을 다니면서 커피를 마시고 물건을 사는 일이 해내기 쉽지 않은 일처럼 느껴졌다.

한남수는 민진서에게 연락했다. 그녀는 한남수에게 자신의 아파트로 오라고 했다. 그와 민진서는 몇 년째 묘한 만남을 이어오고 있었다. 며칠 연달아 만나기도 했지만 한 달을 못 볼 때도 있었다. 산업디자이너로 일하는 민진서도 바빴지만 서로가 얽어매지 않으려는 무언의 약속 때문이기도 했다. 둘은 서로의 몸을 탐하기도 하고 전문직에 종사하는 일상을 나누기도 했다. 둘의 만남은 뜨겁지는 않았지만 불꽃이 솟으면 동거에 결혼까지 한달음에 나갈지도 몰랐다. 그러나 둘 중 누구도 먼저 불을 이글이글 피우지 않고 거리를 두고 은근히 데우고만 있었다. 그들 둘은 함께 생활을 나눌 공동체를 두려워하고 있었다. 그건 상대에 대한 침범이기도 했다. 민진서의 아파트 분위기가 바뀐 것 같았다. 소파며 가구는 그대로였다. 그런데 느낌이 전혀 달랐다. 민진서와 만났던 익숙한 공간은 어디론가 날아가버리고 새로운 곳으로 변한 것 같았다. 한남수는 아파트 공간이 문제가 아니라 며칠 사이에 자신이 변한 것임을 깨달았다.

"무슨 일 있어?"

민진서가 원두를 갈아 내린 커피를 내놓으며 말했다.

"글쎄."

"왠지 분위기가 달라서."

민진서는 달라진 느낌을 바로 짚었다. 한남수가 말했다.

"아니라고는 말 못하겠네."

한남수는 MT삼조회사에서 벌어진 일과 자신의 상태를 담담하게 알렸다. 그는 민진서가 자신을 비난할지도 모른다고 생각했다. 그러나 그녀의 얼굴에는 어떤 표정의 변화도 나타나지 않았다. 겉으로는 침착하고 속은 혼란스러웠는지도 모른다. 외면의 침착함 때문에 순간 한남수는 민진서의 속을 도저히 알 수 없을 것처럼 느껴졌다. 그는 민진서의 차분함과 그 밑에 깔린 셈이 두려웠다. 민진서의 말 자체는 평범했다.

"권 대표는 대단한 사람이야. 그분 말을 따랐어야 하지 않았을까?"

"어째서 대단한 사람이야."

"그분 경력이 그렇잖아. 미국 블랙스톤에서 성공했고 한국에서도 성공했으니까."

"재고해달라는 요청도 지나친 것일까?"

"자신의 판단을 확신하는 사람인데 그게 가능하겠어. 차라리 장수미에게 다른 일자리를 알아봐주는 게 낫지 않았을까. 나도 소개해줄 수 있고."

상식적이고 색다르지 않은 대답이었다. 그러나 한남수는 민진서와 바라보는 방향이 같다고 생각했던 것이 잘못되었다는 느낌이었다. 그는 민진서와 같은 곳을 향해 걸어가고 있다고 지금까지 생각했었다. 그러나 그는 갑자기 어디로 향하는지 알 수 없었다. 그녀와 동행한다는 생각도 희미해졌다. 그녀와의 만남에서 따져보면 달라진 것은 없었다. 그러나 그는 소용돌이에 싸여 낯선 곳으로 떠밀리는 기분이었다. 민진서도 권호 대표와 문익태 비서와 같은 종류의 사람이었던가. 그는 친숙하다고 알고 있던 사람의 다른 이면을 들춰본 것인가. 민진서도 한남수의 그런 기분을 알아차렸는지 우울한 얼굴로 고집스레 침묵을 지켰다.

민진서의 집을 나온 한남수는 정처 없이 걷고 싶다고 생각했지만 그가 가야 할 어딘가가 있었다. 그곳을 떠올리면 어떤 예감이 그를 괴롭히고 신경이 곤두섰다. 발길을 옮기면서 오늘 밤이 지나면 인생에서 뭔가가 달라지고 과거로 돌아가지 못하리라는 압박감이 들었다. 지하철에서 내려 빌딩 사이로 들어갔다. 빌딩이 늘어선 건물 뒤편에 있는 편의점은 낮에는 손님이 북적대서 줄을 서서 계산을 했다. 밤이 늦으면 손님들은 드문드문해졌고 편의점을 밝힌 환한 불빛은 고독해 보였다. 노인 허태곤은 지금도 있을까? 한남수는 허태곤과 술을 한잔하고 싶었다. 아무런 말을 나누지 않아도 뭔가 위로가 될 것 같았다.

허태곤은 플라스틱 의자에 앉아 평소처럼 소주를 마시며 명태포를 뜯고 있었다. 한남수가 다가가자 그는 눈짓으로 앉으라고 말했다. 한남수가 찾아오리라 예상했다는 태도로 허태곤은 그에게 소주를 따라주었다. 찬 술이 목을 흘러가자 한남수는 몸을 떨었다. 허태곤은 소주를 한 병 더 샀다. 혼자서 마실 때는 한 병, 다른 누군가가 있을 때면 두 병이었다.

허태곤이 술을 따르며 말했다.

"무슨 일이 있어?"

"……"

"옷이 평소와 다른데. 집에서 편하게 입는 옷이야. 신발은 운동화에다 윗옷도 그렇고. 자네 신발을 자주 봤어. 갈색과 검은색 구두였고 볼이 좁았지. 운동화는 처음 봐."

"아. 예리하군요. 강펀치를 한 대 맞았죠."

"오호. 그래."

"뭐, 발을 좌우로 옮기며 피하고 있으니까 괜찮을 겁니다."

허태곤은 소주를 쭉 마시고 말을 이었다.

"괜찮다! 얼굴에 빛도 사라지고. 예전엔 얼굴이 밝았고 어떤 의지가 보였지. 지금은 피를 가득 쏟은 낯빛이야. 그러니까 내 관찰을 종합하면…… 회사에서 잘린 거야. 언제?"

"그래요? MT삼조회사를 압니까?"

"조금. 돈을 잘 번다고 소문났지."

"전 잘못한 게 없어요."

"잘못하지 않았는데 자를 리가 있나. 돈에게 쓴맛을 보니 어때?"

"돈이라기보다 사장에게 한 방 먹은 거죠."

"그게 그거지. 같은 거야."

한남수는 허태곤에게 장수미 사건을 얘기했다. 그는 이렇게 짧게 평했다.

"자넨 사모펀드란 돈의 왕국에서 살기 쉽지 않겠어. 황제 명에 대들다니 말야."

"건의는 해야죠. 그건 소통이기도 하고요."

"돈의 왕국에 소통 따위는 필요 없어. 돈은 스스로 사람을 소통시키니까 말이야. 자신을 쫓아오도록 모두를 줄 세우기 좋아하고. 자넨 걸인에게 적선을 자주 했지. 자비로운 마음이야. 그런데 돈은 그런 마음을 좋아하지 않아. 돈은 자신이 팽창하는 데 도움이 되어야 자선을 허락해."

"큰돈 보탠 거 아닙니다."

"글쎄. 그런가. 하루 내내 구걸을 해봐. 무릎이 내려앉고 뼈가 딱딱하게 굳어도 얼마 벌지 못해. 보통 사람은 굶는 사람에게 천원 한 장 쓰지 않아. 자네는 돈의 왕국에 균열을 낼 자격이 있는 사람이야."

"내가 먼저 쫙쫙 금이 간 상태입니다."

"좋아 좋아, 아주 좋아. 내가 먼저 금이 가야 상대에게도 금을 낼 수 있지."

"거창한 가정이군요."

"난 균열 내는 사람을 좋아해. 난 구걸 말고 다른 방식으로 번 돈에 아홉 배를 기부하고 있어. 그게 내가 돈의 세상에 저항하는 방식이야. 궁금하지 않나?"

"궁금한데요."

"궁금하면 내일 다시 여기로 오게. 그런데 그건 여기와 방식이 다른 세상이야."

"어떤 방식이죠?"

"세상 상식과 다른 방식이지. 그건 돈키호테가 풍차에 달려드는 방식이야."

"위험하군요."

"그럼. 위험해. 돈의 세상에 저항하는 건 위험하지."

한남수는 아파트로 돌아왔다. 현관을 들어서면 천장 조명이 켜지며 불을 밝혔다. 그는 라흐마니노프 피아노협주곡 2번을 틀었다. CD로 음악을 듣는 건 점점 구식으로 변했다. 그래도 한남수는 CD를 고집했다. 협주곡 2번은 뭔가 생각할 거리가 있을 때 올렸다. 폭발적이고 명료한 피아노 타건이 그의 상념을 단순하게 모았다. 허태곤이 말한 방식은 무엇일까. 한남수는 느긋한 시간 속에서 호기심이 일었다. 당분간은 시간이 많았다. 오랜만에 한남수는 넘쳐나는 시간을 손에 쥔 것이다. 어렸을 때부터 대학을 졸업하기 전까지 그는 호기심이 많았다. 길을 가다가 이상한 것을 보면 물어보곤 했다. 그는 택시 기사 말투가 독특하면 고향이 어딘지를 물었다. 음식점에서 처음 보는 음식은 어디서 재료를 구하는지 조리법은 어떻게 되는지 물었다. 그런 호기심은 그가 투자은행에 들어오면서 희미해지다 말끔히 사라졌다. 한남수는 사라진 세상에 대한 호기심이 솟아올랐다. 허태곤에 대한 호기심이었다. 그가 저항하는 방식이 유별날 것으로 짐작했다. 이런 호기심은 위험했다. 위험하기에 호기심이 커지는지도 몰랐다. 그 궁금증은 어떤 형태로든 비워내야만 해결되는 종류였다.

다음날 밤에 한남수는 편의점으로 허태곤을 찾아갔다. 그는 한남수를 기다리고 있었다. 허태곤은 평소처럼 소주 한 병을 마시고 일어섰다. 한남수는 그 뒤를 따랐다. 큰 도로를 따르지 않고 이면도로와 골목을 통했다. 이상한 동행이었다. 허태곤은 길을 걷고 한남수는 묵묵히 따랐다. 서로의 그림자가 겹쳤다가 흩어졌다. 한남수의 그림자가 허태곤의 그림자를 물리쳤다가 따라갔다. 허태곤의 그림자가 한남수의 그림자를 끌어당겼다. 밤이 늦어 가게 대부분이 문을 닫았다. 몇 번 골목길을 돈 끝에 허태곤은 이면도로에 붙은 5층 건물 앞에 섰다. 낡은데다 장사를 하기에 입지가 좋지 않았다. 1층도 그다지 팔릴 것 같지 않은 옷을 늘어놓은 가게와 미용실과 식당으로 채워져 있었다. 2층부터는 사무실인 것 같았는데 건물이 도로를 따라 길쭉한 모양이어서 사무실 개수가 제법 될 것 같았다. 서울은 어느 지역이나 부동산 값이 뛰어 이 지역 건물도 가격은 만만찮을 것이었다. 그래도 임대료는 싸 보였다. 그 건물 옆에 1층 가게가 문을 닫은 작은 5층 건물이 있었다. 2층 사무실은 커튼이 쳐져 있었고 군데군데 건물에 금이 가 있었다. 허태곤은 5층 건물 사이로 난 길로 들어갔다. 들어가는 길에 출입 금지 펜스가 있었으나 무시했다. 3층 건물이 직각으로 두 동 서 있었고 그 옆으로 연립주택이 한 동 있었다. 연립주택은 사람이 모두 이주했는지 불 켜진 곳 하나 없이 벽과 입구에 붉은 페인트로 '철거 예정'이란 글이 날림으로 쓰여 있었다. 연립주택 맞은편에 빈터를 사이에 둔 5층 건물은 어두컴컴하고 을씨년스러웠다. 불이 꺼진 3층과 5층 건물은 예전에 기계부속 상가가 있던 곳으로 역시 '출입 금지' 경고가 붙어 있었고 건물 곳곳의 유리창이 깨져 있었다. 5층 건물 앞 빈터는 땅을 대략 2미터 깊이로 파고 건물과 경계를 따라 파일을 박아놓았다. 터 파기 공사인지 아니면 낡은 5층 건물이 무너지지 않게 보수공사를 시도한 것인지, 그도 아니면 불법 주차를 막기 위한 극단적인 조치인지 알 수 없는 모습이었다. 빈터 가장자리를 따라 청색 방수천이 둘려 있었다. 빈터와 빈터로 가는 길에 출입을 막는 사다리 모양 펜스가 쳐져 있었다. 검정 바탕의 펜스에 칠해진 '위험'이란 야광 노란색 페인트가 유난히 눈에 띄었다.

허태곤은 왼쪽 3층 건물로 들어섰다. 3층 건물은 펜스가 쳐진 출입구가 두 곳이었는데 그중 한 곳으로 들어서자 빛이 사라져 한남수는 계단에 걸려 넘어질 뻔했다. 휘청하며 손으로 계단을 짚은 한남수는 오기가 생겼다. 그는 허태곤을 따라 컴컴한 계단을 올랐다. 허태곤은 계단 길이와 간격에 숙달한 걸음으로 3층으로 올랐다.

허태곤은 문 앞에서 무언가를 점검하고서는 문을 열었다. 어둠에 익숙한 몸짓이었다. 들어간 방도 캄캄했다. 허태곤이 등을 켰다. 창문에 암막 커튼을 쳐놓아 빛이라고는 들어오지 않았다. 눈에 어둠이 익자 공간이 보였다. 온갖 잡동사니가 쌓였고, 벽에 붙은 야전용 침대가 하나 있었다. 컴퓨터와 프린터가 보였고 구석에 소형 재단기도 있었다. 한남수가 말했다.

"재개발 구역이군요."

허태곤이 고개를 끄덕이며 말했다. 이곳 빈터를 둘러싼 건물 세 동과 연립주택을 산 시행사가 건설회사 두 곳이었다. 그들은 빚을 잔뜩 걸머쥐고 땅과 건물을 사서 주상복합 건물 두 동을 지을 계획이었다. 이면도로에 붙은 5층 건물을 추가로 사들여야 수익을 올릴 수 있었는데 그 건물을 사들이는 과정에서 시행사와 투자자 사이에 공사 대금을 둘러싼 분쟁이 생기고 시행사 두 곳도 갈라섰다. 돈을 빌려준 채권자가 건물을 압류하고 서로가 가처분과 가압류 소송을 내며 싸움은 복잡하게 번졌다. 투자자를 덮은 불신과 갈등이 녹으려면 오랜 시간이 필요했다. 노인은 예전에 기계부속을 팔았던 3층 상가에 월세를 들어 있었다. 누가 건물 주인인지도 모를 복잡한 권리 관계였지만 하여튼 월세를 받는 사람이 있었고 돈을 내는 동안은 아무도 시비를 걸지 않았다. 이곳은 여기 주민도 모를 은밀한 거주지였다.

"투자자끼리 소송이 끝날 때까지 좋은 작업실이야."

"뭘 작업합니까?"

"속죄를 위한 작업."

허태곤이 한남수에게 만 원 한 장을 보여주었다. 한남수는 불빛에 돈을 비춰 보았다. 일렁이는 빛에 특별할 게 없는 지폐였다. 끝 번호가 2197이었다. 한남수는 언젠가 권호 대표가 연 파티에서 국립과학수사연구원 감식가가 한 말이 떠올랐다. 같은 번호로 위폐를 인쇄하는 놈이 있죠. 오만 원권을요? 아뇨. 그보다 작은 만 원권. 한남수는 자세히 지폐를 살폈다. 뭔가 이상하나 어두침침해 확인이 되지 않았다.

허태곤이 말했다. 그 돈은 내 가족과 얽혀 있어. 한번 들어보게. 딸과 아내의 죽음에 대한 허태곤의 이야기는 흐릿한 불빛을 따라 이어졌다. 그는 딸이 상패로 공격당하는 순간을 자세하게 묘사했다. 바닥에 떨어진 딸의 피와 지폐와 범인이 상패로 머리를 찧을 때 나는 기분 나쁜 소리까지. 허태곤은 어제 본 영화를 말하는 것처럼 담담하게 사건을 전했다. 그는 기억에서 그 사건을 돌리고 돌려 1초도 어긋나지 않는 한 치의 빈틈이 없는 완전한 장면을 말했고 그 장면에 옴짝달싹 못하고 갇혀 있었다. 한남수는 그 이야기에서 어떤 회한을 느꼈다. 회한은 단어마다 녹아 있어 방 안이 비릿한 피 냄새로 차오르는 것 같았다.

"가슴 아픈 일입니다."

"벌써 오래됐어."

허태곤이 말했다.

"그 만 원권은 위조지폐야. 내가 만들었어. 만 원을 쓸 때마다 아홉 배로 내 돈을 보태 기부를 해."

구걸을 한 돈에 아홉 배를 보태는 것은 이해되었다. 위폐로 사용한 돈에 아홉 배를 더해 기부를 하는 것은 받아들여지지 않았다. 그건 범죄였다. 한남수는 위폐를 손에 들고 몸을 떨었다.

"애도 방식으론 좋지 않습니다."

"그렇겠지. 애도라기보다 돈을 경멸하는 행동에 가까워. 하지만 돈이 주인 노릇하는 세상에서 나 혼자서 어떤 저항을 할 수 있을까? 이건 내 나름의 거부고 속죄야."

"자본주의는 러시아혁명을 견뎌냈죠. 등소평이 말했죠. 먼저 부자가 되라고. 이젠 돈이 인간이고 인간이 돈이에요. 돈이 사람을 통으로 삼켜버렸어요. 그래서 이제 둘은 일심동체죠. 우린 돈을 경멸할 수도 없어요. 같이 묶여 그저 끌려다닐 뿐이에요."

"그래서 더욱더 그 세상에 균열을 내고 싶은 거야. 내 방식으로. 내 나름의 돈키호테식 방법으로. 그렇게라도 하지 않으면 난 벌써 미쳤을 거야. 이렇게 하다보면 어디선가 가느다란 빛이 들어오지 않을까. 기부와 증여로 돌아가는 세상 말이야."

"기부와 증여로요? 인간은 그 수준까지 진화하지 않을 것 같은데요."

"모르지. 아홉 배 기부를 하는 사람이 백 명, 만 명으로 늘어나면? 그만큼 세상은 평온하고 행복해지지 않을까."

"세상은 아홉 배로 뜯어먹는 사람이 더 많아지는 실정 아닌가요."

"맞아. 사람은 계속 퇴보하는지도 몰라. 어쨌든 내 수준에서 해보는 거야."

"죽은 따님의 이름으로 장학재단이나 도서관을 짓는 건 어떨까요."

"그것도 좋아. 하지만 난 내 방식으로 가볼 거네. 제안을 하나할게. 위폐 업무를 도와주게."

"공범이 되라고요?"

"이걸 범죄로 보나? 이건 범죄 이상의 것이야."

"왜 제가 선생님을 도와야 합니까?"

"아홉 배로 세상을 풍족하게 하기 위해서지."

"위폐를 제작할 순 없습니다. 내가 살아온 방식과 맞지 않습니다."

"제작이야 어렵겠지. 그냥 조금씩 사용만 하면 돼."

"돈을 경멸하는 다른 방법도 있겠죠."

"맞아. 다른 방법도 많을 거야. 이건 내 방법이야. 언제든지 내 방식을 떠나도 좋아. 기간은 보름이든 석 달이든 다 좋아. 그리고 한 번에 만 원 한 장만을 쓰고 다니면 붙잡히기 어려워. 쓴 나도 어디선가 받았다고 주장하면 되니까."

"생각할 시간을 주시지요."

이건 기묘한 게임이었다. 아무런 위험이 걸리지 않았다면 오히려 거부하기 좋았으리라. 어디선가 보이지 않는 자본의 거인이 한남수를 지켜보고 있었다. 거인은 어디 한번 해볼 테면 해봐, 승산이 어떻게 될까 하는 얼굴이었다. 위폐 만 원 한 장을 쓰면 구만 원을 더해 기부를 한다! 한껏 돈을 경멸하는, 돈이 주인인 사회를 조롱하는 독특한 방식이었다. 하루아침에 권호 대표에게 내쳐진 분노는 한남수의 마음에 깊이 응결되어 있었다. 그가 몸담았던 돈의 세계에서 쫓겨나고, 문이 쾅 닫혀버리고 다시 들어갈 가망조차 사라지자, 그 세계에 대한 적대감이 더욱 자라났다. 분노와 적대감이 쌓이고 한편으로 그따위 돈의 세계가 뭔지, 그 속에서 무엇을 얻었지 하는 허탈감도 함께 자라났다. 돈의 세계가 꼴 보기 싫게 쌓아둔 허위와 겉치레, 속물, 오만, 욕망을 나름 꿰뚫어 본다는 자신감도 들었다. 서로 어울리지 않는 적개심과 허탈감은 기묘하게 섞여서 어떤 저항 의식으로 변했다. 돈의 세계를 경멸하면서도 잘살고 자리 잡을 수 있겠다는 자부심이 작동했다.

한남수는 오래 잊고 있었던 야성이 살아남을 느꼈다. 그는 인생의 키를 한번 바꿔보고 싶었다. 다시 한 번 그는 자신에게 물어보았다. 왜 그런 마음이 들었을까? 권호 대표가 역겨워서였을까. 문익태를 향한 분노 때문일까. 그도 아니면 자신의 마음 깊은 곳의 미로에 범죄와 저항의 정신이 숨 쉬고 있어서일까.

9

할머니의 노점은 경찰청에서 멀지 않아 육중한 청사 건물 상
층부가 보였다. 경찰청 옥상에는 조명을 받아 다양한 색깔로 변
하는 안테나가 솟아 있었다. 현란하게 색이 바뀌는 안테나를 보
면 안테나를 올린 건물이 경찰청이 아니라 춤추는 젊은이가 가
득한 클럽 건물인가도 싶었다. 할머니는 지하철역에서 내려 아
파트 단지로 가는 길에 늘어선 상점 사이의 인도에 앉아 있었다.
할머니 옆에는 깻잎무침과 깍두기, 멸치볶음을 비롯한 반찬 몇
가지를 파는 아줌마가 있었다. 둘은 저녁 무렵에 몇 시간만 노점
을 열었다가는 조용히 사라졌다. 머릿수건을 쓴 할머니가 앉은
의자 앞으로 배추 반 통과 썻은 무, 감자, 당근, 아스파라거스,
다듬은 파와 같이 손질이 된 찬거리들이 가지런히 널렸다. 접시

에 담긴 찬거리들이 팔리면 할머니는 플라스틱 바구니에서 적당한 양을 꺼내 접시에 올렸다. 두 사람이 여기 자리를 잡은 지는 오래되었다. 한파경보가 떨어진 날과 폭염으로 거리가 달아오른 날에도 할머니와 아줌마는 자리를 지켰다. 차가운 바람과 뜨거운 해는 두 사람을 몰아내지 못했다. 주의 깊게 그들을 지켜본 사람이라면 둘이 명절 당일을 빼고는 쉬지 않는다는 사실을 알아채고 무척 놀랄지도 모른다.

할머니가 받은 지폐를 맞은편 약국에서 나오는 불빛에 비췄다. 돈을 쳐다본 할머니는 지폐를 뒤집어 살폈다. 약국에서 흘러나오는 불빛이 그 옆의 술집에서 번쩍거리는 맥주 광고의 붉은빛에 칙칙하게 변색되어 지저분하게 지폐를 덮었다. 할머니는 앞에 선 남자를 흘깃 보고는 다시 지폐를 허공으로 들어보았다. 영문을 모르겠다는 표정의 남자가 할머니의 손동작을 따라 시선을 돌렸다.

"잔돈을 줘야죠."

"가만있어봐. 돈이 이상하다니까."

남자는 왼손에 빵과 과일이 든 검정 비닐봉지를 들고, 오른손에 할머니가 건네준 봉지를 든 채로 어리둥절한 얼굴로 노점 할머니를 바라보았다.

할머니가 옆의 아줌마를 부르자 남자의 얼떨떨한 얼굴에 호기심이 묻어났다. 할머니가 아줌마를 붙잡고 지폐를 불빛 쪽으로 들고서는 초상화가 흐릿하지 하며 묻자 아줌마는 고개를 돌렸다가 건성으로 그런 것 같다며 대답했다. 남자도 지폐를 쳐다봤다. 불빛에 비추면 나타나는 세종대왕의 초상화가 흐릿한 것 같기도 하고 보이지 않는 것 같기도 했다. 이거 봐, 은박지 무늬도 안 맞잖아. 할머니가 이리저리로 지폐를 기울이며 돌려보자 아줌마가 그렇네요 하고 말하고는 검정콩조림을 사려는 손님에게 몸을 돌려 비닐봉지를 꺼내 손에 들었다.

할머니의 시선이 남자에게로 향했다. 남자는 중키였고 감청색 바지에 베이지색 티셔츠로 평범한 옷차림인데다 단정하게 정리한 머리에 얼굴 또한 색다른 점이 없어 주의 깊게 살펴도 돌아서면 얼굴과 인상을 떠올리기 어려운 스타일이었다. 나이는 삼십대 중반쯤으로 보였고 침착하고 묵직한 자세였다. 한남수였다. 그가 찬거리를 담은 비닐봉지를 든 모습은 자연스러웠다. 지하철에서 내려 집으로 가는 길에 저녁 찬거리를 챙겨보는 주부 느낌이었다. 노점 할머니는 요즘 저렇게 장을 보는 남자가 늘었다고 생각했다.

한남수가 할머니에게 한 걸음 다가서서 할머니가 흔드는 만원 지폐를 들여다보았다.

"여기가 이렇게 어긋나잖아."

할머니가 지폐의 한 곳을 가리키며 말하자 한남수는 그래요? 하면서 수긍도 부정도 아닌 어정쩡한 어조로 대답했다. 목소리에 지나친 트집을 잡는 게 아니냐는 기색이 은근히 배었다. 할머니는 똑 부러지게 자신의 말에 동조하지 않는 남자의 태도에 역정을 내었다. 할머니는 사람이 많이 다니는 퇴근 시간에 이런 시비를 벌이게 되어 짜증이 났다. 핸드백을 손에 든 정장 차림의 여자가 노점 할머니 앞에서 찬거리를 고르려고 허리를 숙였다가 할머니가 다른 곳에 집중하는 모습을 보고는 발걸음을 돌렸다.

할머니는 반찬 파는 아줌마를 다시 불렀으나 그녀는 멸치볶음 값을 물어보는 여자를 응대하고 있었다. 반찬 아줌마가 손님에게 오늘 얼굴이 좋아 보인다며 말을 건넸다. 여자는 집으로 가는 길에 찬거리를 자주 사는지 핸드백에서 지갑 크기의 접은 장바구니를 꺼내들었다. 여자가 검정콩과 멸치볶음을 한 봉지씩 고르고 돈을 치렀다. 아줌마는 옆에서 돈이 이상하네 하며 따지는 할머니가 딱하다는 얼굴로 할머니 쪽을 흘깃 보고서는 돈을 살피지도 않고 앞치마에 넣고는 잔돈을 내주었다. 할머니는 자신이 움켜쥔 지폐가 어딘지 수상한 물건임을 주위에서 공인받고자 안달이었다. 할머니는 반찬 아줌마의 지원을 받지 못하자 왼쪽에서 타코야키를 파는 포장마차의 청년에게 돈을 들고 다가갔다.

청년은 손님에게 타코야키 2인분을 종이상자에 담아주고는 꼬챙이로 팬에 올린 반죽을 재빠르게 뒤집었다. 청년은 반죽의 겉이 익었는지 눈으로 확인하면서 할머니가 건네준 지폐를 손에 들고는 자신의 앞에 있는 휴대폰 판매 매장의 불빛에 비춰 보았다. 휴대폰 매장의 네온사인 불빛이 번쩍대며 돈을 푸르게 물들이자 그는 무심하게 괜찮은 것 같은데요 하고 말하면서 앞에서 기다리는 고등학생에게 지폐를 건넸다. 그는 달군 팬에 식용유를 바르고 능숙하게 반죽을 부으면서 돈이 이상해? 라며 학생에게 물었다. 타코야키를 기다리던 남학생은 얼떨결에 지폐를 받아 뒤적여보았다. 남학생이 만 원 지폐를 처음 보는 사람처럼 앞면에 박힌 세종대왕의 초상화를 살피자 할머니가 불에 비춰 봐야지, 그래 봐서는, 하면서 끼어들었다. 학생이 이상한 것 같네요 하고 말꼬리를 흐리면서 할머니에게 돈을 넘기고는 타코야키 값을 지불할 돈을 주머니에서 꺼냈다.

알코올에 중독된 듯 보이는 늙은이가 비틀대며 길을 지났다. 늙은이가 술냄새를 풍기며 웅얼웅얼 중얼거리다 할머니 앞에 섰다. 늙은이가 더러운 세상이라며 큰소리를 쳤다. 아무도 응대를 하지 않자 늙은이는 온 세상이 썩었다고 혼잣말하며 길을 걸었다. 허리가 굽은 할아버지가 폐지와 박스를 담은 손수레를 끌면서 도로를 가로질렀다. 손수레로 길이 막히자 승용차가 길게 짜증스런 경적을 울렸다. 지폐를 든 할머니가 승용차에 욕설을 퍼부었다.

할머니 손으로 돌아온 지폐를 한남수가 도로 받아서는 가로등 불빛에 비췄다. 지하철역 주변 거리는 상가의 유리창과 광고 간판에서 쏟아져 나오는 자신을 드러내고자 다투는 빛들로 덮여 그 빛으로 지폐를 순수하게 바라보기는 어려웠다. 휴대폰 판매점의 광고판 불빛이 번쩍대며 강렬했다. 판매점 유리에 커다랗게 붙은 포스터에는 붉은 옷의 여배우가 폰을 든 채로 행인을

바라보았다. 약국의 네온사인도 휴대폰 판매점에 못지않은 빛을
뿜어냈다. 열 걸음쯤 떨어진 곳에 선 가로등이 눈부신 상업용 빛
속에서 주변을 밝힌다는 모순을 느끼며 안간힘을 쓰고 있었다.
한남수가 지폐를 든 손을 내리는 사이에 들른 손님이 할머니의
물건을 샀다. 할머니는 재빠르게 채소와 감자 등이 든 접시를 비
워내 비닐에 담아 넘겨주고 만 원 지폐를 받아서 바로 주머니에
넣고는 거스름돈을 챙겨주었다.

　　한남수가 돈이 이상한 것도 같다면서 바지의 왼쪽 주머니에서
만 원을 꺼내 이건 괜찮겠지요? 하며 할머니에게 건넸다. 할머
니가 돈을 보지도 않고 앞치마에 넣으며, 아까 것도 괜찮은지 몰
라, 요새 눈이 희미해져서 말이야 하고는 천 원 지폐를 꾹꾹 눌
러 잔돈을 거슬러 주고 감자 몇 알을 덤으로 비닐에 넣었다. 할
머니가 말했다. 기분 나쁘게 생각지 말아. 전에 은행에 돈을 넣
었더니 만 원 한 장이 가짜라고 튀어나오지를 않았겠어. 만 원이
면 여기 파랑 감자하고 다듬은 버섯까지 몽땅 사고도 남아. 아무
리 생각해도 가짜 돈을 받은 기억이 없어. 그런데 망할 놈의 돈
이 어디서 섞여 들어왔는지 모르겠다니까. 은행 직원이 그때 가
짜 돈을 찾는 요령을 말해주는 거야. 할머니가 지폐를 들어 보이
며 말했다.

　　"이쪽 그림과 은박지를 기울여서 비춰 보면 대개 찾는다고 말
이야. 어쩌다 생각이 나면 나도 모르게 그 짓을 한다니까."

　　한남수가 거액을 잃어버린 듯한 할머니의 안타까운 표정에 미

소를 지으며 말했다.

"아, 그랬어요?"

한남수가 고개를 끄덕이고는 오른손의 봉지를 왼손으로 옮겨 추스르고는 지하철역 쪽을 향해 걸어갔다. 횡단보도의 보행 신호가 들어오자 사람들이 우르르 할머니 옆을 지나서 바쁜 발걸음으로 지하철역을 향해 몰려갔다. 그들은 맞은편에서 횡단보도를 건너는 무리와 엉키지 않도록 몸을 피하며 길을 건넜다. 길을 지나는 사람 중의 하나가 한남수와 몸을 부딪쳤으나 행인은 왜 그 자리에 서 있느냐는 퉁명스러운 얼굴로 멈추지도 않고 발걸음을 재게 움직였다. 고개를 숙여 행인과 시선을 마주치지 않은 한남수가 코너의 휴대폰 판매점을 돌아서 사람들 속에 묻혔다. 할머니는 낮은 나무 의자에 앉아 파를 다듬었다. 반찬 아줌마는 흰 비닐에 깻잎을 담았으며 타코야키를 파는 청년은 바쁘게 꼬챙이로 판의 반죽을 돌리고 타코야키를 들어냈다. 그렇지 않아도 특색이 없는 남자의 얼굴은 할머니의 머리에서 희미해졌고 할머니는 금세 남자를 잊었다.

10

경찰청 수사과장은 의자에서 머리를 젖히고 다리를 쭉 뻗었다. 온몸에 피로가 몰려왔다. 지친 두뇌는 삐거덕거리며 겨우 돌아갔다. 수사과장을 괴롭히는 건 피곤만이 아니었다. 사람의 이목을 끄는 대형 사건은 언제 어디서 터질지 몰랐다. 범죄는 자주 나고 범인은 붙잡기 어려웠다. 빌어먹을 언론은 강력 사건이 터지면 예방하지 못했다고 비난하고, 검거가 늦어지면 경찰의 무능을 탓하며 아우성이었다. 언론은 경찰을 두들겨 패는 데 이력이 난 또 다른 범죄자였다. 거기다 윗선에서 언제 하명 사건이 내려올지도 몰랐다.

전화가 울렸다. 경찰청장 비서실이었다. 수사과장은 전화를 들면서 재빨리 문제된 사건을 마음으로 추렸다. 어느 사건일까.

만 원 위폐 사건일 가능성이 컸다. 국과수 연구원은 며칠 전에 300번째 위폐를 감식해서 경찰청에 통보했다. 통보서는 296번부터 300번까지 만 원 위폐를 한꺼번에 늘어놓고 같은 범인으로 보인다고 감식했다. 전국에서 만 원 위폐는 2년째 꾸준히 발견되었고 똑같은 범인의 짓으로 보였다.

수사과장은 비서실에 위폐 사건이냐고 조심스럽게 물었다. 직원은 목소리를 낮춰 그 문제로 민정수석실에서 청장에게 전화를 걸어왔음을 알렸다. 수사과장은 전화기를 든 채로 상황을 정리하고는 숨을 길게 내쉬었다. 그는 급히 보고용 자료를 챙기면서 사건 핵심을 다시 확인했다.

경찰청장은 응접탁자의 중앙 자리에 앉아 과장에게 앉을 자리를 손으로 가리켰다. 경찰의 수장 자리까지 많은 사건과 고비를 거쳐 오른 그는 늘 그렇듯 냉정한 자세였다. 청장은 자신과 경찰의 명예를 나타내는 태극무궁화 계급장 넷이 달린 정복을 착용하고 있었다. 그는 옷장에 여벌의 정복까지 챙겨두었다. 옷장의 빳빳한 정복은 다른 옷들을 밀치고 넓은 공간을 차지하고 서 있었다. 경찰청장의 하루는 날이 선 정복을 입으면서 시작했고 그 정복을 벗으면서 끝났다. 청장은 경찰서장 시절부터 지금까지 줄곧 집무실에서 정복을 입어왔다. 제복을 벗으면 지쳐 보이다가 제복을 입으면 팽팽하게 되살아났다. 어떤 출입 기자가 술자리에서 청장이 제복이라는 딱딱한 껍질을 가진, 만약 껍질을 잃으면 흐물흐물한 덩어리밖에 남지 않아 하찮은 벌레에게까지 공격당할지도 모를 갑충이 아닐까 생각했다고 말했었다. 그가 제복에 집착하는 이유를 기자는 그렇게 해석했고 제복에서 그런 인상을 강하게 받은 나머지 때로는 제복의 광택이 반들반들한 껍질처럼 보여 무섭기까지 했다고 말했다. 수사과장도 그런 생각에 가끔 빠져들었다. 청장 앞에서 지시를 받을 때면 더 그랬다.

경찰청장이 말했다.

"이번이 300번째지."

"예."

과장은 경찰청장의 물음에 감춰진 뜻을 가늠하며 신중하게 대답했다.

경찰청장은 위조지폐가 300장째 발견될 때까지 범인을 잡지 못하고 자신에게 차례가 넘어온 것에 은근히 투지를 불태우는 모습이었다. 청장은 지금의 자리에 오르기까지 몇몇 방송사 뉴스의 첫 화면을 타는 굵직한 사건을 해결해냈다. 자신의 관내에서 발생한 연쇄 살인 사건을 풀기 위해 그는 용의자가 있을 법한 곳의 경찰과 공조를 했다. 재개발 지구의 폐가에서 범인을 체포한 성과를 공조를 한 경찰관서의 신속한 움직임에 돌리기도 했다. 오염된 육류를 유통하는 회사를 덮쳐 회사 간부를 현장에서 체포할 때는 식품위생국 직원과 방송사 기자를 함께 보내 방송국에서 좋아할 생생한 현장 화면을 9시 뉴스에 내보내기도 했다. 그는 대외적으로 겸손했으나 자신에게 그런 수사의 공이 있다는 사실이 언론을 타도록 손을 썼다. 그럴 때마다 그는 정보나 경비가 아닌 수사부서 출신임을 자랑스러워했고 경찰의 본분이 수사임을 힘주어 강조하곤 했다. 경찰청장의 관운은 끈질겼다. 지방경찰청장으로 밀려나서 그 자리를 끝으로 퇴직하리라 모두가 생각했을 때, 그는 예상을 비웃고 경찰청장으로 향하는 가파른 협곡을 건너서 생환했다. 그는 윗선의 뜻과 바람을 예측하고 챙기면서 관운이 죽지 않도록 관리했다.

경찰청장이 잠시 침묵했다. 입을 다문 그는 이렇게 말하는 것 같았다.

'우리 토대를 갉는 범죄가 가장 무서워. 기둥을 구멍 내 우리를 폭삭 쓰러뜨리는 범죄 말이야. 위조화폐는 그런 범죄지. 살인은 어찌 보면 하찮아.'

어쩌면 그는 민정수석실에서 걸려온 전화의 의미를 곰곰이 음미하는 것 같기도 했다. 민정수석실에서 걸려오는 전화를 하나씩 해결하는 것은 자신의 장래를 결정짓는 징검다리를 놓는 것과 같았다. 그런 전화는 무게가 가벼운 것도 있었고 묵직한 중량을 자랑하는 종류도 있었다. 때로는 그곳의 비서실에서 전화가 걸려올 때도 있었다. 전화는 야단스럽지 않게 사회에서 벌어지는 일의 뭔가를 지적하거나 우려와 관심을 표시했다. 경찰청장은 그런 말을 증폭시켜 뒷면에 감춰진 본심을 날카롭게 꿰뚫었고 수사할 기간과 강도를 본능적으로 결정했다. 권력의 본질은 결국 자신의 속내로 상대방을 제 마음대로 다루고 복종시키는 것이었다. 경찰청장은 자신의 상부에서 내려온 몇 마디 말에 쉽사리 흔들리는 사람이 아니었지만 한편으로는 쉽게 흔들렸다.

경찰청장이 말했다.

"범인이 오만 원 위폐를 만들었을까?"

수사과장은 그 질문의 의미를 누구보다 고민했다. 만 원 위폐범의 위조 솜씨는 뛰어나고 노련했다. 그런데 같은 범인이 오만 원 위폐를 만들었다는 물증은 나타나지 않았다. 만 원 위폐를 만든 놈이 오만 원 위폐를 만들지 않았다는 장담은 하기 어려웠다. 여기저기서 오만 원 위폐가 나타났다. 그러나 편의점에서 주로 발견되는 오만 원 위폐는 조잡해서 점원이 손에 받아드는 순간에 의심을 불러일으키는 종류가 대부분이었다. 엉성하게 컬러복사기로 지폐를 복사하거나 심지어는 지폐 한 장을 갈라서 두 장으로 만든 위폐를 사용하는 바람에 점원에게 바로 들통이 나버렸다. 그 범인들은 위폐라는 대저택에 발을 들여놓지도 못하고 초인종만 눌러보고 겁에 질려 도망가버리는 좀도둑에 불과했다. 이런 범인은 추적하면 쉽게 걸려들었다.

경찰청장의 말은 만 원 위폐를 닮은 오만 원 위폐가 대량으로 돌아다니는데 우리가 찾지 못하는 게 아닐까 하는 의문이기도 했다. 사태가 급속히 악화되는 길이기도 했다. 일이 터졌을 때 대책과 수사 방침을 내놓으면 여론은 비웃기 일쑤였다. 상부의 차가운 시선은 여론보다 더 무서운 대가였다.

수사과장이 말했다.

"오만 원 위폐는 아닙니다."

"아직은?"

"예."

경찰청장은 수사과장이 내린 판단의 근거를 묻지는 않았다. 청장은 그러나 고개를 두 번 끄덕여 공감을 표시했다. 경찰청장은 길지 않은 말과 간단한 동작으로 능숙하게 부하를 지휘하는 능력으로 유명했다.

수사과장은 오만 원 위폐를 담은 트럭을 고속도로에서 추격한 적이 있었다. 얼마 전 9시 뉴스에서 오만 원 위폐가 크게 다뤄진 날이 있었는데 그날 밤에 꾼 꿈이었다. 범인은 컬러복사기로 복제한 오만 원 위폐를 편의점과 빵집에서 사용했다. 사회에 큰 타격을 줄 사건은 아니었지만 이상하게도 그날 뉴스 앵커는 과장된 목소리로 위험을 경고했다. 위폐를 발견한 빵집 직원이 호들갑스럽게 인터뷰를 했다. 롤빵 세 개를 산 손님이 신용카드를 쓰지 않아 이상했어요. 오만 원 지폐도 칙칙해 보였고요. 손님에게 받은 지폐를 그 자리에서 자세히 들여다보기는 그랬어요. 손님이 불쾌해할 게 뻔하니까요.

꿈에서 수사과장이 모는 경찰차가 경광등을 번쩍거리며 범행 트럭에 따라붙자 트럭은 비틀대며 다리를 지났다. 트럭은 대담하게 차선 중앙을 타고 달렸다. 이상하게도 도로는 텅 비어 트럭 혼자 도로를 질주했다. 수사과장은 괴상하군, 괴상해 하면서도 액셀을 끝까지 밟았다. 트럭 속도가 빨라졌다. 뒤쫓는 수사과장의 차가 바람을 가르는 소리로 진동했다. 트럭이 도시로 들어가는 고가도로를 지나 강변에 붙은 도로로 옮겨 탔다. 이제는 외길이라 더 도망가기는 어려웠다. 트럭이 무시무시하게 속도를 올리자 적재함을 덮은 방수포가 벗겨지며 황금색 지폐가 허공에 날렸다. 수사과장의 차 앞 유리창에 신사임당의 얼굴이 수북이 쌓이더니 위폐 뒷면의 매화와 대나무 그림도 차창에 가득 올라탔다. 수사과장은 쏟아지는 지폐를 피하며 차를 운전했으나 곧 오만 원 지폐 더미에 가로막혀 멈춰 서고 말았다. 하늘에 번지는 붉은 노을을 따라 트럭은 지폐를 뿌리며 달려가 강변도로는 거대한 지폐 더미로 덮였다. 오만 원 황금색 지폐는 바람을 타고 하늘을 메우며 펄펄 날랐다. 하늘을 누렇게 가린 황금물결 사이로 도심의 빌딩들이 맥없이 퍽퍽 주저앉으며 거대한 회색 먼지구름이 피어올랐다. 수사과장은 차에서 뛰어내려 트럭을 뒤쫓았으나 지폐를 챙기려 몰려드는 인파가 그를 밀치고 욕설을 해댔다. 어떤 할머니는 비키라며 돈을 채울 가방으로 수사과장을 후려치기도 했다. 모인 인파는 남자와 여자, 노인과 소년 할 것 없이 가방과 주머니 속에 지폐를 쑤셔 넣었다. 인파가 가방 가득 챙기는 지폐 더미는 수사과장 월급으론 꿈도 못 꿀 거액이었다. 깨어나서도 뒤끝이 더러운 황망한 꿈이었다. 꿈에 쫓겨서인지 수사과장은 며칠을 오만 원 위폐의 범인을 고심하며 추적했다. 범인은 엉뚱하게도 찜질방에서 사소한 폭행 사건으로 잡혔다. 남자 둘이 누가 자리를 먼저 차지했는지 잠자리를 둘러싼 다

틈을 벌였다. 경찰은 찜질방 업주가 신고한 두 사람의 신분증을 확인하면서 우연히 한 남자가 지닌 오만 원 지폐가 이상함을 알아챘다.

수사과장이 자신 있는 어조로 보고했다.

"전력을 기울여 잡겠습니다."

"꼭 잡게."

청장은 힘 있게 말하고 일어섰다.

"인원을 지원하겠네. 필요한 게 있으면 요청하고."

수사과장은 뒤따라 일어나며 청장에게 경례를 힘차게 올렸다.

11

경찰청장이 수사과장을 만난 다음날 전담팀이 꾸려졌다. 위폐 전담팀은 팀장 밑에 네 명의 수사관이 붙은 수사기획팀이었다. 규모는 작으나 경찰청장이 내린 지시를 업고 어느 경찰서에든 지원과 협조를 구할 수 있었다. 지능수사 경력이 풍부한 팀장은 경찰청장의 직접 지시로 팀이 만들어졌다는 무게감으로 머리가 무거워 보였다.

특별수사팀의 첫 회의가 열렸다. 열 명이 들어가는 작은 회의실 중앙에 타원형 회의 책상이 놓여 있었다. 회의가 아직 시작되지 않아 벽에 걸린 화면에는 회의 제목만이 띄워져 있었다. 수사과장은 몸을 의자에 기대더니 심각한 표정으로 화면을 쳐다보았다.

수사과장이 손을 들어 신호를 보내자 팀장이 인사를 했다. 참석자는 국립과학수사연구원의 감식가 양원진, 한국은행과 조폐공사의 위폐 관련 담당자, 경찰청 전담팀의 팀장과 수사관 세 명이었다. 양원진이 아는 표민석 수사관도 들어왔다. 브리핑을 맡은 수사관이 만 원 위폐가 발견된 곳의 지도를 화면에 띄웠다. 화면에 오른 300개의 점들은 인구분포도를 닮은 형태로 전국 도시에 골고루 분포되어 있었다. 서울과 경기도에 밀집했으나 부산과 광주와 대전을 비롯한 대도시에도 적지 않았다. 그 점을 이으면 한국이라는 나라의 골격처럼 보였다. 이어진 선들은 범인에 대한 정보를 알려주는 것 같았으나 다시 보면 수사에 별로 도움이 되지 않는 의미 없는 선 같기도 했다. 팀장은 발견된 지역을 따라 선과 면으로 이동 경로와 특성을 설명하는 몇 장의 화면을 올렸으나 신통치 않아 보였다. 위폐가 그곳에서 처음 유통됐다고 장담할 수도 없었다. 시민이 위폐를 신고하는 비율은 낮아 대부분의 위폐는 금융기관 기계에서 걸렸다. 일반인들은 자신의 손에 잠시 들어왔다가 곧 다른 곳으로 떠날 돈을 유심히 들여다보지 않았다. 설령 자신이 받은 돈이 위폐로 판명 나도 기껏해야 만 원을 손해 볼 뿐이었다. 그런 일이 선량하게 살아가는 자신에게 일어날 확률은 희박했다. 위폐를 경찰서에 신고해서 바쁜 시간을 쪼개 조사받는 번거로움을 감수하기도 쉽지 않았다.

수사팀장이 화면에 위폐 몇 장을 올렸다. 똑같은 일련번호를 지닌 지폐였다. 지금까지 발견된 300장의 위폐는 일련번호의 끝이 두 종류였다. 7534와 2197로 모두 만 원권이었다. 국과수 연구원은 25번째 위폐가 발견된 이후로 잉크와 용지, 위폐 번호가 유사하게 찍힌 점에 주목하고 있었다.

국립과학수사연구원의 양원진은 만 원권 지폐를 띄운 화면에서 위엄에 찬 세종대왕을 쳐다보았다. 화폐에 실린 사람은 국민이 존경하는 영웅이거나 학자, 혁명가였다. 그 인물이 지폐 가치를 확인해주는지도 몰랐다. 세종대왕은 시베리아횡단열차를 타고 모스크바로 갈 때를 떠올리게 했다. 창밖은 눈으로 가득 덮인 풍경이었다. 시베리아소나무와 자작나무와 잎갈나무가 철로를 따라 줄을 지었다. 밤새 달려도 아침이 되면 출발지를 닮은 설원 풍경이 질기게 이어졌다. 6인실은 양원진과 프랑스에서 온 청년, 그리고 러시아의 삼십대 남자 세 명이 차지해서 넉넉했다. 광대한 평원을 달리는 열차에서 지루한 이틀이 지나자 양원진은 2리터짜리 보드카 병을 꺼냈고 러시아 남자가 눈을 빛내며 맞았다. 주기율표를 만든 러시아의 멘델레프가 가장 맛있는 알코올 함량으로 밝혔다는 40도 보드카였다. 남자 셋은 우연한 만남을 축하하는 건배를 하고 술을 나누어 마셨다. 프랑스에서 온 남자는 프랑스어로 말했고, 러시아 남자는 프랑스어와 영어를 못했으며, 양원진은 영어는 제법 구사했으나 프랑스어와 러시아어를 못했다. 며칠의 줄기찬 열차의 질주에 지쳤는지, 아니면 셋 다 외로웠는지 그들은 각자의 말로 뭔가를 말하며 보드카를 마셨다. 러시아 남자가 낮은 목소리로 이야기를 하고 한 잔을 마시고, 프랑스어로 뭔가를 말한 남자가 한 잔을 마셨으며, 양원진도 유창한 한국어로 자신의 소감을 말하고 한 잔을 마셨다. 그들 셋은 밤이 깊어갈수록 보드카에 흥건히 젖어들었다. 시베리아횡단열차는 레일의 덜컹대는 진동을 전하며 미지의 공간으로 끝없이 달려 나갔고 마침내 러시아 남자도 가방에서 목이 긴 보드카 병을 꺼내들었다. 그 보드카가 방아쇠였다. 러시아 남자가 수첩을 꺼내 두 여자의 그림을 그리며 술에 취해 지껄였다. 두 여자는 비슷하게 젊었으며 아름다워 보였다. 그러나 러시아 남자만큼이나 취한 양원진은 그의 말을 알아들을 수도 없었고, 그 여자가 누구인지, 남자와 어떤 관계인지 물을 정신도 나지 않았으며, 설령 물었다 하더라도 서로 말이 통하지 않는 상태에서 만족스러운 답을 기대하기 어려웠다. 프랑스 남자가 가족인지 애인인지 모를 여자 사진을 보여주며 긴 말을 했을 때도 마찬가지였다. 러시아 남자와 프랑스 남자의 인생에서 중요한 의미를 지닌 여자들은 양원진에게는 존재하지 않는 사람과 마찬가지였다.

그러다가 문득 러시아 남자가 자기 나라의 화폐인 루블을 꺼내 지폐에 관해 뭔가 말을 이었다. 양원진도 천 원과 만 원을 꺼내들자 프랑스 남자와 러시아 남자는 화폐의 인물이 누구인지 묻는 동작을 취했다. 양원진은 수첩에 천 원의 퇴계 이황과 만 원의 세종대왕 그림을 그려 그들이 누구인지를 전달하려고 애썼다. 그건 쉽지 않았다. 양원진은 취해서 머리가 빙빙 돌고 사물이 흐릿해지고 차창으로 지나가는 설원이 이상하게 따뜻하게 보이는 중에도 만 원 지폐에 나온 세종대왕을 말이 통하지 않는 낯선 사람에게 그림과 몸짓으로 알리는 것이 무척이나 힘들다는 사실을 절감했다. 프랑스 남자는 세종대왕이 머리에 쓴, 매미의 날개 형상인 익선관을 궁금해했다. 프랑스 남자는 여러 번 모자를 쓰는 동작을 취하며 그 모자에 대해 물었다. 양원진은 왕의 모자 하나를 이해시키기가 이렇게 어려운지 몰랐다. 양원진은 소통되지 않는 언어의 절벽에서 절망감에 빠졌다. 지쳐버린 그는 침대에 엎어져서 잠에 빨려 들어갔다. 양원진은 만 원을 보면 세종대왕과 그가 쓴 익선관을 그림과 몸짓으로 설명했던 그때의 광경이 떠오르며 고독과 단절과 알아듣지 못할 말의 중얼거림과 끝없는 설원이 하나의 인상으로 결합되어 나타났다. 그에게 만 원은 단절과 불통이 겹치는 이미지였다. 양원진의 상념 사이로 한국은행 위폐 담당자의 말이 들렸다.

"컬러복사기를 쓴 건 아닙니다. 일부는 잉크젯프린터로 제작했고 일부는 소형 평판인쇄기를 돌린 것처럼 보입니다."

그는 화면을 한 번 가리키고 다시 말했다.

"지폐를 빛에 비추면 조잡하지만 세종대왕이 나타나고 은박지도 붙어 있으니 정교한 솜씨입니다."

조폐공사 참석자가 연이어 말했다.

"적외선 감지기와 은박지 검사 시스템이 붙은 위폐감식기를 통과 못하니, 탁월한 모조품은 아닌 셈이죠."

한국은행과 조폐공사 담당자들은 거기서 멈췄다. 참석자들이 이미 익숙하게 아는 내용이었다. 한국은행과 조폐공사 직원은 높은 연봉에 일은 까다롭지 않고 저녁과 주말이 보장되는 삶을 보냈다. 그들은 회의에도 건성으로 참석하는 것처럼 보였다. 양원진은 담당자 둘의 세련된 양복과 깔끔하게 다듬은 머리를 보면서 거부감을 느꼈다. 양원진이 말했다. 위폐의 잉크와 재질은 진짜 화폐의 재료와 같지는 않지만 유사하다. 범인이 중요한 비밀로 취급되는 지폐의 재질과 잉크의 기본을 알며 화학에 정통하다는 말이다. 혹시 범인이 한국조폐공사의 제조 공정에 관련된 내부자와 공모하거나 정보를 얻는지도 모른다. 조폐공사 담당자가 펄쩍 뛰며 되받았다.

"예의가 없네요. 무슨 근거로 내부자 의혹을 말합니까?"

양원진이 말했다.

"가정일 뿐입니다. 이런 사건일수록 열린 마음으로 사건을 조망해야 해서요."

조폐공사 담당자가 의외의 지적에 긴장해서 회의에 집중했다. 그는 관계 기관 사이에 위폐 합동회의가 열리면 하루 출장을 끊어 대충 참석한 다음 일찍 돌아갔다. 그런 그도 이번 회의부터 뭔가 달라진 무게감을 느끼고 있었다.

조폐공사의 담당자가 발언했다. 만 원 위조에 성공한 범인이 수년째 만 원만을 위조한다는 것은 납득하기 어렵다. 만 원은 오만 원 위폐를 제작하기 위한 준비 작업으로 보인다. 그러나 국내에선 제작에 필요한 잉크와 용지와 인쇄기를 구하기 쉽지 않다.

잉크젯프린터로는 제작 매수를 늘리기가 어렵다. 평판인쇄를 돌린다 해도 아직까지 유통 액수가 많아 보이지 않는다. 자신은 중국에서 전문 위폐단이 제작한 오만 원권을 배로 남해와 서해를 통해 한국의 소형 어선에 싣는 방식으로 밀수하리라고 본다. 또는 중국에서 오만 원 위폐 금형을 밀수할지도 모른다. 중국에선 평판 위폐 인쇄가 발달해 있다. 그래서 곧 대량으로 오만 원 위폐가 나타나리라고 예상한다. 그는 이렇게 예측한 근거로 얼마 전 중국에서 비행기를 타고 들어온 조선족이 달러 슈퍼노트 수백 장을 반입한 사건을 들었다. 조폐공사 담당자가 내린 예측대로면 어디선가 시한폭탄이 째깍째깍 돌아가고 있었다.

수사팀장이 조폐공사의 참석자에게 물었다.

"한국의 위폐범이 중국과 연계되어 있다는 뜻인가요?"

"그렇죠. 이건 대량 살포를 위한 준비 과정입니다. 지금 운영하는 지폐 유통 시스템을 점검하는 것이죠. 만 원은 재앙의 전조입니다. 밀수 루트를 점검하고 업소에 지폐감식기 도입을 권고해야 합니다."

한국은행 담당자가 바로 노여움 담은 목소리로 반론을 제기했다. 만 원 지폐만, 그것도 소액으로 장기간에 걸쳐 발견되는 상태에서 업소에 지폐감식기 도입을 권하는 건 지나치다. 그건 엄청난 신뢰 위기를 상징하는 조치다. 지폐 백만 장에 위폐는 고작 한 장 아니면 두 장꼴이 아닌가. 이 자리는 위폐감식기를 의논하는 곳이 아니라 범인을 잡는 회의 장소다. 그는 위폐감식기를 업소에 설치하는 문제를 한국은행의 공신력을 끌어내리는 불순한 움직임으로 단정 지었다.

한국은행 담당자는 목소리를 높였다가 물을 두 잔 마시고서야 벌겋게 달아오른 얼굴이 사그라들었다. 그는 한국은행 조직에 흠이 되는 어떤 시도도 완강하게 막을 자세였다. 양원진은 고개를 돌려 특별수사팀의 팀장에게 물었다.

"범인이 만 원권 위조로 만족한다고 봅니까?"

팀장은 주위를 돌아보며 아니라고 답했다. 프레젠테이션을 맡은 수사관이 새 화면을 띄웠다. 그간의 위조지폐 수사 사례였다. 그 사례를 응용해서 이번 만 원 위폐를 조사하기 위한 계획이 올랐다. 잉크와 화폐 재료와 인쇄기의 출처를 추적할 것. 그러나 이미 출처를 찾기 어려운 2년 전부터 범인은 차곡차곡 위폐를 뿌리고 있었다. 위폐가 발견되는 그 일대를 중심으로 철저한 탐문 수사를 할 것. 위폐가 발견된 곳 주변의 감시카메라를 확보해서 데이터베이스를 만들고 각각의 위폐 발견 장소에서 동일한 인물이 나오는지 검증할 것. 화폐에서 미세증거나 지문이나 조그만 세포 조각이라도 찾을 수 있도록 정밀한 감식을 실시할 것. 그런 계획이 이어졌으나 회의에 참석한 누구도 그 정도의 일반적인 수사를 통해서 범인을 잡을 수 있을 거라 생각하지 않는 얼굴이었다.

양원진은 배석한 수사관인 표민석을 쳐다보았다. 둘은 FBI 아카데미가 미국에서 개최한 위조지폐 연수를 다녀온 사이였다.

표민석은 IT범죄수사 부서에 근무하다가 이번 사건으로 위폐 특별수사팀에 차출되었다. 회의에서 표민석은 메모를 하며 조용히 귀를 기울이고 있었다. 그는 평소에는 활발했으나 공식적인 자리에선 입이 무거웠다.

양원진이 말했다.

"범인이 만든 만 원권은 위폐감별기의 입체스캔, 자외선과 적외선 검사, 마그네틱 검사 모두에서 다 걸립니다. 정교한 위폐가 아니에요. 그리고 대량 살포가 목적이 아닐 수 있습니다. 범인은 뻔뻔스러울 정도로 대담해요. 위조보다 치밀한 배포가 목적이라고 할까요? 우리가 알지 못하는 목적과 철학이 있는 것 같습니다."

수사팀장이 "철학까지?"라며 되묻자 회의장에는 긴장을 누그러뜨리는 가벼운 웃음과 웅얼거림이 지나갔다.

양원진은 자신의 말을 거두어들이는 어색한 웃음을 지었다. 그러나 그가 범인이 만든 위폐에서 철학만이 아니라 친밀감까지 느낀다고 고백했다면 회의는 어리둥절한 침묵으로 싸였을 것이다. 양원진은 국립과학수사연구원의 감식실에서 이 위폐를 한 장씩 감정할 때마다 위폐범에게 유대감을 느꼈다. 그 위폐에서 받는 느낌은 일반적인 위폐와는 달랐다. 상대방을 어떻게든 속여서 이득을 보겠다는 추함이 그 위폐에서는 묻어나지 않았다. 이건 근거 없는 상상에 불과할까? 어쩌면 7534와 2197 번호를 자주 만지다보니 생긴 선입견인지 모른다. 위폐는 위폐에 불과했다.

분광비교 측정 장비인 영국제 VSC6000 기계는 다양한 적외선 필터를 장착하고 있었다. 분광비교기에 필터를 걸어 적외선을 쏘면 모니터에 나타난 위폐는 맨눈으로 보는 것과 다른 우중충하고 무질서한 모습을 단박 드러냈다. 분광비교기까지 아니라 손으로 만지고 맨눈으로 유심히 살피고 불빛에 비춰 보아도 위폐임을 알 수 있었다. 위폐 감정서에 분광기가 내놓은 감식 결과를 기재하고 그는 앞서 들어온 위폐와의 유사점을 찾아보았다. 그가 같은 범인이라고 추측한 위폐의 번호는 전임자가 확인했던 두 종류와 같았다. 범인이 사용하는 잉크젯프린터는 세 대, 스캐너는 두 대로 추정했다. 평판인쇄가 아니라고 판단했으나 조폐공사와 한국은행의 담당자는 다르게 생각하고 있었다.

양원진은 감식실의 보관함에서 100달러 슈퍼노트와 평판으로 인쇄한 위안화 위폐를 꺼내서 만 원 위폐와 나란히 놓고 생각에 잠기기도 했다. 100달러 슈퍼노트는 외관상 완벽한 몸을 자랑했다. 인물의 목에 새겨진 미세한 숫자와 글자에서 위폐의 단서가 포착될 뿐이었다. 거액을 들인 요판인쇄기를 사용해서 오로지 큰돈을 노리는 더러운 속셈만이 느껴졌다. 만 원 위폐는 지금까지 들어온 위폐 숫자와 유통 지점, 유통 속도로 따져보면 한 달에 고작 이백에서 삼백 장을 넘어서지 않을 것이었다. 제작 경비와 체포 위험을 고려하면 소액이었다. 범인은 소액을 제작해서 유통했기에 잡히지 않는지도 몰랐다. 범인은 왜 만 원권에다 소액만 위조하는 것일까?

어떤 이유에서든 새로운 방식과 접근이 필요했다. 다른 각도에서 살펴봐야 한다. 양원진은 머리를 비우고 사건을 뒤집어서 털어봐야 하지 않을까 생각했다. 경찰의 특별수사팀과 회의실 중앙에 앉은 수사과장도 그렇게 생각하는 것 같았다. 수사과장이 새로운 방식으로 사건을 점검하자고 말하면서 회의가 마무리되었다. 늦은 오후에 시작한 회의가 어두워서야 끝났다.

12

　양원진은 회의를 마치고 표민석 수사관을 술집에서 만났다. 카페처럼 꾸민 족발집이었다. 둘은 베이지색 벽돌로 쌓은 벽에 낮은 칸막이를 친 4인용 탁자에 자리 잡았다. 표민석이 직화로 구운 족발과 양념 족발을 함께 주문하면서 교환권을 직원에게 내밀었다.

　"또 오는 손님에게 소주 한 병 교환권을 줘."

　"그 때문에 이 집에 온 거네."

　"아냐. 맛이 괜찮아. 서비스도 좋아. 샐러드와 족발에 맞는 홍합탕을 내줘."

　표민석이 양원진에게 소주를 한 잔 부었다. 그들은 잔을 마주 부딪치고 들이켰다.

양원진이 말했다.

"만 원권 위폐로 특별수사팀이 만들어지다니. 사건이 언론을 타지도 않았는데."

"더 큰일이 터질까 불안해서겠지."

"그럼 위폐범이 만 원 위폐만 만들면 수사팀은 없애도 되겠네."

"글쎄. 위폐범이 뭘 할지 알지 못하니까."

둘은 빠르게 소주 한 병을 비웠다.

표민석이 물었다.

"만 원 위폐범은 어떤 놈일까?"

양원진이 말했다.

"위폐에서 이익을 적게 남기는 사람."

"아, FBI 연수에서 들었던! 규모가 커질수록 노출과 체포 확률이 높아진다는. 하긴 만 원으로 조심스럽게 쓰면 큰 이득이 되겠어? 하지만 위폐 발견 비율을 따지면 300장도 작지만은 않아. 그러나 놈이 만 원에서 멈출까? 오만 원권으로 나가지 않을까?"

양원진이 소주잔을 털어서 마셨다.

"그러게 말이야."

"그러면 붙잡기 쉬워질 거야. 수사과장과 윗선은 오만 원권을 대량으로 위조하는 사태를 걱정하는 것 같아. 그런 일이 터지면 후폭풍으로 닥칠 자리 걱정이 앞서기도 하겠지만 말이야."

양원진이 표민석에게 말했다.

"이번 사건을 맡은 수사팀장은 어때?"

"뭐 말이야?"

"의욕을 보이냐고."

"의욕이야 있지만 특별수사팀에 온 게 달갑지만은 않아 보여. 언론에 내놓을 수 없는 사건이잖아. 해결해도 기자회견을 못할 수도 있고. 그래도 윗선의 눈에는 들 거야. 그렇지만 그 윗선이라는 게 늘 바뀌니까. 관심사도 달라지고."

"언론은 눈치챘을까?"

"아직은 몰라. 커지면 크게 띄울 사건 아닐까. 경제 질식 위기, 절벽에 선 경찰, 뭐 이런 독자를 자극하는 제목을 뽑아서 말이야. 얼굴 노래질 인간들 많겠지. 국과수 감식관은 좋겠다, 너희들이야 갖다주는 자료 처리만 하면 되잖나."

"섭섭한데. 우리도 범인을 상상하고 추적해, 머릿속이지만."

"그렇다니까. 넌 범인이 옆에 와도 눈 멍히 뜨고 놓칠 거야. 범인을 잡을 후각이 무디거든. 그건 실전을 거쳐 범인과 대적해야 길러지는 자질이니까."

"너희들 대단하다 이거지. 그런데 위폐범을 잡을 뭐 제대로 된 작전이라도 있나."

"작전이야 잘 짜놓았지. 그런데 이번 작전은 제대로 굴러가지 않을 거야. 만 원 위폐가 발견되면 그 주변을 샅샅이 훑는 원시적인 방법 말고는 수가 없으니까. 다른 멋진 수사 계획은 윗사람들 보기 좋으라고 만든 보고용이야. 그래도 우린 잡을 거야. 놈이 깊게 숨었지만 우리도 질기게 잠복할 생각이니까."

넓은 족발집은 시끄럽게 떠드는 팀들이 많았으나 룸에 쳐진 벽돌 칸막이와 복도에 놓인 유리벽이 소리를 죽였다. 양원진은 화장실로 가면서 회사원들이 모인 듯 보이는 8인실을 지나갔다. 8인실에서 회사 상사를 욕하는 소리가 복도를 지나는 그에게까지 들렸다. 그는 자신의 귀에 들린 이름을 털어내면서 카운터에서 위폐로 술값을 지불하는 장면을 상상했다. 그가 지갑에서 꺼낸 돈을 위폐라 생각지 말고 자연스레 쓴다면 카운터 직원도 넘어가리라. 설령 위폐임이 발각된다 해도 원진이 먼저 재수 없다고 욕하면서 직접 신고하겠다고 나서면 누가 간섭할까? 그런 점에서 본다면 잡히지 않는 위폐범은 확신범이다. 위폐범은 두려워하지 않고 당당하게 위폐를 쓰고 있다. 그는 이런 가정을 하며 자리로 돌아왔다.

양원진이 물었다.

"딸은 잘 크고 있나."

표민석은 결혼해서 세 살 된 아이를 두었다. 심리상담 쪽 일을 한다는 표민석의 아내는 언젠가 양원진이 보았을 때 행복해 보였고 남편을 아끼는 마음이 뚝뚝 흘렀다. 남편이 남들이 모르는 이야기를 하면 자랑스럽고 환한 얼굴로 호들갑스럽다는 느낌이 들 정도로 맞장구를 쳤다. 양원진은 그들 부부 앞에서 자신이 외로워지는 느낌이 들었다.

"잘 자라고 있어."

"혹시 운동에 소질은 없고."

"아, 세 살인데 아직은. 앞으로 두고 봐야지."

표민석의 딸 돌잔치에서 아이가 골프공을 잡았던 일을 양원진은 기억했다. 뷔페의 넓은 룸에서 아이는 놀랄 정도로 호기심 어린 얼굴로 돌상에 놓인 물건을 살펴보고 있었다. 아이가 배도 부르고 기분이 좋았던 덕분인지 모른다. 아이는 연주자가 플루트를 불 때는 연주자를 뚫어지게 쳐다보면서 음악을 생각하는 얼굴이었고, 사람이 속에 들어간 커다란 뽀로로 인형이 움직이면 다가가서 손으로 귀를 잡아당겼다. 아이는 커다란 뽀로로 인형이 어디서 나타났을까 따지며 얼굴이 활짝 피었다. 아이가 돌잡이에서 잡은 건 골프공이었다. 아이는 골프공을 꽉 쥐고 손에서 놓지 않았고 엄마가 손을 억지로 펴려고 하자 얼굴을 붉히며 자못 화를 내었다. 곳곳에서 아유, 선수 났네. 미국 골프를 휘어잡겠다, 저 욕심 좀 봐, 소리가 들렸다. 양원진은 수갑이나 3단봉을 놓아야 했다고 말했다.

"진심이야?"

"국민 안전을 지키는 게 공을 구멍에 집어넣는 쓸데없는 일보다 가치 있지 않아?"

"오, 그런 애국자인 줄은 몰랐는데."

표민석은 아이가 플라스틱 수갑을 잡아 흔드는 모습을 생각하면서 말했다.

"나도 자나깨나 우국에 여념이 없어. 이번 위폐범도 빨리 잡아야 할 텐데. 경찰청장이 지시한 특별수사팀은 성과가 없으면 괴로워. 알게 모르게 압박을 받거든. 청장도 이번 수사가 힘들다는 건 알고 있어. 단서가 많은 것 같지만 실제는 거의 없다시피 한 특이한 사건이니까. 그래 양원진, 좋은 정보 있으면 빨리 전해주고. 넌 머리가 잘 돌아가잖아. 위폐를 감식하면서 얻은 새 정보도 보내줘. 위폐 300장과 관련된 정보 말이야."

"그거야 경찰청에서도 갖고 있지."

표민석은 경찰청의 정보야 알고 있지 하는 얼굴로 어깨를 으쓱 올리고는 말했다.

"그리고 너 빨리 결혼해라. 왜 여자를 그리 못 챙겨."

양원진은 빙긋이 웃고 말했다. 원진과 여자 친구는 오래 만났지만 관계는 지지부진했다. 서로가 서로를 뿌리칠 것 같으면서도 중력에 매여 같은 궤도를 도는 지구와 달처럼 관계가 끊어지지도, 더 나아가지도 않았다.

표민석이 말했다.

"FBI 아카데미에 갔던 일 기억나?"

"물론이지."

FBI는 달러 위폐 수사 공조 체계를 명목으로 각 나라의 위폐 수사와 감식 담당자를 미국으로 초청해 정기적으로 연수를 실시했다. 그들 둘은 맡은 업무와 연관이 되기도 했지만 따지자면 영어 실력이 뛰어나다는 이유로 선발되었다. 양원진은 대학을 다니며 미국 드라마를 즐겨 본 덕을 뜻밖의 장소에서 보게 되었다.

아카데미는 워싱턴에서 차로 한 시간 거리인 버지니아의 콴티코에 있었는데 그곳은 해병대 훈련소로도 유명했다. 미국 해병대와 미국 FBI는 비슷한 이미지로 다가왔다. 한쪽은 미국 바깥의 질서를, 또 다른 한쪽은 미국 내부의 질서를 잡는 곳이었다. 이전에 다녀간 한국 수사기관 연수자는 영어가 달려 탈진할 지경까지 간 모양이었다. 전임자들은 도대체 낙이라곤 없는 연수로 입소문을 내고 다녔다. 연수 강의실은 FBI 아카데미 본관에서 떨어진 별관으로 그들이 머문 숙소와 연결되어 있었다. 별관 건물은 FBI가 소유한 넓은 대지에 있었고 울타리 쳐진 바깥으로 나갈 수도 없어 감금이나 마찬가지였다. 연수자들은 돌아와서 미국 감금 체험이라며 억울해했다. 숙소는 3층 건물로 상당수가 2인실이었지만 1인실도 적지 않았다. 양원진은 표민석과 함께 2인실에 머물렀다. 침대 두 개와 테이블과 의자, 그리고 텔레비전이 놓인 2인실은 검소하면서 깔끔했다.

2주 연수 일정은 달러의 역사부터 시작해 미국과 세계 각지에서 일어난 위조화폐 사건에 대한 강의로 빠듯했다. 삼 일째, 위폐 수사 업무에 30년을 보낸 갈색 머리에 초록색 눈을 지닌 키가 무척이나 큰 여자 수사관이 강의를 했다. 여자 강사는 연수생을 불러내 100달러 지폐 석 장을 나눠주고 확대경으로 위폐를 찾아보라고 말했다. 30명의 연수생들은 확대경을 들고 탁자에 놓인 100달러 지폐를 살펴보고 손으로 만져보았다. 관찰이 끝나자 수사관이 물었다. 위폐를 찾은 사람? 몇몇이 손을 들고 미세문자와 숨은 그림의 차이와 촉감과 재질의 다름을 말했지만 퇴짜를 맞았다. 대다수가 위조지폐를 가려내지 못하자 연수생들 스스로도 놀랐다. 한 장이 위폐였다. 위폐는 화폐의 인물 목선이 흐릿하고 서명의 끝이 진폐의 그것보다 조금 올라갔을 뿐 나머지는 똑같았다. 흐릿한 목선조차 강사가 그 부분을 지적하자 그렇게 보였을 뿐, 위폐를 진폐로 통용시켜도 누구도 의심하기 어려웠다. 강사는 위폐를 손에 들고 말했다.

"은행의 ATM감별기를 통과하는 위폐에요. 콜롬비아에서 제작되어 밀수되었죠."

처음에는 FBI도 위폐를 찾아내지 못했다. 위폐 제조단이 모터보트로 위폐를 싣고 미국 해안으로 접근하다 적발되자 지폐 다발을 바다에 던지는 바람에 찾아냈다. 방수 처리가 된 가방에서 건진 위폐가 바로 이것이다. 진폐와 거의 똑같다. 수사관이 위폐를 손에서 흔들었다. 만약 이 위폐를 섞어서 유통하면 진폐와 구별할 수가 없다. 은행과 가게에 설치한 위폐감별기를 통과하기 때문이다.

웅성대는 소음과 함께 질문이 쏟아졌다. 달러 인쇄용 특수 잉크와 인쇄 재료까지 같다는 말인가? 그건 불가능하지 않는가? 강사는 가능하다고 말하며 FBI가 소유한 분광비교기와 3차원 분석기는 통과하지 못했다고 말했다. 강사는 위폐를 손에 들고 위조지폐단은 인물의 목선과 서명까지 완벽하게 맞춘 위폐를 만들능력이 있지만 일부러 작은 흠을 남겨놓는다고 말했다.

"그들은 완벽한 위폐를 만들면 조직이 괴멸당할까 두려워해요. 미국이 어떤 대가를 치러도 위조 조직을 붙잡겠다고 결심하면 도망치기 어렵죠. 조직은 와해되고 맙니다."

그녀는 손에 쥔 위폐를 만든 집단을 '꾸엔따'로 불렀다. '꾸엔따'는 교묘한 그룹이었다. 조직은 상당한 비용을 들여 미국 조폐국에서 사용하는 달러용 종이와 잉크를 장만하고 요판인쇄로 위폐를 제작했다. 꾸엔따는 점조직을 통해 위폐를 유통시키고 조직원에게 상당한 이익을 보장했다. 꾸엔따 집단은 위폐 제작과 유통에 따른 이익을 공유하며 적당한 물량만을 풀고 있었다. 집단 중 몇을 붙잡아도 연결선은 끊어져 체포한 그 몇을 넘어서지 못했다. 코카인과 헤로인을 밀매하는 조직보다 더 치밀했다. 그래서 고작해야 밑에서 위폐를 배포하는 몇을 붙잡을 뿐이었다. 배포자에서 꾸엔따 핵심까지는 멀고도 멀었다. 그들의 사업 모델은 일종의 물물교환으로 위폐를 풀고 진폐를 가져갔다.

그녀는 꾸엔따 위폐단을 설명하며 위폐가 가져오는 일반인의 심리 효과에 주목했다.

"꾸엔따 조직이 만든 위폐를 식별하는 위폐감별기를 만들 수 있습니다. 그러면 꾸엔따는 인물의 목선과 서명은 진폐와 같이 만들고 다른 사소한 두 곳이 차이가 나는 위폐를 제작할 겁니다. 꾸엔따가 만든 위폐를 완벽하게 차단하려면 모든 가게와 은행에 FBI가 소유한 수준의 위폐감별기를 도입해야만 합니다. 그 감별기를 대량 제작하면 판매 비용이야 낮아지겠죠. 손님이 내미는 지폐를 최신 위폐감별기에 넣어 일일이 검사해야만 거래가 성립되는 사회를 상상해보세요. 신뢰가 무너질 대로 무너진 고비용 사회입니다. 거래 매개자인 화폐를 불신하면 모든 것이 불신당하게 됩니다. 꾸엔따 집단은 교묘하게 그 점을 노리고 있는 것입니다. 그들은 미국 당국이 엉거주춤 이러지도 저러지도 못하는 사이를 교묘하게 파고드는 것이죠. 우리는 이들이 푼 위폐가 수억 달러인지 수십억 달러인지 알아내지 못하고 있어요. 하지만 이들은 사물이 진짜의 경계에 가까이 다가서면 사실상 진짜로 변한다는 원리를 잘 이용해먹고 있는 겁니다."

다음날 들어온 미국 재무부의 강사는 이렇게 말했다. 미국 달러를 완벽하게 닮은 슈퍼노트가 불가능하다고는 생각하나 문제가 단순하지만은 않다. 캐나다와 멕시코의 국경과 미국 해안을 따라 들어오는 마약을 막지 못하는 가장 큰 이유가 뭘까? 모두 답을 알고 있다. 위험만큼이나 버는 돈이 많기 때문이다. 위폐도 그렇다. 만약 여러분이 괜찮게 나가는 마약 조직의 보스라면, 마약 하나에 의존하기보다 사업 다각화를 하고 싶지 않겠는가? 그래서 마약 조직과 연결 고리가 끊긴 자회사를 만들어 그 자회사에 화폐연구소를 두고, 화학, 용지, 요판인쇄기, 잉크, 디자인 전문가를 고용해 달러를 낱낱이 해부한 다음 그와 똑같은 제품을 만들 수 있지 않을까? 상당한 자본과 전문가를 투입하고 위험수당까지 포함해서 20달러를 들이면 100달러 지폐를 만들 수 있을 것이다. 도대체 영업이익률이 얼마인가? 구글과 애플도 꿈을 꾸지 못할 금액이다. 위조단은 진폐를 녹이고 잘라 첨단 기계로 분석해서 잉크와 재질을 똑같이 만들 것이다. 노다지가 눈앞에 있으니 곡괭이를 힘차게 휘둘러댈 것이다. 우리가 잉크에 특수 물질을 첨가하고 성능 좋은 분광기로 분석하면 정교한 위폐라도 찾아낼 수 있다. 문제는 거래업체들은 위폐검사기를 설치하기 싫어한다는 사실이다. 설치한다고 해도 간이 위폐검사기로 만족해 고성능의 분광기를 업체마다 설치하기는 어렵다. 재무부 강사가 말을 멈추고 연수생을 둘러보았다. 위폐 문제는 제조 원가가 낮아 엄청난 폭리를 취하는 데서 문제가 시작된다. 그래서 위폐를 영구적으로 해결하는 첫번째 방법은 제작 단가를 높여 화폐 제조에서 이익이 적게 남도록 만드는 것이다. 연방은행은 물론 제작 단가를 높이는 방식에 반대한다. 그리고 위폐 부담을 수사관에게 몽땅 넘겨버린다. 누군가가 물었다. 그러면 이익을 적게 남기는 위폐 제조단은 검거하기가 어렵지 않을까요? 강사가 답했다. 혼자서 위폐를 만든다면 가능하겠죠. 그러나 조직을 갖춰 제조한다면 어렵습니다. 그들도 기업처럼 투자자로부터 이익을 많이 내라는 압력에 시달릴 테니까요.

그러나 FBI 아카데미 강사도 달러 제작의 핵심 기술에 들어가면 전기 울타리 앞에 선 소처럼 조심스럽게 물러나고 돌아갔다. 위폐는 정상적인 화폐 유통 시스템에 끊임없이 들어오는 바이러스였다. 슈퍼노트로 불리는 거의 완벽한 위조 달러 제조는 중남미와 러시아, 중국까지 곳곳에 퍼져 있었다. 강의를 한 화폐학

교수는 유통되는 위조 달러가 수십억 달러는 족히 된다고 추정했다. 혹은 100억 달러가 넘을까? 위폐도 탄생하고 사용되고 폐기되는데다 지하에서 만들기 때문에 정확한 금액을 산정하기란 불가능했다. 그는 위폐를 완벽하게 잡는 제도란 불가능하며, 그건 바이러스를 모조리 죽이겠다는 망상과 같다고 강조했다. 우리 목적은 위조화폐가 화폐 시스템을 망치는 임계점을 넘지 않도록 관리하는 것이다. 적당한 양의 위폐는 사회에 스며들어 한 몸처럼 움직여 그다지 문제를 일으키지 않는다. 사람의 위장과 대장에는 말썽을 일으키지 않고 오히려 유익한 장내 세균도 가득하다. 그러나 지나치게 위폐가 많아지면 사회를 뒤틀리게 하고 나락으로 떨어뜨린다. 그 임계점은 물이 끓는 온도나 우주로 쏘아올린 로켓의 지구 탈출 속도처럼 명확하지는 않으나 화폐 시스템이 붕괴하기 이전에 사회 곳곳에 신호를 보낸다.

　화폐학 교수는 위폐 때문에 화폐 시스템이 붕괴하기보다는 인간의 탐욕과 진폐를 다루는 중앙은행과 정부가 잘못해 시스템이 무너진다고 말했다. 문제는 정부가 보장한다는 지폐의 이상야릇한 힘에 있었다. 화폐는 한 면은 악마, 또 한 면은 천사, 그리고 마지막 한 면은 인간의 얼굴을 한 다면상이었다. 악마는 화폐를 신으로 섬기고 복종하라고 가르쳤다. 천사는 화폐란 아무짝에도 쓸모없는 종이에 불과하니 화폐에서 눈을 돌려 네 이웃을 사랑하라고 가르쳤다. 인간은 돈을 끌어안고 탐욕에 사로잡혔다가 가끔씩 양심을 되찾았다. 대부분의 인간은 그렇게 행동했다.

표민석이 말했다.

"FBI 강사가 말했지? 완벽한 위폐를 만들면 죽음이라고."

"그랬지. 그 여자가 왜 떠올랐어?"

"이번 위조가 말이야. 엉성하지 않은 것 같으면서 엉성해서."

"위조범이 탈이 없도록 일부러 그런다?"

"그런 냄새나지 않아?"

"뭔가 독특한 낌새가 있는 것은 같아. 뭔지는 모르지만 말이야."

양원진이 범인의 만 원 위폐를 감식할 때마다 조금씩 자신을 붙잡는 느낌을 말했다.

"돈을 벌기 위한 위조가 아닌 것 같아서 범인에게 어떤 친밀감도 들어."

"돈이 목적이 아니다? 뭐 근거가 있나?"

"근거야 없지. 감이 그렇다니까. 뭔가 내게 말하는 것 같은."

"국과수 감식 요원이 대단한 발견을 했네. 감이라니."

"그 만 원 위폐를 손에 잡으면 그런 게 전해진다니까."

표민석은 어깨를 으쓱 올리며 심드렁하게 말했다.

"범인을 계속 대하면 동조하기 쉽지. 거 스톡홀름 효과라고 했나 뭐 비슷한 그런 거지."

13

한국에서 발견되는 달러와 유로 위폐는 정교했다. 만 원이나 오만 원 위폐와 비교되지 않는 완벽함이었다. 양원진이 100달러 슈퍼노트를 처음 손에 잡았을 때는 확신이 서지 않았다. 숨은 은선과 그림과 미세하게 인물의 윗옷에 박힌 미세문자까지 같았다. 옷에 새긴 작은 글자는 현미경으로 봐야 나타났다. 손가락으로 만져서 감기는 종이 감촉도 다르지 않았다. 국립과학수사연구원의 감식실에서 당황한 양원진이 김 팀장에게 물었다.

"이건 위폐로 보이지 않는데요. 적외선 탐지기도 통과했습니다."

김 팀장이 비닐장갑을 끼고 입체현미경에 눈을 대었다.

"위폐야. 뒷면 상단 숫자 100의 1 부분을 봐."

원진은 현미경을 다시 들여다보았으나 무엇이 다른지 찾아내지 못했다.

김 팀장이 말했다.

"진짜는 숫자 1의 앞부분이 타원형이야. 이건 직선이야."

원진이 현미경을 다시 들여다보며 아하 소리를 질렀다. 숫자 1의 차이가 눈에 들어왔다. 미세하고 교묘한 차이였다.

김 팀장이 달러 위폐에 대해 말했다.

"슈퍼노트급으로 인쇄한 달러 위폐는 만든 연도와 제작지에 따른 특징이 있어. 이건 미국에서 N7로 분류한 위폐 종류야."

"그럼 완벽한 달러 위폐는 없는가요? 돈을 많이 들이면 가능하지 않을까요?"

김 팀장이 말했다.

"종이와 잉크와 도안과 요판인쇄, 모든 방법을 동원해서 진폐와 같은 위폐를 못 만들 건 없어. 관건은 두 가지야. 하나는 제작 단가야. 완벽한 100달러 위폐라도 제작비가 비싸면 유통 비용까지 고려하면 소용없어. 지폐를 만드는 요판인쇄기는 국제적으로 유통이 제한되어 중고도 구하기 쉽지 않아. 그래서 부품을 모아 새로 제작하다시피 해야 해."

김 팀장이 화면에 감정서 서식을 띄우고는 말했다.

"그보다 무서운 난관이 도사리고 있지. 위폐 제작팀은 누구나 안고 있는 공포감이야."

"그게 뭔데요."

"완벽한 위폐를 찍어내면 모두 죽는다."

김 팀장이 비장하게 말했다. 양원진은 아 하며 소리를 질렀다.

"완벽한 달러 위폐는 미국에 대한 정면 도전이니까. 최악의 경제 테러이기도 하고. 미국 경제를 뿌리째 흔드는 도발이야. 빈 라덴을 추적하는 팀보다 수십 배의 인원과 장비와 경비를 들여 위폐 제작팀을 찾아낼 거야. 그다음은 특수부대를 보내 섬멸할 걸. 관련된 놈들은 모두 죽임을 당하거나 종신형이야. 자비란 절 대 기대할 수 없어."

"콜롬비아의 열대우림 지하에 공장을 차리면 안 될까요."

김 팀장이 가만히 말했다.

"돈의 적이 뭘까?"

"글쎄요."

"돈의 적은 돈이야. 완벽하고 꿈같은 위폐 조직이 탄생해봐. 미국이 신고자에게 3천만 달러 현상금을 내걸고 신변을 보장하 면? 배신자가 반드시 나와. 형제도 자식 관계도 소용없어. 돈은 신이니까."

김 팀장이 감정할 달러 증거물을 들어 올렸다.

"우린 신의 몸을 매일 만지며 살고 있지. 자비롭고 은혜로우 며 때론 분노하며 징벌하는 신을 말이야."

양원진은 신의 몸을 만지고 뒤적이고 해부하는 데에 익숙해졌 다. 경찰청의 만 원 위폐범 관련 대책회의에도 참석할 만큼 그도 위폐 감식의 프로가 되어갔다.

양원진은 김 팀장에게 만 원 위폐범은 어떤 종류의 사람으로 보이는지 물었다. 김 팀장도 만 원 위폐범을 높게 평가하고 있었다. 몇 년을 잡히지 않고 소액으로 사용하는 것을 보면 끈질기고 치밀하며 인내심이 강한 사람이다. 금융업이나 비슷한 업종에 종사해서 그쪽 시스템을 잘 알고 있다고 본다. 김 팀장은 노인일 가능성이 크다고 말했다. 노인이라고요? 조급하거나 급히 한몫을 챙기는 스타일이 아니니까. 젊은 사람은 이렇게 끈질기게 뻗대지 못해. 돈을 위조하고 배포하는 건 엄청난 긴장과 담대함을 요구하니까. 하여튼 범인은 어떤 목적을 달성하기 위한 프로그램에 따라 움직이고 있어. 괜찮은 사람일 가능성이 커. 괜찮은 사람이라고요? 그럼. 우리에게 경종을 울려주고, 우리 사회의 토대가 얼마나 허약한지 보여주는, 위폐범은 그런 선구적인 역할을 하지. 긍정적이군요. 우리 주위의 속물 고위층과 부자를 봐. 위폐범이 훨씬 나아. 그는 승부수를 던지고 우리는 수를 읽는 정당한 게임을 하고 있으니까. 꼭 만나본 것처럼 말씀하네요. 아, 만나고 싶어. 이번 만 원 위폐범은 특히 더 그렇고. 자네도 혹시 볼 기회 있으면 이야기를 들어보게. 내 말이 맞을 거야.

국립과학수사연구원의 연구원들은 2층의 휴게실에 모여 커피를 마셨다. 그들은 약속한 것처럼 비슷한 시간에 휴게실로 나와 자신들만의 커피 타임을 즐겼다. 2층 휴게실 널찍한 창문으로 멀리 치악산이, 가까이에 개울과 연못과 정비된 넓은 산책로가 보였다. 점심을 먹고 산책로를 따라 한 바퀴를 돌면서 풀리지 않는 사건의 실마리를 찾는 직원도 있었다. 산책로 너머로 십여 개의 공공기관이 흩어져 있었고 디자인이 아름다운 건강보험심사평가원 건물이 우뚝 솟아 모두를 압도했다. 휴게실의 누군가가 혼잣말처럼 물었다.

"저 건물은 왜 저렇게 커?"

마약 분석원이 말했다.

"심사평가원은 병원을 쥐고 있거든. 병원에서 청구하는 건강보험료를 심사해서 지급하는 기관인데 알짜야."

교통사고 연구원이 말했다.

"그럼 우린 쭉정이냐? 새 건물인데 넓게 짓지도 못하고 말이야."

"병원이 증거 감식보다 힘이 훨씬 세. 병원에 안 가는 사람이 어디 있나."

국립과학수사연구원 앞으로는 넓지만 한적한 도로가 있었다. 'NFS 국립과학수사연구원'을 새긴 정문으로 들어서면 주차장과 마당이 나타나고 '진실을 밝히는 과학의 힘'을 새긴 돌이 보였다. 신축한 4층 건물은 원주로 이주하기 전의 서울 신월동 건물보다 넓었으나 그래도 분석실과 사무 공간이 충분하지 않았다. 혁신도시 이주를 대비해 처음 책정한 예산이 깎이면서 건물 복도는 넓고 사무 공간은 상대적으로 좁은 건물이 되고 말았다. 두 개의 건물을 이은, 니은자를 눕힌 것 같은 건물은 실용성을 추구한 밋밋한 외관이었다. 봄과 가을까진 지내기 좋았으나 겨울이면 몰아치는 바람이 고역이었다. 강원도의 겨울은 매서워 건물 밖으로 나서면 우우 소리를 내는 찬바람이 온몸을 휘감았다.

부검의는 총무부서에 휴게실 알루미늄 의자를 나무 의자로 바꿨으면 하고 건의했지만 듣는 척도 하지 않았다고 말했다. 그는 알루미늄이라면 치를 떨었다.

"종일 부검대부터 접시까지 알루미늄에 부대껴봐. 게다가 알루미늄 접시가 바닥에 떨어져서 내는 고음은 마귀할멈이 죽으면서 내지르는 소리 같다니까."

화재 사고 감정을 하는 연구원은 알루미늄 접시가 어떻다는 거야 하며 투덜거렸다.

"어제 노래방 화재 감정을 나갔는데 말이야. 화재가 진압되자 경찰에서 우리를 불렀어. 그런데 발화 지점 가까이에 까맣게 탄 시신이 그대로 놓여 있는 거야. 빌어먹을. 캄보디아 근로자인데 현장이 훼손되면 곤란하다며 경찰 과학수사팀이 그대로 뒀다는 거야. 어이가 없어 경찰에게 한 소리 했더니 건물주가 화재보험 때문에 현장에 손을 대지 말라고 우겼대. 최근에 신축한 건물이라 보험금이 만만찮다는 거지. 건물주가 감식을 잘못하면 고소하겠다고 경찰을 윽박질렀다니까. 경찰도 고개를 흔드는 별난 놈인데 화재에 대해서 잘 안다는 거야. 그래서 까맣게 탄 시신 주위를 몇 번이나 돌았다니까."

"그래서야 발화 지점 감정을 할 수가 있나?"

"그러게 말이야. 방화 같은데 시체 근처는 조사할 수 없으니까."

"발화 지점에 잡히는 게 있어?"

"모기향을 피우고 밑에 천을 넣는 방식으로 발화된 것 같아. 그러면 90분쯤 지나면 불이 붙거든. 면밀한 방화 솜씨야."

연구원은 캔 커피를 마시며 이야기를 나눴다. 약독마약분석과의 최 연구원은 독살 사건으로 골머리를 앓고 있었다. 내과 의사의 아내가 집에서 죽었다. 아내의 갑작스런 사망을 신고한 사람은 남편인 의사였다. 119 차량이 싣고 온 환자를 처음 본 병원 응급센터의 의사는 심장마비로 진단했다. 119 대원이 죽은 자의 입을 눈여겨보지 않았다면 사건은 조용히 지나갔을지도 몰랐다. 그녀 입에는 거품이 묻어 있었다. 남편은 다른 사람이 눈치채지 않게 교묘하게 수건으로 입을 닦아내었다. 여자 체액에서 심장마비를 일으킨 것으로 의심되는 약물이 발견되었으나 약학 담당 연구원은 도대체 그 약물의 정체가 무엇인지 찾아낼 수가 없었다. 선임연구원과 과장이 머리를 싸맸지만 아직까지 갈피를 잡지 못했다.

DNA 분석원이 말했다.

"사람을 죽이는 독이라면 뻔하지 않나."

"뻔했으면 얼마나 좋을까."

약학 담당 최 연구원이 한숨을 쉬었다.

"수사연구원에서 근무하는 사람도 그렇게 생각하니 일반인들은 오죽하겠어. 사람을 죽이는 약물은 3천 종류가 넘어. 죽을 노롯이야."

"데이터베이스에 그 약물이 없어?"

"있으면 왜 이 고생이겠어."

"동물을 죽이는 약물이 아닐까. 예전에도 그런 사건이 있었지
않았나."

최 연구원은 고개를 저었다.

"그쪽도 조사해봤어. 하지만 맞는 약물이 없어."

누가 엉뚱한 소리를 했다.

"아마존이나 보르네오 식물에서 채취한 독이 아닐까."

또 다른 누가 말했다.

"아이티에선 독으로 좀비를 만들기도 한다는데."

최 연구원이 역정을 냈다.

"한가한 소리 그만 해."

"약물 정체를 밝혀내지 못하면 어떻게 되지?"

화재 사고를 감정하는 연구원이 물었다.

"미궁에 빠지는 거지. 죽은 원인을 밝히지 못하는 마당에 누
구에게 책임을 묻겠어? 이분은 정체 모를 약물로 죽었습니다.
의사인 남편이 그 약물을 주입했을 것이 분명합니다. 어떤 검사
가 공소장에 그렇게 쓰겠어? 경찰이 수사 결과를 올리면 검사가
화를 내며 보완 수사를 독촉할 게 뻔해. 약물의 화학구조와 약리
효과와 유통 경로를 밝혀 다시 지휘받기 바람. 사건을 맡은 강력
계는 우리 감식 결과만을 목이 빠지도록 기다리는 형편이고."

"도대체 과학수사연구원이 찾지 못하는 독극물이 존재할 수 있는 거야?"

"그렇다니까."

"그러니까 독극물 중독이 아닌 다른 원인으로 죽었을 수도 있다는 거네."

"그렇지. 우리 고민도 바로 그거야. 죽음 원인은 딴 곳인데 우린 미끼인 독극물만 쫓는다면. 그걸 범인이 바란다면?"

"그럼 앞으로 어떻게 사건이 처리되는 거야?"

"내사 종결이겠지. 사건은 서랍 깊숙이 들어가버리고. 약물을 알아내지 못했다니 하는 말 자체가 새어 나가면 안 돼. 살인자들이 마법의 약물을 구하려고 눈이 뻘게질 테니까 말이야."

법유전과의 연구원은 며칠 전 해결한 두 건의 강력 사건으로 아직도 흥분하고 있었다. 디엔에이신원확인시스템(DIMS)은 국과수가 구축한 DNA신원확인 정보검색시스템이었다. 여기에 과거의 범행 현장에서 발견된 범인의 DNA를 입력해둔다. 경찰은 범죄를 저질러 교도소에 갇힌 범죄자의 구강 세포나 모발로 유전자 정보를 채취해서 이 확인 시스템에 올렸다. 인권침해 문제가 있다고 해서 도입하는 데 시간이 오래 걸린 제도였다. 새 범죄자의 DNA 정보가 등록되면 신원확인시스템의 데이터베이스가 가동되어 미제 사건의 현장에서 발견된 DNA 정보와 일치하는지를 검색했다. 두 개의 DNA 정보가 일치하면 불과 30분 만에 확인시스템은 자동으로 국과수와 수사기관에 통보한다. 그래서 해결되지 않았던 살인 사건 하나와 강간 사건 한 건을 이번에 잡아낸 것이다.

"경찰청이 기자회견을 해서 우리 공을 가로챘지만 말이야. 그래도 좋아."

연구원은 미제 사건을 해결해서 뿌듯한 얼굴이었다. 그는 국민 모두의 DNA 정보를 디엔에이신원확인시스템에 등록해야 한다고까지 주장하고 있었다. 시민이 머리카락 하나를 제시하면 그는 공동체에 해를 끼치지 않는 결백한 사람임이 증명된다. DNA 감식 연구원은 그렇게 걸러낸 순수한 사람만을 울타리에 넣어 살고 싶은지도 모른다. 울타리 바깥에 둔 사람은 언제든지 사냥해도 좋은 야만인으로 두고 말이다. 위폐범도 그 야만인 범주에 들어갈 것이다.

14

특별수사팀 표민석 수사관이 양원진에게 전화를 걸었다.

"잘 있냐."

"그래. 다음 회의 언제 열려?"

"회의만 열어서 뭐하냐. 움직여야지."

"움직이니까 뭐가 나와?"

"전망이 보인다니까. 빅데이터를 이용해서 위폐의 동선을 추적 중이야. 발견된 은행이나 사용 지역과 횟수를 따지고 교통을 분석해서 신경회로망처럼 움직임을 구성했지. 결국 위폐범이 위폐를 사용하고 있으니까."

"뭐 좀 그려져?"

"위폐범이 대도시에 살고 있는 건 확실해. 서울의 중심부. 그쪽으로 연결되거든."

"전망이 잘도 보인다. 그 넓은 곳에서."

"계속 좁히는 중이야. 빅데이터 분석팀은 범인이 시외버스나 고속버스가 아니라 일반버스로 전국을 이동한다고 판단했어."

"그거 괜찮은 정보인데. 일반버스로도 이동이 가능하다 이거지."

"그럼. 괜히 버스터미널 감시카메라 분석한다고 시간을 허비한 셈이지. 참, 한 아줌마가 문제의 위폐를 받았다고 신고를 했어."

"대단한데. 몽타주가 나오겠네."

"그게 장사하는 아줌마라 기억을 잘 못해. 그 여자의 머리에 많은 손님 얼굴이 밀려들어 소란을 떠니까 섞여버리거든. 최면을 걸어도 나오지 않는 거야. 젊은 남자라는 것만 나와."

"그보다 나이 많을 수도 있지 않나. 희망퇴직이란 이름으로 쫓겨나서 새로운 사업을 개척한 오십대."

"농담하지 마라. 아줌마가 젊은 남자 기억해내는 데 삼 일 걸렸다."

"범인이 별다른 특징이 없어서일 수도 있지."

"똑똑한데. 최면술사와 프로파일러도 그런 말을 했어. 그건 그렇고 넌 별다른 아이디어 없냐. 그동안 생각한 게 있을 거 아냐."

"범인은 철학이 있고, 위폐를 사용할 독특한 사연이 있으며,

대도시에 살고, 대담하지."

"뭐야! 철학과 졸업생을 다 뒤져야 하는 거야."

"그리고 노인일 가능성이 커."

"노인이라고!"

양원진은 김 팀장의 분석을 전해주었다. 표민석은 딱히 동의하는 것 같지는 않았다. 그는 나름의 방식으로 타깃을 노리고 있었다. 표민석이 타깃을 좁히면 범인은 잡힐 가능성이 높았다. 그는 집요하고 철저했다. 양원진의 마음에도 어떤 집요함이 가라앉아 있었다. 그건 과학수사 요원이면 체질화된 종류의 정서였다. 그러나 만 원 위폐범에 대해서는 그 집요함이 이상하게도 너그러워졌다.

한남수는 금요일 저녁에 양원진을 카페 천희에서 만났다. 그날 양원진이 사는 아파트 쪽으로 지날 기회를 잡아서였다. 양원진의 아파트는 청량리역에 가까운 1호선 라인에 있었다.

아파트 단지 뒤쪽 이면도로에 자리 잡은 카페 천희는 나무 간판에 비스듬히 쓴 카페 이름이 눈길을 붙잡았다. 간판 아래로 붉게 칠한 봉에 매달린 청동 커피 잔이 깔끔하게 카페 천희를 알렸다.

문을 열자 딸랑 종소리가 울렸다. 카페에는 사십대 초반으로 보이는 주인 혼자 앉아 있었다. 그녀는 친구가 들어온 것처럼 한남수에게 손을 들어 인사했다. 머리를 붉은 끈으로 묶은 주인은 한남수가 자리에 앉자 편안한 미소를 보냈다. 테이블 네 개에 카운터에 길게 붙은 탁자만 있는 자그마한 카페였다. 카페 한쪽 벽 아래에 영어로 콜롬비아, 케냐, 에티오피아가 찍힌 원두커피 포장지가 붙어 있고 초록과 빨강이 강렬한 복제품 추상화가 두 점 걸려 있었다. 초록의 사이로는 노란색이, 빨강의 사이로는 흰색이 가로질렀다. 추상화가 걸린 맞은편 벽에는 휘어진 나무의 각도에 맞춰 몸을 옆으로 기울이고 선 여자의 흑백 사진이 걸렸다. 옅은 미소를 머금은 카페 주인은 어딘지 바람을 따라 유연하게 몸을 기울인 나무를 닮았다.

한남수가 양원진을 기다리는 사이에 아파트 주민으로 보이는 사람 두 명이 원두커피를 사 갔다. 주인은 로스팅 기계를 시골집에 설치해놓고 주기적으로 원두를 가져온다고 한다. 그녀는 원두를 기계로 가는 사이에 단골로 보이는 손님과 바람 많은 날씨와 단발머리와 옷차림에 관한 소소한 대화를 나눴다. 손님은 가게에서 파는 호두파이와 파니니도 함께 사 갔다. 양원진이 카페로 들어오자 여주인이 반갑게 안부를 물었다. 카페는 자신들의 대표 메뉴로 문댄스와 선댄스 커피 두 종류를 내놓았는데 문댄스는 달과 추는 춤이라는 이름답게 부드럽고 달콤했고, 선댄스는 강렬하면서 텁텁한 느낌이었다. 양원진은 오묘한 맛을 내는 커피 블렌딩 솜씨에 자주 감탄하곤 했다. 한남수와 양원진은 여주인이 내놓은 문댄스 드립커피를 마주하고 앉았다. 둘은 한강 루프탑 바의 떠들썩한 파티장이 아닌 조용한 카페에서 만나자 어딘지 상대방과 솔직한 이야기를 나눌 수 있는 기분이었다.

그간 어떻게 지냈냐는 소식을 나누고 나서 양원진이 말했다.

"한강 옥상 파티를 못 가니까 섭섭합니다. 재미있는 모임이었는데."

"저도 그동안 가지를 않아서. 개성 가득한 파티였죠."

양원진은 그동안 궁금했던 사모펀드에 대해 물었다.

"사모펀드에서 운용하는 자금이 얼마 정도 됩니까?"

"3호 펀드가 5,000억 가량, 1호, 2호 펀드도 그 정도 되지요."

"엄청나군요. 그 펀드로 산 회사의 경영도 만만찮겠어요."

"쉽지 않죠. 사모펀드는 이익을 내야 하니까요. 산 회사마다 경영 방법이 다르죠. 부동산을 많이 소유한 회사를 사면 그 부동산을 개발하거나 쪼개서 팔아야 하고. 새로운 영업 루트를 개척하기도 하고."

"운영 금액도 그렇고 경영도 놀랍네요."

한남수는 자신이 MT삼조회사에서 해고된 이야기를 꺼내지 않았다. 구태여 말을 먼저 꺼내기보다 기회가 되면 자연스럽게 알리면 좋을 것 같았다. 더구나 지금의 한남수는 예전 옥상 파티장에 앉아 있었던 한남수가 아니었다. 변화한 내면의 깊이와 폭은 놀라울 정도였지만 아직 시간이 많이 흐르지 않아서인지 한남수의 얼굴에 영혼이 변모된 흔적은 나타나지 않았다. 겉모습으로는 예전과 달라 보이지 않았다.

"MT삼조회사가 패스트푸드 회사를 인수했다면서요."

양원진의 말에 한남수가 고개를 끄덕였다. 경제신문 1면을 장식한 빅뉴스였다. 황금색 로고로 유명한 외국계 패스트푸드 회사 인수전은 식품업계 대기업과 사모펀드 몇 곳이 뛰어들었다. 이런 큰 물건은 MT삼조회사도 쉽지 않았던 모양이다. 입찰은 3차까지 가는 치열한 경쟁 끝에 MT삼조회사의 손에 들어갔다. 한국의 패스트푸드 시장이 꽉 차서 더 성장할 가능성이 없다고 일반적으로 전망했지만 권호 대표는 달리 생각하는 모양이었다. 그렇지 않다면 MT삼조회사가 내놓은 제안 금액을 납득하기 어려웠다. 큰 회사는 잘못 인수하면 사모펀드회사가 심한 타격을 받았다. MT삼조회사는 여전히 승승장구하고 있지만 그 자신감 속에 어떤 함정이 기다리는지 모를 일이었다. 하여튼 권호 대표는 인수전에서 승리하면서 여전히 행복을 누리는 모양이었다. 한남수가 말했다.

"그런 큰 회사는 운영이 쉽지 않아요. 실상을 모르는 사람들은 대개 사모펀드를 부정적인 시선으로 바라보죠. 회사에서 해고된 팀장이 우리 회사가 얻는 이득이 위폐 제작과 닮았다고 비난하기도 했죠. 오래 근무한 사람도 그런 생각을 하니까요."

"그래요? 무슨 말인지 잘. 어떤 점이 그렇다는?"

"저도 동의하지는 않아요. 사모펀드는 현금 흐름을 중시하죠. 들어오는 돈보다 나가는 돈이 당연히 적어야 하고. 그런데 새로운 가치를 만들기보다 지출을 줄이기 위해 구조조정을 하거나 여러 수단을 쓰죠. 그런 게 위폐로 돈을 쉽게 버는 마음과 같다는 거겠죠."

자본주의 첨단의 금융공학을 자랑하는 사모펀드가 위폐 제작
과 같다니 기이한 말이었다. 따지고 보면 전혀 틀린 말은 아니었
다. 사모펀드는 많은 돈을 굴려 더 많은 돈을 낳게 하는 시스템
의 정점에 서 있었다.

카페로 남녀 고등학생 둘이 들어왔다. 학원에 다녀오는지 가
방이 묵직했다. 교복을 입은 둘은 가방을 던져버리고 나란히 앉
아 손을 잡았다. 여학생이 남학생의 머리를 세게 감싸 안았다.
한남수는 둘에게 시선을 보냈다가 여학생과 눈이 마주치자 황급
히 시선을 돌렸다. 창밖 도로에 여자가 개를 데리고 산책을 했
다. 개는 가로수 밑동 냄새를 맡고 다리를 들어 오줌을 쌌다. 개
가 주변을 돌아보고 먼저 움직이자 여자가 개를 뒤따랐다.

양원진은 지갑에서 만 원을 꺼냈다. 자기도 모르게 가져온 위
폐였다.

"사모펀드가 어떻게 운영되든 이걸 만드는 일과는 다를 겁니
다."

양원진이 감식하는 분광기에는 '증거물을 꼭 챙기자'라는 글
귀가 붙어 있었다. 그 옆 입체현미경에도 '증거물 챙길 것'이란
글귀가 몸체에 붉은색으로 달려 있다. 문서와 위폐를 감식하는
디지털분석과에는 증거물 보관에 관한 경고 표시가 출입문부터
책상과 감식기기까지 유별나게 붙어 있었다. 국립과학수사연구
원에 들어오는 감식 요청 자료는 원본이었다. 사라지면 대체할

수 없는 원본에 대해 감식가는 혹시 분실하지 않을까 하는 공포 비슷한 감정을 늘 지니고 있었다. 위조지폐는 가짜이면서 범죄 증거물로는 진짜인 실물이었다.

양원진은 서울로 돌아오는 금요일, 열차에서 맥주 한 캔을 사서 마셨다. 그는 지갑에서 만 원을 꺼내 점원에게 건네려다 동작을 멈췄다. 손에 스치는 촉감이 매끄럽고 날리는 느낌이었다. 진폐를 만질 때의 손에 붙는 안정감과 다른 종류였다. 양원진은 지폐를 꺼내 불빛에 비추었다. 오늘 감정했던 만 원 위폐가 태연히 지갑에 들어 있었다. 끝 번호 2197이었다. 허탈했다. 그는 분광기로 감정한 위폐를 핀셋으로 집어 일련번호와 감정 날짜, 의뢰한 관서를 붙인 비닐에 넣어두었다. 비닐함은 2년 정도 사무실에 보관했다가 창고로 보냈다. 그 과정은 되풀이하고 되풀이해 몸에 분명하게 각인되어 있었다. 양원진은 그렇게 믿었다. 무슨 딴생각을 했던 것일까? 뭔가 잠시 멍한 사이에 위폐를 지갑에 넣어버린 것이다. 양원진은 오늘 오후 국립과학수사연구원에서 무슨 일이 있었던가 생각해봤다. 오후에 원장이 예고도 없이 디지털분석과를 찾아와 과장과 잠시 얘기하고 나갔다. 무슨 얘기를 나눴을까? 드문 일이 벌어져 일상적인 패턴에 금이 가면서 양원진의 판에 박힌 감식 행동도 흐트러진 것일까?

양원진은 자신도 모르게 위폐 사용범이 될 뻔해 기겁했다. 사소한 일이라면 사소한 일이었다. 실수와 착각이 빚은 가벼운 에피소드였다. 그러나 '국립과학수사연구원 감식가 위폐 사용' 이렇게 기사 제목을 뽑고 그에 걸맞은 범행 동기도 붙이면 그는 치명상을 입을지도 몰랐다. 양원진은 조심스럽게 위폐를 지갑에 넣고 돈을 새로 뽑아 맥주 값을 계산했다.

양원진이 카페 천희에서 꺼내든 돈이 오늘 쓸 뻔했던 만 원 위폐였다. 어쨌든 오늘 감정은 끝낸 돈이었다. 한남수는 위폐를 손가락으로 집어 살피고는 이까짓 만 원이 뭐지 하는 무덤덤한 표정이었다.

양원진은 5천억 원의 돈을 다루는 사모펀드 관계자에게 그 반대쪽 끝에 서 있는 위폐를 알리고픈 강렬한 욕망을 느꼈다. 양원진이 얼굴을 한남수에게 기울이자 그가 별거 아니라는 목소리로 말을 꺼냈다.

"평범한 돈이네요."

"무시무시한 돈이기도 하지요."

"그렇게나! 민감하군요."

양원진은 자신이 민감하지 않다는 반박을 가볍게 던졌다.

"끝 번호가 같은 만 원 위폐가 계속 돌고 있는데 아직 범인을 잡지 못했습니다."

한남수는 심각성을 느끼지 못하는 얼굴로 말했다.

"그래봤자 만 원인데요. 1억을 뿌리려면 몇 장을 찍어야 되겠습니까?"

양원진은 엄숙하게 말했다.

"위폐 만 원은 결코 만 원이 아닙니다. 도시를 통째 태우는 어떤 불씨를 닮았죠."

"과연 그럴까요?"

"동남아 숙소에서는 이상한 소리가 들릴 때가 있답니다. 사각 사각. 흰개미가 나무로 된 침대 다리를 속에서 갉아 먹는 소리이죠. 어느 순간 침대가 푹 내려앉아요."

한남수는 눈썹을 치켜올리며 동의하지 않는 눈빛을 비쳤다가 부드럽게 말했다.

"이 만 원이 나무속을 갉는 흰개미다?"

"그렇습니다."

"우리를 무너지지 않게 지켜주는 국립과학수사연구원을 가보고 싶군요. 원주만 아니면 좋을 텐데요."

"그렇죠. 좀 멀기는 멉니다."

"외부인은 쉽게 못 들어가겠죠?"

"뭐. 그렇지는 않습니다. 미리 신고하면 까다롭지 않아요."

"그렇군요. 그런데 범인을 쉽게 잡지 못하는 이유라도?"

"위폐 실물이 그런대로 잘 나왔고요. 이걸 소액으로 교묘하게 사용하는 것 같아요. 쓰는 현장에서 잡지 못하면 어려워지니까요."

"그래도 곧 잡히겠죠."

"경찰청에서 특별수사팀을 만들었는데 그게 쉽지만은 않아요."

"아! 특별수사팀까지."

"하지만 범인이 이대로 실수를 하지 않으면 오래 걸릴 겁니다. 미제 사건이 될 수도 있죠. 전 오늘 실수로 이걸로 맥주를 살 뻔했어요. 깜짝 놀라 집어넣었지만요."

한남수가 경험 많은 사람처럼 웃었다.

"위폐는 당당하게 써야 합니다. 그래야 의심을 사지 않죠."

"꼭 써본 사람처럼 말하는군요."

"자연스럽게 위폐를 지갑에서 꺼내고 표정이 변하지 않아야 하고요."

"저런. 몰랐습니다."

"추측하건대 그 만 원 위폐범은 돈을 버는 게 목적이 아니에요. 그렇다면 오만 원 위폐를 만들었겠죠."

"저도 그렇게 생각합니다. 뭔가 끌리는 데가 있는. 아주 신사 같다는 생각도 들고."

"감식가로서 별소리를 다 하는군요."

"저희 분석실 김 팀장도 위폐범을 높게 평가하고 있죠. 만날 기회가 되면 만나고 싶다는."

"그렇게까지나. 저야 가끔 만나고 있지만요."

양원진과 한남수는 같이 큰 소리로 웃었다. 한남수의 얼굴에 웃음이 걷히고 쓴 미소가 입술을 맴돌다 사라졌다. 양원진은 그 미소를 놓쳤다. 양원진이 그날 모르는 게 또 있었다. 한남수가 만 원 위폐 배포에 관여하고 있다는 것을. 그가 쫓는 사람이 누구인지 알지 못하면서 한남수를 추적하게 되리라는 것을.

15

주민센터의 장학 담당 직원은 한남수를 반갑게 맞았다. 선생님 오셨습니까. 공간이 비좁은 주민센터 1층은 각종 증명서를 떼려는 사람으로 북적였다. 벽에는 구청과 시청에서 내려 보낸 홍보 포스터가 여러 장 붙어 있었다. 구청 축제와 강연을 안내하는 포스터 하나하나의 디자인은 깔끔하고 선명했으나 몇 장이 함께 붙어 있는 바람에 지저분하게 게시판을 메웠다. 1층 끝에 있는 복지 담당 창구에서 한 사내가 소리를 높여 뭔가를 따지고 있었다.

직원은 한남수를 칸막이를 친 회의실로 모시고 갔다. 회의용 탁자와 의자 몇 개가 놓인 좁은 공간으로 복지 담당 직원에게 사내가 따지는 소음이 걸러지지 않고 들렸다.

"커피를 드릴까요?"

직원이 권하자 언제나처럼 한남수는 커피 한 잔도 고맙다는 표정으로 고개를 끄덕였다. 직원이 커피를 내자 한남수는 두 모금을 마시고 비닐 봉투를 꺼냈다. 지역장학 사업을 맡은 직원이 지난 몇 달 동안 자주 봐온 남자의 모습이었다. 주민센터는 지역민의 복지 수준을 높인다는 목표로 가정 형편이 어려운 집의 자녀에게 장학금을 지급하고 있었다. 장학금은 성적이 높은 학생에게 주는 방식이 아니라 형편없는 성적만 아니라면 경제 사정이 어려운 학생에게 지급되었다. 그런 가정들의 사정은 다양하면서도 비슷비슷했다. 아버지가 운영한 식당이 망했거나, 부모 중 한 사람이 심각한 질병에 걸렸거나, 오랜 실직으로 부모가 겨우겨우 생계를 땜질하는 형편에 처했거나 등의 사연이었다.

주민센터에서 운영하는 장학회는 은밀하게 장학금을 전달했다. 장학회는 동네 학생들을 돕는다는 소박한 뜻에 맞게 운영했다. 장학회 회장은 칠십대 초반의 전직 교장으로 검소하고 실질적인 사람이었다. 회장은 수혜 학생을 한 자리에 모아 긴 인사말을 하고 단체 사진을 찍는 방식을 좋아하지 않았다. 회장은 대학생 시절에 그런 형태의 장학금을 받았고 그때마다 얼굴이 달아오르고 열등감에 싸였다고 했다. 주민장학회는 한마디로 도움 자체를 좋아하는 순수한 사람들의 정성을 강조했다. 그래서 장학금 재원은 소소한 직업이나 작은 가게를 갖고 있는 이들이 보내오는 소액으로 채워졌다.

지금 찾아온 한남수와 같이 별말 없이 장학금만 내놓고 가는 사람도 있었다. 주민센터를 찾은 한남수는 커피 반 잔을 겨우 마시고는 더 이상 머무르면 큰일이 나는 것처럼 빠르게 자리를 떠났다. 직원이 한남수에게 커피 한 잔을 대접하는 데도 3개월이 넘는 시간이 걸렸다. 직원이 장학 서류에 필요하다는 이유로 이름을 캐묻자 한남수는 마지못해 강석이라고 답했다. 그 이름이 본명인지, 혹은 그가 이 동네의 어디에 사는지, 직업이 무엇인지 아무도 알지 못했다. 장학금 사업을 담당하는 직원은 한남수의 그런 자세를 높이 평가했다. 직원이 장학금이 얼마 들어왔으며 그 돈을 몇 명의 학생에게 얼마의 금액으로 나눠줬다는 소식을 꺼내면 그 말마저 한남수는 막았다. 그는 겸손하게 검정 비닐 봉투를 내밀고는 영수증을 받아 사라졌다.

직원과 한남수가 만나는 시간은 비닐 봉투에 담긴 돈을 세며 채워졌다. 한남수가 봉투에 담은 돈은 구겨진 천 원과 오천 원, 만 원에 동전이 섞여 세는 데 시간이 걸렸다. 돈은 구겨지고 비틀어졌으며 손때가 묻어 은행의 계수기에 넣어도 여러 번 튀어나올 것처럼 보였다. 직원은 돈을 세면서 감격스럽고 고마웠다. 동네와 지역, 어쩌면 대한민국이라는 커다란 뼈대까지 이런 사람의 꾸준한 정성에 기대서 지탱되는 것이 아닐까 생각했다. 얼마 전까지는 한 노인이 이런 돈을 들고 왔다. 노인도 이 사내처럼 겸손하게 머리 숙여 구겨지고 때 묻은 돈을 비닐 봉투째 내놓고 사라졌다. 그 노인도 그저 어려운 분에게 도움이 되었으면 한다는 바람이 전부였다.

　직원은 오천 원과 천 원을 십만 원 단위로 묶으면서 재빨리 이번에 장학금을 받은 학생의 사연을 이야기했다. 빈궁으로 내려가는 길은 여러 곳에서 시작되지만 하류로 갈수록 합쳐져 어디서 시작했는지 분간하기 어려운 하나의 흐름으로 모였다. 빈곤한 가정의 학생은 좋은 교육을 받기도 쉽지 않았지만 그나마 지금 받는 교육이라도 마치지 못하면 강물에서 헤어나지 못하고 익사자로 떠돌 형편이었다. 한국 사회는 개인과 가족에게 교육에 대한 무한책임을 지우고 있었다. 한남수는 직원의 말에 가볍게 고개를 끄덕이거나 간단한 응답으로 공감을 표시하고는 일어섰다. 한남수 얼굴을 아는 주민센터장이 가까이 와서 악수를 하고는 고개를 숙여 존경을 표시했다. 그도 따라서 고개를 숙이고 떠났다. 한남수는 평범하고 수수한 바지와 셔츠를 입었고 운동화를 신었다. 조용하고 침착했으며 들뜨지 않았고 자신의 기부를 과시하지도 않았다.

　직원이 모르는 사실이 있었다. 봉투에 담은 구겨진 돈은 위조지폐를 사용하고 거슬러 받은 돈이었다. 거기에 노인이 아홉 배로 더한 돈이 보태졌다. 직원이 안다면 아연할 일로 장학회에선 불법과 합법이 섞인 돈을 어떻게 처리해야 할지 머리를 싸매고 난감해할 터였다.

　강석으로 불린 한남수는 며칠 후 병으로 시달리는 주민을 돕는 건강복지모금회에 나타났다. 건강복지모금회는 모금회 회장이 무료로 제공한 큰 도로변 건물 2층 사무실에 자리 잡았다. 모금한 돈을 단체 운영비로 쓰는 해악을 막기 위해 모금회에 근무하는 직원은 꼭 필요한 최소한의 숫자였다. 모금회 회장은 몇몇 기업에 호소해 그 직원들의 인건비를 부담하게 했다. 그런 노력 끝에 모금회에서 모은 돈은 거의 전부가 어려운 사람들을 위한 건강과 복지라는 실제 목적에 사용되고 있었다. 여직원은 반갑게 한남수를 맞이하고는 익숙하게 그가 내놓은 비닐봉지에 담긴 오천 원과 천 원을 헤아리기 시작했다. 여직원은 오래지 않아 떠날 한남수에게 재빨리 과자와 커피를 내놓았고 돈을 세는 사이에 이번 주와 이번 달에 도왔거나 도와줄 의료 사각지대에 놓인 사람들의 이야기를 전했다. 여직원은 그렇게라도 전달하는 것이 자신의 중요한 임무인 것처럼 돈을 세면서 순서를 정해 빠르게 이야기를 쏟아내었다. 수북하게 쌓였던 지폐 더미가 정리되는 사이에 파킨슨병에 걸려 걷지 못하는 노인에게 온정이 전달되었고, 류머티즘에 걸린 여자에게 사랑이 전달되었으며 폐암에 걸린 가난한 남자에게 치료비가 지원되었음을 알렸다.

여직원은 선생님의 후원이 이런 지원을 가능하게 했다는 말을 미소와 함께 올렸다. 그분들 중에 이러저러한 분은 병환이 나아졌고, 또 다른 분은 삶의 의지를 다시 불태우고 있으며 어떤 젊은이는 자신도 성공하면 봉사활동에 힘쓰겠다고 다짐했다는 말이 세고 있는 지폐 위에 얹혔다. 한남수는 겸손한 얼굴에 무덤덤한 표정이었다. 그는 누군가가 전하도록 부탁한 물건을 처리하는 조심성, 혹은 택배 기사가 물건을 정확하게 배달했는지 확인하는 의무감에서 여직원의 말에 귀를 기울이는 자세였다.

여직원은 어떨 때는 보름이나 한 달 만에, 때로는 두 달에 한 번씩 들러 구겨진 지폐를 내놓는 사내에게 감동한 표정이 얼굴에 가득했다. 강석으로 불린 사내는 일이 끝나자 기부 영수증을 받아들고는 일어났다. 여직원이 모금회 회장님을 만나고 가시라고 권하자 사내는 놀라며 손을 내저었다. 늘 하던 대로였다. 사내가 회장이나 모금회의 간부를 만난 적은 없었고 만나기를 바란 적도 없었다. 그러나 여직원은 인사치레라도 꼭 만남을 권하는 말을 건넸다. 그건 윗분들이 사내의 자선을 높이 평가하고 기억한다는 말에 다름 아니었다. 건강복지모금회가 매달 후원자에게 보내는 소식지에 강석의 이름을 써야 할지 편집진이 의논을 한 일이 있었다. 그들은 강석의 이름이 실명인지 가명인지를 몰라 소식지에 결국 익명으로 처리했다. 소식지에 익명으로 처리되는 사람은 두셋에 불과했다. 예전에 자주 사내와 같은 방식으로 기부를 했던 노인도 꼭 익명을 고집했다. 그 노인도 조심스럽게 구겨진 돈을 봉투째로 전하고는 조용히 사라졌다.

여직원은 엘리베이터 앞까지 나와서 허리를 깊게 숙이고 인사를 했다. 건강하시기 바라며 다음에 점심 전에 들르면 꼭 식사를 대접하겠다는 말을 보탰다. 한남수는 미소를 지으며 고개를 끄덕였다.

한남수는 모금회에서 나와 잠시 어디를 가야 할지 둘러보는 얼굴이었다.

그는 주머니에 든 만 원 진폐를 만졌다. 세상에는 가난하고 역
경에 처했으며 질병에 시달리는 사람이 너무 많았다. 그가 사모
펀드에 다닐 때는 신문에서나 보았던 구령이었다. 그들의 출구
가 보이지 않는 한숨과 사연으로 한남수는 지치고 맥이 풀렸다.
가난은 덩치가 너무 커 강한 힘이 구출해야만 하는 것일까? 국
가가 마련한 복지 시스템은 도움을 요청하는 사람들을 건져내지
못하는 것일까? 어려운 사람을 구해내지 못하는 성긴 시스템이
오히려 자본과 경쟁이라는 체제를 유지하고 있는 것이 아닐까?
그는 손으로 돈을 접고 구기고 움켜쥐었다가 비틀었다. 그러면
어릴 때 본 마술사의 모자에서처럼 엄청난 뭉칫돈으로 바뀔까.
그 뭉칫돈을 몽땅 기부하면 어려운 사람들의 형편이 조금이라도
풀릴까?

한남수는 어린 시절 동생과 같이 마술 공연을 보러 갔었다. 무
대에 선 마술사는 모자에서 토끼를 끄집어냈다. 다음에는 모자
에서 리본을 끝없이 뽑아냈다. 한남수와 동생은 눈을 멍히 뜨고
무대를 채운 색색의 리본을 바라보았다. 저 모자에는 또 무엇이
들어 있을까? 마술사가 관중 속에서 다음 마술을 위한 도우미를
불러 올렸다. 중년 남자가 한 사람 올라가고, 한남수와 동생도
뽑혀 올라갔다. 한남수는 무대에 서자 가슴이 쿵쾅거렸다. 사람
들의 시선이 그들 형제에게 쏠린 것만 같았다. 동생은 한남수의
팔을 꽉 붙잡았다. 마술사가 중년 남자와 한남수 형제에게 모자

속을 보여주었다. 텅 비어 있었다. 남자와 형제가 모자에 손을 깊이 넣었다. 모자 속에서 잡히는 건 아무것도 없었다. 마술사가 보자기를 모자에 씌우고 주문을 외웠다. 그리고 보자기를 벗기고 모자에 손을 넣어 만 원을 끄집어냈다. 마술사는 남자에게 돈을 보여주고 만지게 했다. 한남수와 동생도 만지고 살펴보았다. 틀림없는 만 원 지폐였다. 마술사는 남자와 한남수에게 가방을 하나씩 주고 모자에서 계속 만 원 지폐를 뽑아냈다. 지폐가 가방에 담기자 객석에서 탄성이 울렸다. 한남수는 가방을 채운 푸른색 지폐를 직접 보고 기겁하며 만져보았다. 마술사가 선물로 준 가방을 들고 그는 객석으로 내려왔다. 믿어지지 않았지만 사실이었다. 관객들이 가방을 탐욕스런 눈길로 노려보았다. 아마도 할머니가 같이 갔던 것 같다. 할머니도 누가 가져가지 못하도록 가방을 꼭 쥐었다.

　마술이 끝났다. 다시 연 가방에는 흰 종이만 가득했다. 틀림없이 푸른색 만 원 지폐, 설령 지폐가 아니라고 해도 푸른색 종이였다. 그런데 그 푸른색의 종이는 감쪽같이 사라지고 만 것이다. 동생은 울음을 터뜨렸다. 한남수의 행운을 시기한 누군가가 돈을 훔쳐가고 만 것만 같았다. 한남수가 주민센터와 모금회에 준 돈은 어쩌면 그때 가방에서 사라진 지폐가 아닐까? 그때 마술사의 돈이 그대로 있었다면 한남수는 어떻게 썼을까? 공돈을 어려운 사람에게 기부했을까? 의문이 꼬리를 물었다. 구걸과 위폐로 만든 돈으로 기부를 한다. 그래도 괜찮은 걸까. 나는 제대로 길을 가고 있는 것인가?

한남수는 번쩍대는 불빛으로 가득 찬 도심을 돌고 또 돌았다. 그러다가 뒷골목의 어둠이 나타나면 숨을 몰아쉬고 어둠에 몸을 조금씩 떼주었다. 그는 그렇게 자신의 몸을 잘라내 어둠 속으로 사라지고 싶었다.

그러나 그의 몸은 끈덕지게 붙어 있었고 어둠 속으로 사라질 조짐은 보이지 않았다. 한남수는 뒷골목의 가로등 아래에서 고함을 질렀다. 비틀대며 걷는 행인이 그를 쳐다보았다. 술에 취해 골목에서 구토를 하던 사람이 시끄럽다며 그에게 화를 냈다. 그는 땅 밑으로, 어둠 속으로 사라지고 싶었으나 그럴 길은 나타나지 않았다. 그는 지하철을 타고 버스로 갈아타고서는 도시의 중심에 내렸다. 한때 기계부속 가게들이 난립했던 지대는 들어서는 상가와 아파트에 야금야금 먹혀들어 예전의 번화한 부품 골목의 모습은 사라지고 몇몇만 군데군데 이빨 빠진 곳처럼 남아 있었다. 골목을 끼고 있는 기계부속 상가는 이제는 손님이 거의 찾지 않는, 자동차와 기계 부품을 다루는 작은 점포가 박힌 도심의 이방 지역으로 남았다.

밤이 되면 번화한 도심에서 얼마 떨어지지 않은 곳인데도 음침하게 변했다. 몇 걸음을 나서면 나타나는 번화한 상가 주인들에게 몰락한 기계부속 상가는 골칫덩어리였다. 그들은 기계부속 상가 재개발을 둘러싼 지루한 소송이 끝나서 지역 전체가 개발되기를 기다리는 수밖에 없었다. 한남수는 버스에서 내려 몇 번을 뒤돌아보고서는 5층 건물 사이의 길로 슬쩍 들어섰다. 계단을 올라 3층 건물의 방으로 들어섰다. 위폐범 허태곤의 작업 공간이었다. 3층은 그 건물이 호황이었을 때는 사무실로 쓰였으나 지금은 창고나 원룸으로 쓰이는 퇴락한 곳이었다. 원룸으로 임대가 나간 곳도 싱크대를 다는 개조 공사를 했을 뿐 사실은 창고나 다름이 없었다. 싼 임대료에 우편도 들어오지 않는 익명의 공간이 있다는 사실을 소수만 알았다. 이곳 재개발 지구의 좁은 방으로 오게 된 기억은 쓰렸지만 또 다른 삶이기도 했다.

문 옆에는 치킨집 광고지가 비스듬히 붙어 있었는데 프라이드 치킨에 동그라미가 쳐져 있었다. 허태곤이 왔다 갔다는 표시였다. 열쇠로 문을 열자 허태곤이 문에 끼워놓은 보안용 종이쪽지가 뚝 떨어졌다. 누군가 방으로 침입하면 간단하게 확인할 수 있는 장치였다. 오늘 아무도 이곳을 찾지 않았다. 누군가 찾아온다는 것이 신기한 곳이었다. 한남수는 쪽지를 주머니에 넣고 방을 둘러보았다. 창문에는 암막 커튼이 쳐져 있었다. 커튼을 치면 방은 빛 한 알갱이 없는 동굴로 변했다. 컴퓨터와 스캐너와 프린터가 모인 곳 한쪽에는 위폐 용지를 담은 통이 몇 개 놓여 있었다. 시너가 가득 든 플라스틱 통이 방 모서리 네 곳에 하나씩 놓여 있었고 그 옆에 휘발유가 든 통도 붙어 있었다. 컴퓨터와 스캐너가 있는 책상 옆에도 시너와 휘발유 통이 놓였다. 시너 통 옆에 발화 타이머가 달린 기기가 부착되어 있었다. 불이 붙으면 이 좁은 방은 순식간에 폭탄으로 돌변할 것이었다. 위폐는 봉투에 담겨 시녀 통 옆에 놓여 있었다.

한남수는 위폐 봉투를 들고 잠시 생각에 잠겼다. 봉투는 무겁지 않았다. 자신이 잡힌다면 검사는 그를 어떤 인물로 만들어 기소할까? 검사는 공소장에서 아홉 배 기부 사실은 아예 빼버릴 것이다. 그건 법이 자비를 베풀 사유야 되겠지만 위조지폐라는 엄중한 죄를 덮을 요건은 안 된다고 역설할 것이다. 언론과 인터넷을 통해 허태곤의 행동을 본받는 새로운 자선과 나눔이 번질까? 그들은 시대를 앞서 미래를 제시한, 거창하게 말하면 체제를 바꾸는 선각자로 기억될까? 국가가 해야 할 일을 대신해 성취하겠다는 몽상가로 비웃음을 받을까? 그보다 허태곤과 한남수는 기행을 일삼은 별난 사람으로 잠시 사람들 입에 오르다가 곧 잊혀 망각에 묻힐지도 모른다. 어느 편이 현실에 가까울까. 그는 위폐를 쓰는 행동대원 몫을 해냈지만 허태곤이 가는 길을 꼭 따라야 할 이유는 없었다. 한남수가 허태곤에게 진 빚은 없었다. 한남수는 자신의 삶에서 변곡점이 된 해고를 떠올렸다. 갑자기 바뀐 선로 변환기는 나름 순탄했던 자신의 삶을 엉뚱하고 낯선 길로 보내버렸다. 앞으로도 삶의 변곡점은 계속 나타날 것이다. 한남수는 차분히 생각했다. 나는 확고하게 중심을 잡고 가야 할 방향을 선택할 것이다. 자신이 내린 선택에 책임을 지지 않는 비겁한 태도는 사람의 삶을 짓누르고 파괴한다. 나는 내 선택에 책임을 질 것이다. 나는 두렵지 않다. 한남수는 봉투를 들고 나와 문에 붙은 치킨집 광고지의 양념통닭에 볼펜으로 사선을 그었다. 그가 왔다는 표시였다. 한남수는 이번이 마지막으로 들르는 것일까 생각했다. 아직은 알 수 없었다. 그러나 그날이 다가오고 있음을 느꼈다. 한남수는 다른 곳에서 출구를 찾고 있었다. 그는 새로운 장소와 운영 방식을 눈여겨봐두었다.

16

한남수는 마을의 입구에 들어섰다. 서울과 붙은 신도시의 외
곽을 차지한 마을은 넓은 단독주택 단지였다. 주택단지의 중심
을 가로지르는 큰길을 따라 상가 건물이 나란히 자리 잡고 있었
다. 벚나무가 가지를 넓게 뻗은 길을 따라 널찍하게 단장된 보도
를 걸으면 편안하면서 유쾌했다. 길을 걸으며 1층 가게를 구경하
면 눈높이에 걸린 물고기 문양 아래에 '반두'라는 글이 쓰인 표
지를 볼 수 있었다. 물고기 문양은 한 집 건너씩 있다가 여러 가
게에 연달아 붙어 있기도 했다.

큰길의 뒤편에는 걷기 전용 길이 있었다. 아이들이 걸어서 학
교까지 갈 수 있도록 계획된 걷기 길의 입구에는 놀이터와 커다
란 느티나무가 선 쉼터가 있었다. 큰길에서 이면도로로 접어들

면 대부분의 1층 상가에 물고기 문양이 붙어 있었다. 카페와 떡집과 옷 가게와 학원과 천연화장품 가게와 인테리어 상점에 물고기 문양이 연달아 붙은 것을 보고 호기심에 물고기가 뭘 뜻하는지 물어보면 이 마을에서 쓰는 지역화폐 '반두' 브랜드라는 대답을 듣게 된다. 가게 주인은 '반두' 안내서도 건네는데 '반두'는 물고기를 잡는 그물의 한 종류라는 설명과 마을에서 발행하고 사용하는 지역화폐인 지역교환거래제도의 사용법이 적혀 있다.

반두가 신기하면 당신은 이 지역 사람이 아니거나 잠시 들른 사람일 것이다. 반두는 마을과 마을에 붙은 큰 아파트 다섯 단지의 주민들, 그리고 신도시의 거주자들이 사용하는 지역화폐다. 지역화폐를 쓰려는 사람은 운영 조직에 가입을 한다. 그러면 각자의 관리용 계좌가 만들어진다. 렛츠(LETS)라고 불리는 지역화폐 운영 방식은 화폐를 발행하지 않는다. 일을 하거나 물품을 팔아서 반두를 벌면 회원 각자의 관리계좌에 번 반두의 액수가 더해서 기재된다. 반두로 식료품을 사거나 카페를 이용하면 쓴 액수가 역시 관리계좌에서 빠져나가 표시된다. 운영사무소에서 계산할 때 반두 천 원은 일반화폐 천 원과 같이 처리된다. 매 시간 컴퓨터로 거래가 저장되고 업그레이드되며 백업도 해놓는 일종의 컴퓨터화폐 시스템이었다. 반두 운영사무소는 매달 회원에게 그들이 쓰고 번 반두 내역과 잔고를 알렸다.

상인과 회원들은 보통 일반화폐 80퍼센트에 반두 20퍼센트 비율로 거래를 했다. 그렇게 하면 만 원 물건을 사면 팔천 원을 내고 이천 원은 반두로 지급할 수 있다. 반두를 30퍼센트까지 받는 곳도 있었다. 그런 업체는 반두를 특히 사랑하는 곳인데 그렇게 받아도 손해가 아니라고 입소문에 열심이다. 마을에 반두가 정착되고 친숙하게 된 데는 반두의 창립 멤버가 어린이집과 유치원, 의료생협을 하면서 주민과 실용적으로 연결한 덕이 컸다.

마을에서 한남수를 기다리는 사람은 여럿이었다. 그는 목공과 인테리어에 능숙했다. 반두 운영실의 장 총무는 한남수에게 요청할 처리 목록을 쥐고 있었다. 한남수는 손이 맵고 눈썰미가 좋은데다 일 자체를 즐거워했다. 청색 작업복을 입은 한남수는 수리를 원하는 집에 찾아가서 일을 했다. 그는 침착했고 과묵해 일을 요청한 사람에게 말을 잘 건네지 않았다. 배관도 곧잘 뚫었는데 막힌 변기의 주인인 주부는 한남수가 두 시간을 고생해서 꺼내놓은 물건에 놀랐다. 비닐과 플라스틱 장난감과 수건과 못 쓰는 지갑이 나왔다. 그가 귀띔을 했다. 어린 아들이 있죠? 조사해보니 초등학교 1학년 아들이 친구들과 놀면서 장난으로 물건들을 변기에 가득 집어넣었던 것이었다. 주부는 변기를 뚫는 대략적인 수리 비용을 알고 있었다. 한남수는 그보다 적은 금액을 군말 없이 받았다. 막힌 배관을 뚫는 일을 한남수가 전문으로 배운 것은 아니고 건축기술자 양성소에서 속성으로 익혔을 뿐이었다. 그는 강사로 나선 경험 많은 전문가를 통해 수리 요령을 익혔고 몸으로 하는 일은 열심히 끈질기게 파고들면 해결할 수 있다고 낙관했다. 여자들은 혼자 있는 집에 남자 수리공이 방문하는 것을 꺼렸다. 그러나 한남수라면 안심할 수 있었다. 수리를 받은 주부들의 입소문을 타고서 한남수의 인기는 높아만 갔다.

한남수의 전문 분야는 목공과 인테리어였다. 그는 기술자 양성소에서도 배웠지만 대학에서 목공과 인테리어 동아리 활동을 한 것이 이렇게 도움될 줄은 몰랐다. 그가 잊고 지냈던 능력과 감수성이 확 피어올랐다. 반두 운영사무실의 장 총무 머리를 아프게 한 1미터 80센티미터 원목 선반을 네 개 만들어달라는 요청이나 북유럽풍으로 욕실을 개조해달라는 주문을 척척 처리해냈다. 한남수는 선반 받침대로 쓸 원목을 마을 제재소에서 구하고 선반 받침대와 앵커를 사서는 단순하면서 아름다운 원목 선반을 달아놓았다. 북유럽풍 욕실은 이틀 만에 완성되었다. 욕실을 석회로 칠한 다음 북유럽에서 유행하리라 믿어도 좋을 단순한 청색 무늬를 그리고 유성페인트를 입힌 선반을 달고 욕실의 문짝을 페인트와 아크릴 물감으로 칠한 다음에 맑은 물이 넘실거리는 피오르 계곡을 문에 그려 넣었다. 유리와 형광등을 북유럽 스타일의 물건으로 바꾸자 환하게 달라진 욕실에 어리둥절한 느낌마저 들었다.

한남수에게 맡기는 인테리어가 늘어나자 제재소의 한 칸이 그의 작업실이 되었다. 그는 작업실 벽에 선반을 만들어 롤러와 페인트 붓, 실리콘, 고무헤라, 사포, 목공용 본드와 전동드릴과 직소기와 샌더기를 갖췄다. 그는 점점 마을의 전속 인테리어 업자로 변신하고 있었다.

지역화폐 회원들이 한남수를 기다리는 감춰진 이유가 또 있었다. 남자는 수고비의 절반을 일반화폐로 절반은 반두로 받았다. 반두 회원은 괜찮은 서비스를 받고 50퍼센트 세일의 즐거움까지 톡톡히 누렸다.

반두마을은 반두보다 '함께 사는 집'으로 먼저 이름을 알렸다. 마을에 사는 한 분이 2층 주택을 보증금 600만 원에 월세 30만 원이라는 거저나 다름없는 돈으로 '함께 사는 집' 청년들에게 세를 줬고 청년 여덟 명은 이 집에서 살면서 '집밥모임 두반'을 SNS를 통해 널리 알렸다. 혼자 밥 먹기 싫은 사람들이 함께 밥을 먹으며 외로움을 던다는 뜻으로 만든 모임이었다. 수요일이면 이 집을 찾는 청년은 누구나 단돈 천 원에 저녁을 먹을 수 있었는데 식재료는 반두마을 주민이 기부를 했다. 집밥 반장은 들어온 식재료에 맞춰 그야말로 창의성을 발휘해 요리법이 아닌 재료에 맞춘 음식을 만들어냈고 서로를 잘 몰랐던 참석 청년들은 밥을 먹으며 우정을 나누고 생활을 얘기하고 친구를 만들었다. '집밥모임 두반'에서 실험을 한 요리법이 SNS를 통해 널리 알려져 '두반 요리법'이라는 묶음으로 실리기도 했다.

반두마을은 두 달에 한 번, 홀수 달에 느티나무가 있는 쉼터 길에서 이틀 잔치를 벌였다. 잔치를 통해 유명해진 행사는 반두 책 축제였다. 출판사가 참여하는 다른 책 축제와 달리 여기서는 가족이 부스를 차려 책을 교환하고 팔았다. 반두마을의 초등학생이 그린 그림책과 학부모가 만든 아이 양육일기는 문을 열자마자 매진이었다. 그림책과 양육일기는 수작업으로 만든 책으로 20권 한정판이었다. 책을 장식한 표지 중 어떤 것은 재활용 가죽과 천이었다.

한남수는 엄마와 같이 나온 초등학생이 자기가 그린 그림책을 파는 것을 보았다. 예쁘게 색칠한 그림 옆에 창작한 글이 쓰여 있었다. '돈이 사라졌다!'란 글 옆에는 어린이들이 만세를 부르며 뛰어노는 그림이 있었다. 돈이 사라지자 어른은 아이들을 학원에 보낼 수가 없었다. 영어 학원, 태권도 학원, 미술 학원, 방문학습지 교사 모두가 울상을 짓고 있었다. 글짓기 학원 원장도 문을 닫고 상심해 턱을 괴었다. 아이들은 놀이터의 그네를 타고 미끄럼틀에 올랐고, 딱지치기와 달리기를 하고 있었다. 단순하게 그린 그림에서 아이들은 모두 웃고 있고, 어른들은 딱한 얼굴이었다. 양원진이 아이에게 물었다.

"그림 잘 그렸네."

아이는 생각보다 크레용 색이 잘 나오지 않았다고 말했다.

"돈이 없어지면 훨씬 행복해질 것 같아?"

"아버지가 돈 번다고 밤늦게 들어와서요."

한남수는 돈이 없어지면 닥칠 세상을 아이가 긍정적으로 그려서 놀랐다. 동시에 그는 아이가 자신이 그린 그림책을 팔아 돈을 모은다는 사실에 놀랐다. 돈이 없어졌으면 좋겠다고 하는 아이는 세상에 딱 하나뿐인 책이라면서 가치를 자랑했다. 아이 엄마는 아이가 그림을 그리고 이야기를 만드는 데 재미를 붙였다고 말했다. 자신의 그림책을 한 달에 한 권은 만들어 판다는 것이었다. 한남수가 그림책을 사며 아이를 칭찬했다.

"커서 뛰어난 이야기꾼이 되겠다."

잔치를 벌이지 않는 달은 벼룩시장과 그달의 요리 코너만 열었다. 1월은 신년회였고 3월은 봄을 맞이하는 축제였으며 5월은 여름의 성장을 향해 달려가는 날이었다. 11월은 김장을 담갔다. 일요일 오전의 쉼터 잔치는 새 회원의 소개와 놀이와 장기 자랑과 회원들 사이에 물건을 사고파는 장터로 연결되었다. 느티나무 앞 광장은 시끄럽고 부산했으며 사람들의 웃음소리가 끊이지 않았다.

쉼터 길에서 열리는 잔치는 반두 지역화폐 모임을 처음 만들고 자리를 잡도록 헌신한 일곱 명의 창립멤버 열성에 못지않은 많은 사람들의 노력과 음식 실력이 빛을 발하는 자리였다. 길을 채운 천막에서 먹는 점심이 모임의 꽃이었다. 음식 솜씨가 뛰어난 할머니들이 자신의 비결을 자랑하는 달이 여러 번 이어지다가 뉴욕이나 프랑스에서 유학한 셰프가 나서 재능 기부를 하는 달도 있었다. 느티나무 아래에 임시 주방이 차려지고 회원들이 집에서 가져온 흰색 접시에 사과와 비트를 버무린 샐러드와 발사믹 소스를 얹은 스테이크와 토마토 파스타가 담겨졌다.

11월의 김장 모임은 많은 사람을 반두 회원으로 끌어들이는 포인트였다. 은퇴한 후에 따분한 일상에 지쳐버린 일흔의 할머니가 모임의 주인공이었다. 할머니가 자신의 어머니에게 전수받았다고 자랑하는 김칫소로 담그는 김장 행사는 손이 컸다. 신도시의 많은 주부와 여자들이 반두의 회원으로 새로 가입해서 그날을 기다렸다. 김장 할머니가 총감독을 하는 천막별로 배추와 양념이 준비되었고 2,500포기의 김장을 담갔다. 2,500포기의 김장은 엄청나 쉼터 길을 메운 배추와 무를 처음 본 회원은 저게 모두 김장 김치로 변한다는 걸 믿지 못했다. 김장을 담그는 데 참가한 회원은 자신이 일한 몫으로 열 포기를 가져갔고 일반 화폐와 반두로 더 사 갔다. 이 김장이 뛰어난 맛을 자랑하는 이유는 배추와 무와 고춧가루를 비롯한 재료가 훌륭하기 때문이었다. 반두마을은 얼굴을 아는 믿을 만한 곳에서 재료를 사 왔다. 그래서 11월 김장 모임의 그날은 겨울을 함께 지내고 공동의 음식으로 서로의 몸을 채우는 일종의 친목 대회로 커나가고 있었다.

반두 운영사무소의 장 총무는 한남수를 눈여겨보았다. 남자는 열심히 일을 하고 말이 없는 그야말로 일꾼이었다. 그는 자신이 어디에서 살고 어떤 인생을 살았는지 말하지 않았다. 그는 과묵했고 삶을 휘게 한 몇 개의 비밀을 감추고 있는 듯 보였다. 그 비밀이 남자 과거와 연결되어 있겠지만 어떤 것인지는 알 수 없었고 남자를 신비롭게 포장하는 효과를 거뒀다. 비밀이라면 장 총무 자신도 여러 개를 갖고 있다고 생각했다. 어쨌든 한남수는 믿을 만한 사람이었다. 장 총무는 일을 함께 해보면서 사람을 판단하는 자신의 눈을 믿었다. 사람은 교제나 친목 모임에서 만나면 좋은 면만 보여주는 습성이 있다. 같이 일을 하면 그 사람이 돈 되지 않는 일에 몸을 사리는지, 성격이 급한지, 뒷말이 많은지 따위가 드러났다. 지금까지 그녀가 판단한 사람됨은 틀린 적이 없었다.

한남수는 마을에 일하러 와선 밤이면 자신이 사는 서울로 돌아갔다. 단 하루도 마을에서 잔 적이 없었다. 이곳은 낮 동안의 일터에 불과했고 그의 중요한 삶은 딴 곳에 두고 있었다. 장 총무는 한남수를 마을에서 재우고 아예 이곳에 눌러앉히고 싶었다. 마을에서 반두 회원이 함께 쓰는 공동주택도 있었고 직접 세를 놓는 곳도 여럿 있었다. 그런 집을 이용해도 좋을 듯싶었다. 한남수는 서울로 돌아가면서 자신의 반두로 마을 가게에서 식료품과 옷과 같은 생활용품을 샀다. 그는 장바구니를 꺼내 식료품을 골라 물건을 담아 들었다. 그가 가장 좋아하는 식품은 사과였고 그다음이 쌈채소와 계란이었다. 그는 담배를 태우지 않았고 옆에서 그가 술을 마시는 것을 주의 깊게 지켜본 사람의 관찰에 따르면 술은 두 잔 정도가 끝이었고, 정말로 특별한 날에만 세 잔을 마셨다. 한남수의 주량은 장 총무에 비해 훨씬 모자랐다. 그러나 그는 두 잔을 마셔도 한 병을 다 마신 사람처럼 흥겹고 즐거워했다. 한남수를 유심히 관찰한 사람은 그가 소주 한 잔을 네 번으로 나눠 마신다는 사실을 알아챘을 것이다.

장 총무는 사무실에서 한남수를 만났다. 반두 사무실은 탁자

두 개와 소파 하나, 컴퓨터 두 대로 꽉 차는 곳이었다. 한남수는 조용히 앉아 바닥에 고개를 떨어뜨렸다가 벽을 쳐다보았다. 그 것이 남자의 소통 방식이었다. 장 총무는 그동안 남자를 볼 때마다 고민했던 과제를 단숨에 해치우기로 마음먹었다. 장 총무가 한남수에게 결혼했느냐고 묻자 그는 고개를 저었다.

장 총무가 말했다.

"제 말이 갑작스럽다고 놀라지 마세요. 더 미루지 않고 바로 말하는 게 좋겠다고 생각했어요."

장 총무가 한남수에게 반두의 회원 여자를 소개해주겠다고 말하자 그는 아까보다 강하게 고개를 흔들었다. 그는 그다지 놀라지 않는 눈치였으나 태도는 단호했다.

"그 여자와 잘되지 않으면 반두마을에 나오기 쉽지 않을 겁니다."

"여자 분 성격이 좋아 그런 걱정은 하지 않아도 돼요. 일이 잘못된다 해도 뒤끝은 없을 겁니다. 그리고 만남은 비밀에 부칠게요."

한남수는 여전히 고개를 저었다.

"세상에 비밀이란 없어요."

"따져보면 꼭 숨길 일도 아니에요."

한남수가 말했다.

"저를 만난 여자는 실망해요. 제대로 된 전셋집조차 없어요."

"그 여자는 남자 재산에 관심 없어요. 사람에 관심을 둘 뿐이죠."

"말은 그렇지만 속은 모릅니다. 거기다 사람은 결점이 많은 추한 동물이니까 겪어봐서 실망하면……"

"저도 인간은 홈이 많다고 생각해요. 그걸 아예 인정하면 편해지지요."

몇 번의 이야기가 더 오고간 후에 한남수가 말했다.

"집요하군요. 제가 관심이 없다는데도 그러네요."

장 총무는 밀리지 않았다.

"솔직하게 말할게요. 그 여자가 선생님에게 관심이 많아요. 그 여자가 반두에 쏟는 애정도 선생님에게 쏟는 관심에 밀릴 정도예요."

"다시 말하지만 난 전망이 없는 사람이에요. 제재소의 제 일하는 공간이 저의 전부입니다."

"딱 좋은 말씀이에요. 그 여자도 오늘을 살자 주의예요. 미래를 위해 오늘을 희생할 생각은 없어요. 인간 세상의 돈을 향한 난장판을 지독히도 경멸하니까요."

"제 말은 그게 아니에요. 어쨌든 여자는 남자의 과거에 대해 관심이 많아요."

장 총무는 끈질겼다.

"과거를 캐물으면 경찰에 신고하세요. 사생활 침해로요."

장 총무는 그 말을 하면서 웃었다.

"그 여자는 반두를 통해 일상에서 사람이 변화하는 것에 관심이 많아요. 돈을 위한, 돈에 의한 삶을 경멸한다니까요. 우린 말그대로 화폐가 주인인 사회를 살고 있잖아요. 우린 돈에 끌려다니는 노예죠. 그녀를 한마디로 소개하면 거기서 벗어나고 싶은 사람이에요. 선생님도 벗어나기에 좋은 사람이에요. 기술이 좋고 돈에 욕심이 없잖아요. 그분은 선생님을 오래 지켜봐왔어요. 제가 그 여자의 관심사를 너무 많이 말하는 것 같네요."

한남수는 말이 없었다. 거부하는 태도가 아까보다 누그러졌다.

"만나보고 싫어해도 좋아요. 그 여자 자존심 강해요. 매달리는 성격 아니에요."

한남수가 허리를 쭉 펴고 손가락으로 팔걸이를 두드리며 생각에 잠겼다. 장 총무는 몰아붙인 끝에 바로 날을 잡았다.

"그럼 내일 저녁에 만나요. 알았죠? 그쪽에도 그렇게 말할게요."

한남수는 얼떨떨한 얼굴로 일어났다. 장 총무가 한남수와 악수를 하고 웃으며 어깨를 툭툭 쳤다. 한남수는 자신의 인생이 예상치 않은 일로 다른 길로 들어선다는 예감을 받았다. 그는 사모펀드회사에서 해고된 후로 그런 흐름에 저항한다기보다 같이 흘러가는 스타일을 지켜왔다. 흘러가면서 자연스럽게 멈추는 곳에 자리를 잡고 자신만의 세계를 쌓아 올렸다. 구걸하는 허태곤과의 만남도 그랬다. 허태곤이 건네준 위폐를 쓸 때도 편안하게 대했다. 위폐 사용은 강에 놓인 외나무다리를 건너는 것같이 위험했으나 그는 침착하게 걷는 일에만 집중했다. 한남수는 변한 자신의 모습에 때로 흠칫 놀라기도 했다. 그건 자신도 알지 못한 또 다른 나였다. 지금까지 그래왔으니 앞으로 그러지 말란 법도 없었다.

한남수는 장 총무가 소개한 여자를 만났다. 그는 성미가 꿋꿋하고 강인한 여자를 예상했다. 정반대까지는 아니지만 그런 여자와 달랐다. 자신을 공미선으로 소개한 여자는 손으로 입을 가리고 웃는 모습이 귀여웠다. 예쁘다고 말할 순 없지만 눈썹을 치켜올리거나 입꼬리를 비틀기도 하는 등 감정을 담은 얼굴이 풍부하게 바뀌어 얼굴을 쳐다보는 것만으로도 즐거웠다. 공미선은 한남수가 이미 봤던 여자였다. 한남수가 공미선의 집 인테리어 공사를 한 적이 있었다. 지중해풍으로 해달라는 요구에 맞춰 문을 흰 바탕에 푸른 물고기로 장식했었다. 문의 푸른 물고기는 바다에서 고개를 내밀고 태양을 경이롭게 바라보고 있었다. 그 문을 열면 바로 그리스의 햇빛이 하얗게 녹는 섬이 나올 것만 같았다. 한남수는 문양을 그리고 페인트를 칠한다고 집주인의 얼굴도 제대로 쳐다보지 않았다. 공미선은 맡은 일에 집중한 남자에게 호감을 가졌다고 말했다.

"일에 몰입한 남자는 멋있어요. 뭐랄까, 표적을 쫓는 사냥꾼의 힘이 느껴져요."

"표적이라…… 난 내 표적을 제대로 맞춘 적이 없는 것 같아요. 삶에서 표적을 제대로 잡기나 했는지 의심스럽기도 합니다."

"어머, 그러세요. 그렇지 않아 보여요. 자신을 너무 과소평가하는 것 아닌가요."

공미선은 지역화폐 신봉자지만 거기에 봉건제의 냄새가 남아 있다고 말했다.

"지역화폐가 잘돼도 걱정이에요. 어딘지 자신이 사는 고장에 갇힌 조선 시대가 떠올라서요."

공미선은 마을 잔치와 반두 보급에 열심이면서도 삶을 지역화폐와 그 활동에 다 거는 스타일은 아니었다. 딱 반두를 쓰는 20퍼센트 삶만 마을 활동에 썼다. 인도와 미국 등 세계 여러 나라에 있는 마을 공동체와 같은, 작업과 생활을 같이하고 저녁의 삶까지 나누는 방식은 영혼을 억세게 조여 시들게 하는 것 같아 바라지 않았다. 재산을 공유하며 함께 노동하며 함께 먹는 삶의 태도는 집단농장을 떠올리게 했다. 그런 걸 원하며 그렇게 살고 행복해하는 사람도 많았다. 그녀는 그런 방식이 가진 장점만큼 개인의 자유를 빼앗는 단점도 강하게 느꼈다. 한남수는 그녀의 이야기를 즐겁게 들었다. 공미선은 표정이 풍부하고 손과 몸짓을 자유롭게 쓰며 의미를 담아서 얘기하는 스타일이었다. 그녀는 약사였다. 한남수는 그녀가 처방한 약을 손님에게 건네줄 때에는 어떻게 얘기할까 궁금했다. 그가 공미선의 약국에 간 적은 있었지만 그때는 다른 사람이 근무하고 있었다.

얘기가 비트코인과 같은 가상화폐에서 위조화폐로 넘어갔다. 한남수가 위조화폐를 어떻게 생각하는지 묻자 공미선은 확고하게 대답했다.

"가짜로 진짜를 이기지 못해요."

그녀는 인간은 역사에서 지독히도 배우지 못하는 동물이라면서 그래도 역사에서 배워야 한다고 말했다. 어떤 위조화폐도 그 사회에 긍정적이지 못했다는 말이었다.

"괴물과 싸우는 위조화폐가 있을 수 있나요? 그 자체가 모순이에요."

한남수가 말했다.

"게릴라 역할을 하는 위조화폐도 있을 겁니다."

"무엇을 상대해 싸우죠?"

"화폐라는 거대한 환상이 목표죠. 그건 매끄럽고 손에 잡히지 않으며 배후에 숨어 있죠. 아무리 먹어도 결코 굶주림을 채우지 못해 결국 제 몸을 먹어치우는 환상 말이에요."

"그 환상은 이미 우리를 먹어치웠어요. 우린 그 환상 속에서 살아가는 존재에요. 게릴라가 있다면 반두와 같은 지역화폐예요. 위조화폐는 불순해요."

"뭐가 불순하죠?"

"정정당당하게 맞서 싸우지 않고 피해요. 거기다 이익만을 좇지요. 악을 악으로 덮는 꼴이에요."

공미선은 반두마을에서 일어나는 소소한 이야기로 화제를 넘겼다. 그녀는 반두마을을 좋아했고 한남수도 그랬다. 한남수는 공미선을 만난 날이면 서울로 돌아가는 버스가 즐거웠다. 그녀

손은 따뜻하고 부드러웠다. 그는 공미선의 손에서 전해지는 온기와 느낌을 좋아했다. 그건 인간이 불순물을 섞어서 내뱉는, 진실을 얼마나 담고 있을지 속셈을 헤아려야 하는 말이나 글보다 더 직접적이고 순수했다. 그러나 한남수는 그녀에게 여자 친구이상의 몫을 원하지는 않았다. 그건 보다 멀리 걸어가서 찾거나 나타날 자리였다.

17

양원진은 아파트 앞의 천희 카페에 도착했다. 한남수는 아직
오지 않았다. 양원진은 한강의 루프탑 바에서 열리는 파티에 초
대받지 못한 지 제법 되었다. 한남수도 MT삼조회사를 그만둬
파티에 나오지 않는다고 들었다. 양원진은 왠지 자신과 죽이 잘
맞는 한남수와 연결될 끈이 하나 사라진 것 같아 아쉬웠다.

카페에는 손님 한 사람만이 창가 자리에서 노트북을 들여다
보고 있었다. 여주인이 자주 틀어주는 모던재즈 곡이 피아노 반
주와 베이스의 리듬을 타고 있었다. 양원진은 자리에 앉아서 문
댄스 커피를 청했다. 그는 부드러운 커피의 향을 음미하며 멍하
니 머리를 비우고 있었다. 멍하게 있으면 머릿속을 가지런히 빗
어내어 복잡한 생각들이 정돈되는 것 같았다. 경찰청의 회의와

표민석과의 만남이 불쑥 떠올랐다가 흐릿하게 사라졌다. 이렇게 마음을 놓고 있으면 어디선가에서 위폐를 만드는 사람의 이미지가 나타나서 양원진이 말을 걸어주기를 기다리기도 했다. 그런데 상상 속에서 범인은 가위와 풀과 종이를 쥐고서 엉성하게 지폐를 만들고 있어 양원진 스스로도 놀랐다. 양원진이 집중해서 그 이미지를 노려보면 꿈에서처럼 이미지는 엉뚱한 모습으로, 때로는 검은 새나 회색 도마뱀으로 변해서 사라져버렸다.

카페 문이 열리면서 문에 걸어둔 구리종에서 딸랑 소리가 났다. 맞은편 테이블에 손님이 앉았다. 그는 무심하게 소리가 나는 방향으로 시선을 보냈다가 거둬들였다. 손님이 원두와 파이 세트를 주문하고 양원진에게 시선을 보내더니 말을 건넸다.

"아파트 205동에 사시지요?"

양원진은 혼자서 음미하던 평온을 깨는 손님을 쳐다보았다. 기억에 없는 남자였다.

"네. 그렇습니다만?"

"저는 15층에 삽니다. 18층에 계시지 않습니까?"

양원진은 고개를 끄덕여 수긍했다. 남자가 반갑게 말했다.

"잠시만 앉아도 될까요?"

양원진은 남자를 조금이라도 안면이 있으면 비벼대는 마당발 스타일이라고 생각했다. 양원진은 평온한 시간이 방해받는 바람에 불쾌했다. 얼굴에 불쾌한 감정이 나타났는가 싶어 그는 표정을 잡으며 정색했다. 거절할 이유가 마땅찮았다. 하지만 아직 남자가 기억에 떠오르지 않았다. 하긴 얼마 전에 엘리베이터에서 만난 9층 부부는 이사온 지 1년이 지났다고 하는데 처음 얼굴을 부딪쳤다. 엘리베이터에서 만난 또 다른 남자도 눌러놓은 층을 보고서야 23층에 사는 사람으로 짐작했다.

남자가 커피를 들고 양원진의 자리로 옮겨왔다. 평범한 얼굴이었다. 작은 키에 반듯한 코와 얇은 입술이었다. 삼십대 중반이나 후반쯤으로 보이는 얼굴은 작은 편이었고 머리숱이 많았다. 첫 만남에서 무난한 인상을 남기고 곧 잊힐 얼굴이었다.

"수사 분야에 종사하신다고 들었습니다만."

남자의 말에 양원진은 놀랐다. 양원진은 자신의 직업을 아파트 주민이 모른다고 믿었다. 그는 직업을 가능한 한 숨겼다. 국립과학수사연구원에 근무한다면 사람들은 시신 해부대를 먼저 떠올렸다. 텔레비전에 방영된 수사 드라마 때문이었다. 환한 무영등을 밝힌 알루미늄 해부대에서 법의관이 흰색 단단한 빛을 뿜는 메스를 들어 올렸다. 해부대에는 죽음의 비밀을 담고 있는 사체가 놓여 있다. 법의관은 손톱 밑에서 용의자의 살점을 하나 찾거나 무릎에서 수상한 반점을 발견한다. 사람들은 국과수를 이런 죽음의 이미지와 바로 연결 지었다. 양원진이 우물쭈물 대답했다.

"관계가 없지는 않습니다만."

남자가 바짝 달라붙었다.

"궁금한 일이 있어서 그렇습니다."

남자는 양원진의 대답을 기다리지 않고 말을 꺼냈다. 고등학교 동창생이 뺑소니 교통사고로 죽은 사건이 아무래도 의심스럽다는 얘기였다. 낭비벽이 심한 아내가 저지른 범죄가 아닐까 하는 의문이었다. 경찰이 사고 조사를 했지만 미덥지 못하다는 것이었다. 이런 종류의 사고는 경찰이 여러 가지 경우를 따져 치밀하게 수사했다. 과학수사는 텔레비전 드라마에서만 아니라 현실 수사에 적용되고 있었다. 별일 아닐 가능성이 컸지만 어디선가 놓친 구멍이 있을 수도 있었다. 양원진은 남자의 이야기를 듣고 연락처를 받아두었다. 수사연구원인 그가 직접 개입할 방법은 없었다. 담당 서에 사건 경과를 물어보는 정도였다. 한남수가 그때 카페로 들어왔다.

　양원진이 약속한 사람이 왔다고 하자 남자는 매듭짓지 못한 말을 아쉬워하며 카페를 나갔다. 한남수가 금방 나간 사람을 뒤돌아보며 물었다.

　"아는 사람입니까?"

　"아뇨. 잘 모릅니다. 같은 아파트에 산다는데 우연히 자리에 앉게 되었네요."

　한남수가 말했다.

　"오랜만이네요. 난 사모펀드회사를 그만뒀습니다. 좀 됐어요."

　"아. 들었습니다. 어디 좋은 곳으로 옮겼나요?"

　"네. 여러 새로운 경험을 하고 있지요."

　"그렇습니까? 궁금하네요."

양원진은 조금 전 들은 교통사고 이야기가 마음에 걸렸다. 그는 고개를 흔들어 이야기의 잔상을 머리에서 지워버렸다. 한남수는 지역화폐인 반두를 쓰는 신도시 마을에서 작업을 하고 있다고 근황을 소개했다. 그는 주로 목공과 인테리어 일을 했다. 금융공학과 회사 인수를 취급하다 자연 소재인 나무를 다루고 인테리어에 관심을 두고 있다니 이상하게 느껴졌다. 한남수는 청바지와 작업용 푸른색 잠바를 입고 있었다. 지역화폐라는 말도 낯선 용어였다. 한남수는 변해 보였다. 얼굴과 팔이 햇볕에 타서 그을렸고 상체에 근육이 올라 단단해 보였다. 양원진은 한남수와 악수를 나누며 굳은살이 박인 딱딱한 손과 강한 손아귀 힘에 놀랐다. 양원진은 그가 어딘지 묘하게 느껴졌다. 생각이 깊어진 얼굴이기도 했고 예전의 예리하고 분석적인 감각이 닳아 둥그스름하게 변한 것 같기도 했다. 양원진은 한남수와 우정을 나눈 관계였다고 생각했다. 우정의 끈은 계속 연결되어 있다고 믿었으나 왠지 한남수가 변한 것처럼 보여 혼란스러웠다.

한남수가 같은 번호였던 만 원 위폐를 계속 감식하는지 물었다. 양원진은 계속 조사하고 있다고 말했다.

"위폐범은 잡았나요?"

"아뇨, 아직은. 수사팀은 거의 접근했다 말하지만. 잡아야 잡는 거지요."

"거의 접근하고 있다면, 제작하는 곳을?"

"그렇다고 봐야죠. 만 원 위폐범은 하여튼 묘한 사연이 있다는 예감이 듭니다만."

정확하게 따지면 7534와 2197 번호 위폐는 줄어들었다. 국과수에 감정을 요청하는 위폐 숫자가 줄어들면서 발견되는 위폐 그래프가 완만하게 내려갔다. 위폐가 발견되는 장소도 수도권으로 축소되고 있었다. 그것도 예전에 사용한 돈이 이제 발견되는 것 같았다. 양원진은 그렇게 판단했다. 경찰청의 표민석 수사관도 빅데이터를 분석해서 똑같은 결론에 이르렀다. 위폐범은 죽었거나 중병에 걸렸거나 아니면 알지 못하는 어떤 이유로 제조와 배포를 줄이고 있는 것이다. 적게 만드는 것일까. 아니면 배포를 줄이는 걸까. 이러다가 어느 순간 위폐범이 범행을 중단하면 범인은 사라지고 만다. 특별수사팀 표민석은 다 잡은 범인을 눈앞에서 놓친 것처럼 안달했다. 혹시 오만 원 위폐 제작이나 배포로 돌아서는 것일까. 그렇다면 더욱더 추적에 열을 올려야 한다. 표민석은 서울 중심부에 있는 범행의 시작점에 다가갔다며 확신하고 있었다.

한남수가 지갑에서 지폐 한 장을 꺼냈다.

"이상해서 그렇습니다."

양원진은 지폐를 무심결에 내려다보고 깜짝 놀랐다. 한남수는 그럴 줄 알았다는 표정으로 미소를 지었다. 원진은 자신도 모르는 사이에 손을 내밀어 지폐를 들어 올렸다. 그가 자주 감식한 7534 번호의 만 원 위폐였다.

"분명히…… 진짜와는 다르죠."

한남수는 이제 빙글빙글 웃고 있었다. 하지만 한 달에 몇백 장은 뿌려지는 지폐였으니 희귀본을 찾은 화폐 수집가처럼 심장이 뛸 일은 아니었다.

"어디서 구했죠?"

원진은 놀랄 일 아니라는 사무적인 목소리로 물었다.

"친구에게서."

한남수가 평범한 대답을 내놓자 원진의 얼굴에 실망이 지나갔다. 그러자 한남수가 바로 말을 덧붙였다.

"친구가 인쇄업체 사장에게 얻었다던데."

원진은 인쇄업체란 말에 정신이 번쩍 들었다. 위폐는 인쇄기로 찍어내는 종이에 다름 아니었다. 원진은 어느새 수사 감식관의 자세로 돌아가고 있었다.

"인쇄업체에서 뭘 찍어내지요?"

한남수는 당연한 질문을 왜 하느냐는 얼굴이었다.

"잡지와 책과 카탈로그, 뭐 그런 것들이지요."

"인쇄기로 뭘 쓰는지 아세요?"

"모르죠. 가본 적이 없으니까."

양원진은 스마트폰의 메모판을 켰다.

"친구와 인쇄업체 이름을 알 수 있을까요."

한남수가 이마를 찡그렸다. 원진이 아는 상식에 따르면 그의 행동이 성급하거나 불쾌하다는 표시였다. 원진은 망설였다. 상대는 친구였다. 당신이 위조지폐를 갖고 있어 혐의를 받을 수 있다고 나가야 하나. 대화를 끌면서 천천히 정보를 얻어내야 할까? 한남수는 의심스런 돈을 넣고 다니면서 궁금한 점이 많았을 것이다. 그런데 한남수는 왜 이 돈을 내놓는가. 이상한 일이었다. 원진은 쉽사리 나가야 할 방향을 정하지 못했다. 한남수가 어떻게 할까 고민하는 원진의 얼굴을 보면서 말했다.

"그런데……"

양원진이 상념에서 깨어나 그의 말을 그대로 받았다.

"그런데…… 뭐 말이죠?"

한남수가 손을 뻗으면서 말했다.

"내 돈은 돌려줘야……"

원진은 증거를 못 쓰게 만들까 싶어 집게손가락 끝으로 지폐의 모서리를 잡고 있었다. 원진이 돈을 한남수에게 건네자 그가 돈을 지갑에 집어넣으면서 잠시 생각을 다듬는 눈치더니 양원진의 관심사를 비켜나서 다른 의문을 말했다.

"위폐가 얼마큼 돌면 경제가 무너질까요? 총 화폐량의 0.1퍼센트, 아니면 1퍼센트나 5퍼센트?"

"작은 액수도 사회 신뢰를 해치기에 용납될 수 없죠."

"하지만 화폐량의 1퍼센트에 해당하는 위폐가 돌아다닌다 해도 끄떡하지 않을 것 같습니다. 달러가 그렇지 않습니까?"

"글쎄요."

"그런데 그 만 원 지폐 말입니다. 그게 위폐라고 한들 중요합니까? 큰 사건도 아니잖아요. 신문에서 범인을 잡는다는 기사도

본 적 없고. 구글에서 검색까지 해보았다니까요."

"그게…… 간단한 사건은 아니죠."

"하지만 위폐가 그렇게 나쁘기만 한 걸까요."

"위폐에 순기능이 없지는 않습니다. 해킹을 막기 위해 컴퓨터 보안이 발전되어왔죠. 위폐가 있으니까 진폐를 방어하는 기능이 나아진 거죠. 위폐는 진폐를 위한 시험용지인 셈입니다."

"그렇군요. 그런 측면도 없지 않네요. 난 이런 생각을 해봤습니다. 위폐는 신용경제가 지탱하는 위험수위를 알리기도 하지 않을까? 아마도 위폐가 1퍼센트 돈다고 해서 사회가 혼란에 빠지지는 않을 것 같아요. 내 돈 만 원 중에 단돈 백 원만 잃어버리면 될 테니까요. 하지만 정교한 위폐가 나와서 화폐 유통량을 점점 더 많이 차지하면 교환 시스템은 붕괴되고 말죠. 대안을 찾아야만 됩니다."

"그럼 위폐 제조범이 사회 시스템을 실험하고 있다는 말씀입니까?"

"그렇죠. 다른 사람은 몰라도 7534를 제조하는 놈은 그렇습니다. 제 추리가 어떻습니까?"

그러면서 한남수는 지갑에서 또 다른 지폐를 꺼내 탁자에 놓았다. 양원진은 헉 숨이 막혔다. 끝 번호가 2197인 만 원 위폐였다. 이게 도대체 어떻게 된 일인가! 양원진은 한남수를 쳐다보았다. 한남수는 입술을 꾹 다물고 이마를 찡그린 채로 양원진을 바라보고 있었다. 양원진은 한남수가 갖고 있는 위폐에 놀라고 그가 전혀 거리낌 없는 태도로 위폐를 내놓는 데 더 놀랐다. 양원진은 112에 바로 신고를 해야 하는지 머리가 복잡했다. 그러나 한남수가 어디서 위폐를 구했는지 알 수 없어 간단한 문제가 아니었다.

한남수가 양원진의 속을 안다는 느릿느릿한 어조로 말했다.

"같은 번호로 소액 위폐를 만드는 범인이 있다고 했지요. 나도 위폐범에 대해 관심이 많아요. 그 사람은 대체 왜 그러는 걸까요? 돈만 벌 생각이면 마약 이윤이 제일 높지요. 중남미의 니카라과에선 마약 운반상이 쾌속선을 타고 미국으로 마약을 운반하다 단속선을 만나면 마약 포대를 바다에 던져버리고 도망간다고 합니다. 배 무게를 가볍게 하기 위해서죠. 어부들이 가끔 마약 포대를 줍는데 바다의 로또라고 부르죠. 단박에 집을 사고 팔자를 고칩니다. 그러면 목사가 십일조를 뜯는다고 합니다. 하느님이 주신 선물에 입을 싹 닦아서 쓰겠냐는 거죠. 그런 글을 봤습니다."

한남수가 자신의 농담에 먼저 큰 소리로 웃었다. 양원진은 한남수의 한가한 이야기에 목소리가 갈라졌다.

"이건 경찰에 신고해야 합니다."

"왜 신고해야 하죠?"

"아니. 그러니까, 이게 범죄란 말입니다."

"그래봐야 무슨 소용이 있을까요?"

양원진은 얼굴을 한남수 앞에 갖다 대었다.

"당신은 위폐범을 몰라요. 그를 붙잡아야 합니다."

한남수는 여유 만만했다.

"만약 인쇄업체 사장이 악질이라면 당장에 그를 붙잡아야 할 겁니다. 그가 범인이라면 말이죠. 그렇다 해도 그는 겨우 얼마 되지 않는 위폐를 뿌릴 따름이고 그 때문에 경제가 털끝만큼도 손상을 입지 않아요. 사실 그가 위폐를 만든다는 것을 국민은 모르고 있어요. 언론에 보도된 적이 없지요. 경찰 몇 사람만 아는 위폐가 경제에 무슨 타격을 주겠습니까? 사회적 신용도는 조금도 손상되지 않았어요. 그렇다면 게임을 구경해보는 것도 재미있지 않을까요. 월드컵축구 16강전만큼은 아니지만 흥미진진하지 않습니까?"

양원진은 얼마만큼의 위폐가 돌아다녀야 금융 시스템이 위기에 처할까 잠시 생각했다. 가짜가 얼마나 퍼지면 진짜도 의심받을까? 팔뚝에 작은 상처가 생겨도 우리 몸은 끄떡없다. 깊은 상처를 입거나 패혈증에 걸리면 몸은 위태로워진다. 하지만 때로는 상한 고기 한 점으로도 감염될 수 있다.

양원진이 반박했다.

"이건 게임이 아니에요. 국민경제에 직접 영향을 미치는 중대 사안이죠."

한남수는 웃음을 터뜨렸다.

"깊이 세뇌되었군요. 유통되는 화폐 액수를 생각해보세요. 180조나 되지 않습니까? 만 원 몇 장이 무슨 피해를 끼치겠어요? 경제를 진짜 망치는 악당은 활개를 치고 있지 않습니까."

한남수는 대화를 교묘하게 끌고 나갔다. 양원진은 한남수를 똑바로 보았다. '이 사내는 왜 이리 변한 걸까.' 한남수는 머핀 한 조각을 떼내서 커피에 적시고는 천천히 입에 넣었다. 그러면서 그는 호기심 가득한 눈으로 원진을 지켜보고 있었다. 한남수의 평범하게 보였던 생김새가 변해서 비밀을 담은 여러 개의 얼굴로 나타났다. 양원진이 말했다.

"경제를 망치는 악당이 누구입니까?"

한남수는 눈썹을 올리고 이마에 주름살을 지었다.

"금융권은 악당 천국이죠. 저축은행을 보세요. 예컨대 골프장을 짓겠다고 허가를 받아 오면 부동산 감정 금액을 올려서 거액을 대출해주죠. 그리고 골프장을 짓는 회사가 부도를 내는 겁니다. 동시에 비슷한 건을 몇 건 더 터뜨리면 저축은행은 망하고 말죠. 그러면 예금보험공사에서 소액 예금자들에게 예금을 대신 갚아주는 거죠. 그런 방식으로 저축은행이 2천 억쯤은 쉽게 해 먹었습니다. 대부분의 저축은행들이 그런 짓을 했으니까. 은행은 어때요. 은행이 부도를 내면 정부가 세금으로 대신 메워주죠. 이건 전 세계 모든 은행들이 20년 주기로 벌이는 정례 행사에요. 그들이 떼먹는 돈은 천문학적인 금액이고. 그런데 고작 만 원 위폐 몇 장을 만드는 일이 대수라고. 균형감이란 것이 있어야 하지 않을까요."

한남수 주장이 엉뚱했지만 일리가 없지는 않았다. 하지만 그건 그거고 범죄는 범죄였다. 원진은 속을 알기 어려운 한남수를 물끄러미 바라보았다. 양원진은 이 기묘한 대화를 재촉해서 끝내지 않으리라 마음먹었다. 뭔가 자연스럽게 원진이 모르는 비밀의 한 면이 나타날 것 같았다. 한남수가 말했다.

"그러면 범인은 왜 만 원 위폐를 만들까요? 팔자를 고칠 돈은 커녕 큰돈도 안 되면서 말이죠. 범인을 잡기 전에 추리를 해보는 것도 좋겠지요. 난 가끔 그가 위폐를 만들면서 자본주의에 저항한다는 생각을 해봤습니다. 자본주의는 전 지구를 삼켰고, 오지까지 위력을 떨치고 있지요. 외국의 극빈 국가에 가보세요. 판자촌이 이어지다 갑자기 대형마트가 나타나요. 우리나라 마트와 똑같아요. 식료품, 술, 생활용품, 없는 게 없어요. 우리 삶에서는 돈이 최고입니다. 거래를 중개하는 화폐가 이제는 주인으로 나선 거지요. 만 원 위폐범은 지구를 삼킨 자본주의에 저항하는 전투를 치르고 있는 것입니다. 사회주의 혁명은 실패했으니 마땅한 대안도 보이지 않아 혼자 치르는 게릴라전이죠."

양원진이 말했다.

"추리가 좋군요. 다음은요?"

"생계형 위폐범이죠. 자신의 생활을 유지할 만큼만 찍는 것입니다. 위폐 번호를 알려 액수도 공개하지요. 난 내 먹고살 만큼만 찍는다. 나, 큰 욕심 없다. 당신의 빌어먹을 체제에는 위협이 되지 않는다. 눈치 봐가면서, 숨죽여서 시장에 푸는 거죠. 그런데도 국가는 꼼지락대는 개미를 짓밟아야 속이 시원하겠다는 겁니다. 어떻습니까?"

한남수는 자신이 그런 소액 위폐범이기라도 한 양 의기양양하게 웃었다.

"또 다른 추리는요."

한남수가 눈을 번쩍이며 고개를 당겼다.

"속죄죠. 이 세상에 저지른 죄를 갚는. 위폐에다 자신의 돈을 듬뿍 보태서 자선을 하죠. 자기가 돈으로 저지른 죄를 돈으로 씻어내는 거죠."

양원진도 도전에 응전하는 목소리로 날카롭게 물었다.

"위폐로 속죄를 하다니 그게 말이 되나요?"

"돈 때문에 벌어지는 참상이 세상에 많으니까요."

한남수가 깊게 잠긴 목소리로 말했다. 그건 분광기를 들여다보고 입체현미경 각도를 조절하는 양원진이 얼마나 생각 없이 자기 일에만 빠져 있는지 질책하는 목소리였다. 양원진은 그렇게 받아들였다.

"그리고요. 더 있습니까?"

"인간이란 존재 자체가 위폐가 아닐까 하는 신념으로 저지르는 놈이죠. 인성과 짐승 사이에는 종이 한 장만이 걸려 있고. 우리의 믿음과 신념과 가족 모두가 위폐에 불과하다는. 우리 삶이 위폐를 진짜로 알고 살아가고 있다는."

한남수는 커피를 벌컥 들이켰다. 양원진이 차갑게 말했다.

"뭐라고 둘러대든 범죄는 범죄일 뿐입니다. 범죄에서 심오함이 나오지는 않죠."

"그런가요. 우리 존재는 과연 가짜가 아닐까요. 우리 믿음은, 우리의 가족 관계는 가짜가 아닐까요. 우리 삶은 허위로 가득 찼고 매일 아슬아슬한 줄타기를 하면서 겨우 하루를 버티는 건 아닐까요."

"너무 복잡하게 생각합니다. 우리 삶은 보기보다 단단해요. 우리는 땅에 발을 디디고 살고 있고, 우리 화폐 시스템도 불안하지만 굴러가고 있지요. 우린 그걸 믿어야만 합니다."

한남수의 얼굴이 갑자기 평온해졌다. 그는 막다른 끝에 이르러 사회질서에 매몰된 국립과학수사연구원의 감식가가 얼마나 완고한지 깨달았는지도 모른다. 한남수가 말했다.

"이거 하나만 알면 됩니다. 사람은 말한 것보다 말하지 않은 것이 무서운 동물이라는 것을. 말한 것이 오히려 허위와 가짜라는 것을요."

"……"

한남수는 이만 가봐야겠다며 벌떡 일어났다. 그는 손에 위폐를 쥐고서는 계산을 자기가 하겠다고 말했다. 양원진은 한남수가 갑자기 가겠다는 바람에 어리둥절했다. 한남수는 지폐 두 장을 주인에게 지불하고 거스름돈을 받고 바로 문을 나섰다. 양원진이 달려 나가면서 한남수를 붙잡았다.

"그 지폐를 인쇄했다는 인쇄업체 말입니다. 그건 중요합니다."

이미 적절한 때를 놓친 말이었다. 한남수는 그까짓 만 원이 하는 표정이었다. 한남수는 다음에 또 보자며 손을 흔들고는 걸어 내려갔다.

양원진은 뒤돌아서 카페로 들어갔다. 여주인에게 자신이 다시 계산하겠으니 금방 받은 지폐 두 장을 돌려달라고 부탁했다. 여주인은 당혹스런 표정이었다.

"손님이 주고 간 지폐를 달라는 말씀이시죠."

양원진은 주머니를 뒤져 삼만 원을 꺼내들고 말했다.

"이만 원을 돌려받고, 호두파이를 더 사죠."

그가 얼른 호두파이를 꺼내들어 계산에 추가했다. 주인은 무슨 소동인지 당황해하며 현금출납기의 맨 위에 올려둔 지폐 두 장을 내주었다. 양원진은 돈을 받아들고 고개를 갸웃했다. 위폐가 아니었다. 불빛에 비춰 볼 필요도 없이 조금 전 본 7534와 2197 번호가 아니었다. 그는 지폐를 손에 들고 주인을 쳐다보았다. 주인이 돈 액수가 잘못되었는지 고개를 내밀었다. 양원진이 열려 있는 현금출납기를 흘깃 쳐다보자 여주인이 출납기를 닫았다.

양원진은 자리에 도로 앉자 한남수가 자신에게 위폐범과 범행 동기를 알리려고 했다는 생각이 불현듯 들었다. 자명한 그 생각이 어째서 이제야 들었는지 그는 스스로도 놀랐다. 한남수는 비밀을 알고 있었다. 양원진은 카페를 뛰쳐나가 한남수가 내려간 길을 달렸다. 그는 멀리서 뚜벅뚜벅 느리지도 빠르지도 않은 보폭으로 걸어가고 있었다. 양원진은 한남수 옆에서 발을 맞추어 걸으면서 말했다.

"약속하겠습니다."

한남수가 말했다.

"뭘 말입니까?"

"위폐범을 말해주면 누구에게도 밝히지 않겠습니다."

"왜죠?"

"위폐범 얘기가 그만큼 가치 있으니까요."

"감식가로서 위험한 말이네요."

"어쨌든 절 믿어보시죠. 만 원 위폐의 진실을 말해주면 저도 언젠가 중요한 정보를 드리겠습니다."

"언젠가라고요. 믿지는 것 같은데요?"

"서로 아는 것을 교환하자는 겁니다. 화폐란 교환을 쉽게 하기 위해 만들어진 것이죠."

"……"

한남수가 굳은 표정으로 침묵을 지키자 양원진이 단호하게 말했다.

"나를 믿어야 합니다. 이미 우리는 서로를 믿고 있지 않습니까? 당신은 내게 만 원 위폐의 진실 한 조각을 털어놓았고 난 신고하지 않았습니다. 그만하면 대단하지 않습니까?"

"난 위폐를 몰라요. 어디서 들은 적은 있지만."

"이거 정말 이럴 겁니까!"

"뭘 알고 싶다는 겁니까?"

"만 원 위폐에 얽힌 철학과 사연이죠. 그게 예사로운 돈은 아닌 것 같아서요."

한남수는 양원진을 오래 쳐다보고서는 깊은 숨을 내쉬었다. 그러고는 노인에 대한 이야기를 꺼냈다. 노인은 만든 위폐 금액의 아홉 배를 기부한다. 그래서 위폐 한 장은 아홉 배의 진폐로 늘어나게 된다. 그리고 노인이 위폐 제작에 나서게 된 가족의 죽음에 대해서도 말했다. 노인은 한편으론 운명을 받아들이고 또 한편으론 운명과 싸우고 있는 것이다. 양원진은 둘이 선 곳의 가로등으로 시선을 돌렸다. 도로를 둘러싼 가로등이 빛을 밝혀 어둡지는 않았다. 그는 저 가로등이 더 어두웠으면 좋겠다고 생각했다. 어디서나 조명이 너무 밝아 눈뿐만 아니라 몸도 피곤했다. 가로등 불이 약해져서 조금 어둠이 지면 인간의 눈은 사물을 훨씬 더 잘 보았다. 그러나 사람들은 어둠을 몰아내고 싶은 안달에 어디서든 더 많은 조명을 원했다. 양원진이 사는 아파트로 가는 거리도 촘촘한 빛이 둘러섰다. 어둠은 모서리와 관목과 가로수 뒤로 숨어들었다. 그래도 어둠은 물러서거나 거꾸러지지 않았다. 그는 인간의 마음에 박혀 더 커지고 깊어지고 있는 어둠을 생각했다. 위폐는 인간의 어두운 마음이 만들어낸 물건이었다. 노인은 어둠에 속한 인물일까? 우리 삶이 과연 허위와 가짜로 얼룩진 것일까? 어쩌면 한남수가 말한 것처럼 화폐 자체가 그런지도 몰랐다.

18

양원진은 위폐 감식을 꺼리게 되었다. 한 장의 위폐가 아홉 장의 진폐로 바뀐다면 위폐는 혼란스러운 물건이었다. 그는 위폐가 두려워지기 시작했다. 분광기와 입체분석기는 그런 위폐를 감식하기에 전혀 적당하지 않은 도구였다. 다행히 열흘째 위폐 감식 건이 들어오지 않아 그는 겨우 숨을 쉴 수 있을 것 같았다.

양원진은 복잡한 머리를 식힐 겸 서울의 형사 재판정에 방청을 갔다. 형사사건 방청은 나름대로 범죄감식에 관한 감각을 벼리는 수단이기도 했다. 무죄와 유죄, 또는 형량을 둘러싸고 변호사와 검사의 머리싸움을 보는 재미도 쏠쏠했다. 금요일 연차휴가를 내서 찾은 법정이었다. 국과수 연구원도 연차휴가를 의무적으로 써야만 했다. 대통령도 장관도 연차를 쓴다고 하니 하급

기관도 덩달아 따라갔다. 덕분에 국과수도 금요일이 되면 사무실 의자 여러 곳이 비었다. 양원진이 방청한 형사 합의부는 살인과 특정범죄가중처벌법 사건 등 굵직굵직한 사건들이 줄을 이었다. 그는 방청석 앞에 앉아서 공판검사가 증거물인 편지를 쳐드는 것을 보았다. 검사는 피고인인 남편이 죽은 아내에게 보내는 편지를 낭송했다.

사랑하는 당신에게.

당신이 떠난 지 한 달이 가까워지고 있소. 당신이 떠나버린 집은 쓸쓸하기만 하오. 몇 명 찾지 않은 관객을 두고 공연하는 배우가 나 같은 심정일 것이야. 조명은 고장 났는지 색이 맞지 않고 무대효과로 넣은 음악은 지직대고 있소. 무대는 어두컴컴하오. 밤이 오면 어둠이 우리 집을 옥죄는 것 같아요. 어둠은 담장을 따라서 그물을 끌듯이 천천히 조여 들어오는 것이오. 나는 혼자서 그물에 맞서야 하오. 짙은 밀도를 가진 어둠이 내 방을 짓누르면 나는 숨이 컥 막혀 가쁘게 숨을 몰아쉬다가 밭은기침으로 겨우 숨통을 열어놓소. 술을 혈관에 마구 부어 혈액을 알코올로 채우면 밤을 견딜 수 있어. 당신을 잃은 며칠은 술로 당신을 대체했소. 술은 결코 당신을 대신하지 못한다는 것을 처절하게 깨닫고 나서야 술에서 벗어났지. 오늘 같은 힘든 밤이 오면 나를 유혹하는 술의 목소리가 귓가를 울리오. 이봐, 딱 한 잔만 해봐. 한 잔을 마시고 사정없이 잔을 내려놓자니까. 뭐 두 잔까지도 괜찮아. 의사도 말하지 않았나? 긴 밤을 어떻게 맨 정신으로 버틴다는 거야. 그건 정신과 육체 모두에 좋지 않아. 술로 대뇌에 칠을 해두면 편안한 잠이 뒤따라올 거야. 나를 유혹하는 술과 매일 밤을 싸우면 식은땀이 등을 타고 흘러내려. 처음 며칠은 술이 이겼고, 그 후로는 내가 끊어질 것 같은 신경을 무릅쓰고 근근이 이겨내고 있어. 당신이 있으면 어둠 따위는 전혀 두렵지 않았을 것이오. 아니 인생에 지독한 어둠이 진을 치고 있다는 사실을 모르고 겁 없이 길을 달렸을 것이오. 길은 단장한 마라톤 코스처럼 쭉 뻗어 있고 도열한 사람들은 내게 박수를 치면서 환호를 보내고 있어. 나는 언덕도 평지처럼 달리고 달려서 결승선 트랙을 힘차게 돌았겠지. 그리고 최선을 다한 포만감에 젖어 당신과 아이들을 안고 안식처인 집으로 돌아갔을 거요. 내게 그런 충만한 삶은 영원히 오지 않을 거야.

사랑한 당신. 올해는 이상 기온이라며 유달리 봄이 더디 오고 있소. 밤이면 지금이 춘분이 아니라 입동이 아닌가 싶어 달력에 쓸데없는 눈길을 보냈소. 목련은 머지않아 필 꽃을 덮은 털옷을 벗어버리지를 못하고 있소. 날씨가 이렇게 변덕스럽게 추우니 올해 벚꽃 꽃망울이 제대로 터질까 싶어.

당신이 홀연히 떠나버린 날이 다가오고 있소. 그날이 두려워. 당신의 죽음을 전한 전화 목소리가 지금도 이륙하는 비행기의 굉음으로 귀에 쟁쟁해. 전화의 첫마디가 당신 이름을 말하고 그분이 사는 집이 맞는가였지. 불행을 알리는 그 목소리가 내 귀에 쟁쟁하게 귀울림으로 되살아나면 어딘가로 도망을 가고 싶어. 그러나 내가 도망갈 곳은 어디에도 없지.

당신은 평안하게 지내고 있소? 이런 말이 무슨 소용 있을까. 당신은 영원한 잠에 들어 있고 삶은 내 몫이야. 나는 깊은 어둠에 빠져 있고 그 어둠이 빠져나가기 힘든 늪으로 바뀌지 않기만을 바랄 뿐이오.

이렇게 편지를 쓰니 내 마음이 한결 가벼워진 것 같네요.

그럼 다음을 기약하며. 오늘은 이만.

낭송을 마친 검사는 목청을 돋웠다. 감동적인 편지입니다. 이렇게 절절한 편지를 쓴 남편이 누가 아내를 죽였다고 하겠습니까. 아내 사체를 함부로 버렸다고 누가 말하겠습니까. 피고인은 아내를 살해한 후에 이처럼 범죄를 위장하는 편지를 쓰고 보험회사와 경찰에 자신이 범인이 아니라는 증거로 제출했습니다. 죄질이 악랄합니다. 이렇게 아내를 모욕한 자가 어디 있겠습니까! 검사의 신랄한 논고가 이어졌다. 피고인은 흘깃흘깃 검사를 훔쳐보며 비릿한 웃음을 흘리며 앉아 있었다.

그다음 피고인이 들어오자 방청석은 술렁였다. 양원진은 옆자리에 앉은 사람에게 누구냐고 물었다. 세 명의 여자를 죽이고 한 사람에게 중상을 입힌 연쇄살인범이었다. 살인범은 방청석을 거만하게 훑어보고는 자리에 앉았다. 그의 양옆으로 교도관이 한 명씩 바짝 붙자 그는 어깨로 그들을 떨어지도록 밀쳐냈다. 수사요원이 증인석에 앉아서 증언을 시작했다. 증인은 두 손을 무릎위에 올리고 어깨를 벌리고 허리를 꼿꼿하게 편 자세였다. 그의 목소리는 낮고 단호해서 넓은 법정에서 범인을 압도하는 유일한 사람처럼 보였다. 검사는 증인에게 두번째 피해자가 발견된 곳을 묻고 있었다. 도로에서 멀지 않은 야산이었다. 양원진은 거들먹대는 살인범의 모습을 다시 보면서 방청석을 나왔다. 뻔뻔스런 놈이었다. 계획적인 살인을 한 놈은 모두 뻔뻔했다.

양원진은 약속 장소인 카페로 옮겨갔다. 어제 한 남자에게 연락이 왔다. 감식에 대해 제보할 것이 있습니다. 어떤 사건입니까? 그건 만나서 말씀드리겠습니다. 감식가는 외부에서 감식과 관련해 사람을 만날 수 없습니다. 그러시겠죠. 이건 깜짝 놀랄 일입니다. 그리고 이미 지나간 사건입니다. 제가 예전에 감식한 사건이란 말입니까? 그렇습니다. 감춰진 진실을 알게 될 드문 기회입니다. 기다리겠습니다.

사내는 카페의 구석에 앉아 있었다. 평범하고 눈매가 선량하게 생긴 얼굴이었다. 그는 일어나 깍듯이 양원진에게 인사를 했다. 그는 조곤조곤 말했고 어딘지 여성스러운 면이 있었다. 그는 예전에 선생님 덕분에 목숨을 구했다고 말했다. 양원진은 갑자기 불길한 느낌에 사로잡혔다.

"무슨…… 사건이었죠?"

"선생님이 아내가 쓴 유서의 진위 여부를 감정했지요. 이 년이 조금 못 되었습니다."

처음에는 사내가 말한 사건이 금방 떠오르지 않았다. 그동안 감식했던 문서 사건이 머릿속에서 좌르륵 흘러갔다. 그러나 유서 사건은 머리에 구멍이 뚫려 빠졌는지 나타나지 않았다. 사내가 사건 내용을 말했다. 우울증이 있던 아내가 자살을 했는데 유서를 남겼습니다. 경찰은 저를 유력한 용의자로 보고 계속 수사를 하고 있었고요. 그런데 아내가 남긴 유서가 발견되었지요. 아내는 저에게 먼저 가서 미안하다는 말을 유서에 남겼죠. 경찰이 그 유서가 아내 필적이 맞는지 국과수에 감식 의뢰를 한 사건입니다. 양원진의 기억에서 유서가 천천히 솟구쳐 올라 모습을 드러냈다. 그러자 단번에 유서 내용 모두가 나타났다. 뇌세포 어딘가에서 잠자던 문서가 활개를 치며 몸을 일으켰다. 무척 신중을 기한 감식이었다. 유서는 잘못 감식하면 한 사람 또는 몇 사람의 운명이 좌우되었다. 죽은 아내의 글씨 원본을 구해 운필과 글자의 획과 필압까지 재생해서 여러 번 계측했다. 양원진 혼자 감식을 끝내지도 않았다. 양원진이 분석한 결과를 김 팀장이 두 번 같이 검토했다. 유서는 아내의 필적으로 결론 났다. 아내의 죽음은 살해가 아니라 자살이었다. 아내의 유서는 그 사실을 뒷받침하는 움직일 수 없는 증거였다.

사내는 경찰에서 아내 살해범으로 조사받았던 남편이었다. 양원진은 사내를 찬찬히 살펴보았다.

"그 사건이군요."

"이제 아시겠습니까."

사내는 단정하고 착실한 모습으로 말을 이었다.

"저는 먼 나라로 떠나서 딱 365일만 더 살려고 계획하고 있습니다."

"365일이라구요. 그게 무슨 말씀입니까?"

"오늘부터 계산하니까 곧 364일이 남았네요."

"무슨 말씀인지 영……"

사내는 자세를 흩트리지 않고 조용하게 말했다.

"전 제 아내를 죽인 날부터 오래 살지 않으리라 결심했습니다."

양원진은 사내를 물끄러미 바라보았다. 온몸으로 피가 팽팽 돌아 심장이 쿵쿵 뛰고 머리가 어지러웠다.

"당신 감식은 틀렸습니다. 그 유서는 제가 만들었지요. 아내 필적을 오래 연구하고 흉내 내고 연습했습니다. 아내가 좋아하던 종이와 볼펜으로 똑같이 노력했죠."

"필적은 흉내 낸다고 같아지지 않습니다."

"그렇겠지요. 하지만 목적의식이 분명하고 많은 시간을 들이면 필적을 만들 수 있습니다. 몇백억 그림도 위조를 하는 세상이니까요. 몇백 년 전 캔버스처럼 만들고 옛 물감을 사용해서 얼마든지 가능하죠. 전 서예와 전각을 공부했습니다. 문서 감정을 어떻게 하는지, 운필과 자획과 삐침과 필압을 어떻게 감정하는지도 익혔지요."

양원진은 목으로 커피가 올라오는 것을 느꼈다. 커피를 울컥 토하지 않으려고 그는 여러 차례 심호흡을 하고 말했다.

"거짓말입니다."

"제가 왜 거짓말을 하겠습니까. 말했잖습니까. 365일 후에 전

스스로 죽을 것입니다. 먼 나라의 사막이나 밀림에서 죽을 것이기에 나를 영영 찾지 못할 것입니다. 국가가 아니라 제 스스로 나를 처벌하는 겁니다. 국가가 나를 처벌하는 방식을 끔찍이도 증오했지요. 나는 충분히 나를 처벌할 능력과 의지가 있는데 말입니다. 왜 국가가 나를 수갑 채워 모욕하도록 놔두겠습니까? 만약 유서 감식이 위조로 나왔다면 나는 더 일찍 죽었을 겁니다. 그러나 그럴 리가 없지요. 난 확신했어요. 유서는 아내 진필로 판정 난다고. 내가 유서를 위조한 노력의 반의반도 당신들은 힘을 기울이지 않으니까요. 노력을 해도 내 기술을 따라오지 못하겠지만 말입니다."

사내는 어제 다녀온 여행을 말하듯 자연스럽게 지껄이고 있었다. 양원진이 이야기의 가운데를 찔러보았다.

"왜 365일 후에 죽는다는 겁니까?"

"내가 완벽하게 일을 처리했기 때문입니다. 그거 알아요? 오래 계획하고 마음으로 수백 수천 번 연습한 일을 완벽하게 처리해냈을 때의 허무감을. 다 이루었도다. 하지만 나는 텅 빈 폐가처럼 되고 맙니다. 무혐의를 받고 나서 먼저 술을 찾았죠. 한 사람이 사라진 공간은 음산했고 5월이었지만 냉기가 감돌았지요. 난 허무감을 술로 몰아내려고 작심했어요. 집은 거실 가장자리부터 술병이 차지하기 시작했고 난 도수가 높은 플라스틱 큰 병을 혼자서 몸에 들이붓다시피 마셔대었죠. 그러다 자진해서 알코올중독 치료병원에 들어갔습니다. 언덕 비탈에 알코올중독 치료병원과 정신병원이 함께 있었는데 두 개 건물이 나란히 선 5층 높이의 회색 병원은 둔중한 인상이었죠. 건물 1층에 붙은 철조망 안에 환자복을 입은 사람들이 섞여 있었습니다. 운동 시간인 것 같았는데 그들은 멍하니 서서 나를 쳐다보았죠. 몇몇 사람은 이렇게 맛없는 담배를 왜 피울까 하는 무감각한 표정으로 담배를 피우고 있었고 한 사람은 철조망을 따라 빠르게 걷고 있었어요. 걷는 남자는 가끔 고개를 들어 입술을 꾹 다문 채 병원 입구를 노려보았죠. 건장한 몸매에 눈썹이 짙은 그는 온몸에 담아왔던 화를 폭발시키기 직전의 사람처럼 보였습니다. 그는 나를 쳐다보더니 다시 철조망에 붙어서 빠르게 발을 놀렸어요. 그 환자에게는 동물원 우리에 갇힌 호랑이가 보이는 분노와 절망감이 배어 있었죠. 난 병원에서 푸른색 환자복을 입고 듬성듬성 자란 수염에 멍한 표정으로 지냈죠. 난 망가진 기계처럼 변했고 나를 둘러싼 공간과 시간조차 녹슬어가고 있는 것 같았죠. 의사는 나를 세상에 대한 흥미를 잃어버리고 먼 별에서 고독하게 사는 사람으로 진단했어요. 몸 곳곳이 붉게 녹슬어 구멍이 나버린 사람인 것이죠. 그때 나는 결심했습니다. 허무감을 극복하기 위해 날을 정해서 365일만 살겠다고. 그래야 하루하루의 삶이 긴장되니까요. 하하."

이야기를 듣는 양원진의 눈에 불꽃이 일렁거렸다. 사내의 뺨을 후려치고 싶은 분노가 올라왔지만 억지로 눌렀다. 사내의 얼굴에 커피를 붓고 손으로 문질러버리고 싶었다. 사내는 눈을 가

늘게 뜨고 양원진의 얼굴에 번진 분노를 똑바로 읽었다. 사내의 표정에는 경멸이나 환호나 승리감 같은 어떤 것도 보이지 않았다. 타인의 고통에 공감하지 않는 무미건조한 차가움이 얼굴에 짙게 깔려 있었다.

양원진은 사내를 노려보았다.

"그렇다 치면 왜 그걸 지금 밝히는 겁니까?"

"당신들 감식이 진실에서 동떨어져 있으니까요. 아마도 생사람을 여러 번 잡거나 진짜 범인을 풀어줬을 겁니다. 과학과 감식과 진실이라는 이름으로요. 부끄러운 감식통보서죠."

사내는 차분하고 여린 얼굴에서 차갑고 경멸스런 얼굴로 바뀌었다.

"증거가 있습니까?"

"웃기는군. 무슨 증거가 더 필요한가요. 내가 바로 증거요."

"당신은 증거가 될 수 없어요. 당신은 거짓말을 하고 있으니까."

"거짓말이라고? 경찰에서 내게 국과수 감식통보서를 보여준 순간이 기억나네요. 형사는 나를 석방해야 해서 화가 잔뜩 나 있었죠. 형사가 국과수 욕을 얼마나 해대었는지. 책상에 앉아 기계만 만지는 천치들이라고 말이야. 책상을 마구 두들겨댔고 바닥에 침을 함부로 뱉었지. 형사는 동물적인 감각으로 나를 지목했고 여러 물증을 갖고 있었는데 국과수 감식통보서 하나로 몽땅 날아가버렸으니까. 형사의 그 감각이라는 게 무서웠지요. 형사는 내게 더럽고 퀴퀴한 냄새가 난다고 했으니까. 나란 확실한 증거가 있으니 두려운 모양이네요. 걱정할 필요는 없어요. 365일 뒤에는 그 증거 자체를 내가 없앨 테니까요."

19

월요일 양원진은 원주의 국립과학수사연구원으로 돌아갔다. 그의 발걸음은 무거웠다. 기차 창밖으로 보이는 중랑교는 그대로였다. 북한강은 부드럽게 흘렀고 강변에 자리 잡은 비닐하우스와 전원주택도 예전과 다름없었다. 그러나 모든 게 변해버린 것 같았다. 양원진은 변하는 풍경을 멍하니 바라보았다. 그는 낯선 섬에서 몇 년의 세월을 보내고 또 다른 미지의 곳으로 옮겨가는 것 같았다. 그는 덜컹거리는 바퀴 소리를 의식하지 않다가 다리를 지나면서 불현듯 그를 깨우는 기차 바퀴의 울림에 현실로 돌아왔다.

양원진의 옆자리에 앉은 청년은 노트북으로 하는 게임에 정신이 없었다. 청년이 조종하는 비행체에서 쏘는 총탄과 미사일이 적의 기지를 폭파하면서 검붉은 불길이 화면을 물들였다. 젊은 부부와 초등학생 사내애가 앉은 옆 좌석이 눈에 들어왔다. 사내애는 손에 장난감 비행기를 들고 잠시도 몸을 가만두지 못했다. 아이는 비행기와 대화를 했고 차창을 활주로처럼 달려 하늘로 나르기도 하고 윙 소리를 내며 착륙하기도 했다. 아이 아버지는 자는지 눈을 감은 채로 꼼짝하지 않았다. 아버지가 갑자기 신경질적인 표정을 지으며 눈을 떴다. 그는 어수선한 아이에게 한마디 했다.

"조용히 있어라."

그러나 장난감 비행기 운항은 그치지 않았고 부산했다. 아버지가 벌떡 몸을 일으켜 말없이 아이의 몸을 손으로 꽉 잡고 사정없이 등과 엉덩이를 때렸다. 철썩철썩 철퍽철퍽. 기차 승객들 눈이 아이가 있는 좌석을 향해 돌아갔다. 아버지는 사정없이 아이를 후려치고 던지다시피 손을 놓고는 다시 눈을 감았다. 아이는 조용히 훌쩍이다가 고개를 처박고 움직이지 않았다. 어머니는 아무 소리도 듣지 못한 것처럼 창밖에 시선을 던지고 있었다. 양원진은 그 모습에서 되풀이되는 폭행 흔적을 보았고 부검서의 한 구절을 읽은 것 같았다. 피부 아래 엉긴 출혈 자국. 아이의 갈비뼈가 강한 타격에 부러진 후 붙은 흔적이 있음. 덜컹대며 목적지를 향해 달려 나가는 기차에서 어떤 범죄의 씨앗이 뿌려졌고 씨앗은 아이의 처박은 고개에, 아버지의 신경질적인 옆얼굴에, 어머니의 고집스런 침묵에 박혀 햇볕 받을 날을 기다리고만 있는 것 같았다. 그는 기차에서 만난 많은 사람들이 모두 범죄와 어떤 고리로든 연결되어 있다고 생각했다. 자신이 직접 범죄를 저지르지 않아도 범죄의 씨앗을 뿌리거나 햇볕과 비를 더하고 있는 것이다. 인간 모두가 범죄에 관련되어 있고 방조자이며 범죄를 은폐하기에 여념이 없었다. 양원진도 유서조작 사건을 거들어 진범을 놓치도록 도와준 사람이었다.

과학수사연구원의 정문을 걸어가면서 양원진은 제대로 업무를 해낼까 하는 의문조차 들었다. 그는 본관 앞의 '진실을 밝히는 과학의 힘' 표석 앞에 서서 낯설게 들리는 글귀를 입에 담아보았다. '진실'과 '과학'은 그래야 더 권위가 있는지 한자로 쓰여 있었다. 그는 진실이라고 말하고 더 크게 말해보았다. 과학으로 밝혀지는 진실이라니, 씁쓸했다. 그 과학도 결코 사람 마음의 진실을 알아내지는 못하리라. 진실은 거짓임이 밝혀질 때까지 붙는 잠깐의 이름에 불과했다. 정착민이 아닌 일종의 난민이었다.

사무실로 들어서자 보이는 분광기와 3차원 현미경이 낯설었다. 양원진은 머리가 텅 빈 것 같았으나 분광기를 잡자 예전의 익숙한 업무로 돌아갔다. 필적과 위조문서 감정을 끝내고 감정기기에 붙은 '증거자료를 치웠는지 다시 확인하세요' 경고문을 습관적으로 읽었다. 원진은 감정서류에 서명을 해서 김 팀장에게 보고서를 올렸다.

김 팀장의 책상은 깨끗했다. 그는 탁자에 얹은 서류와 자료를 모두 캐비닛에 넣어서 관리했다. 출근하면 당장 감정해야 할 건만을 꺼내 책상에 올렸고 외출하면 탁자를 깨끗하게 치웠다. 김 팀장이 원진에게 책상 옆의 의자를 내주고 냉장고에서 더치커피를 꺼내 왔다. 김 팀장은 밤새 집에서 내린 커피를 병째로 들고 왔다. 그러고는 뜨거운 물로 희석해서 커피를 마셨다. 그는 500밀리리터 더치커피를 가져와 세 배로 희석해서 마셨다. 김 팀장에게 정보를 캐내려면 더치커피를 금지하는 것이 효과 있는 고문이었다. 그는 커피를 못 마시면 기밀을 몽땅 실토할 것처럼 보였다. 김 팀장이 더치커피를 원진에게 내놓으며 휴가를 잘 다녀왔느냐고 물었다. 양원진은 두루뭉술하게 재미있었다고 말했다. 김 팀장은 감정 건에 대해 몇 가지를 묻고 분광기와 3차원 현미경에 올려서 한 번 더 확인했다. 김 팀장이 정확하게 파악했다며 서명을 마쳤다.

며칠이 지나면서 양원진은 옛날의 생활 흐름으로 돌아가고 있었다. 일상이 지닌 힘은 사람을 땅에 붙들어 매는 중력 못지않았다. 원진은 그런 자신이 놀랍기도 했다. 원진이 예전 상태 그대로 돌아온 것은 아니었다. 그는 자신의 감정이 무뎌진 것을 느꼈다. 즐거운 소식을 들어도 무덤덤했다. 집중력도 떨어졌다. 부동산 계약서의 필적이 위조나 변조되었는지를 가리는 사건은 글씨의 획과 속도감과 강약이 중요했다. 작성 날짜가 오래된 옛 문서 감정에서 세부적인 필획을 놓쳤고 문서의 재질에 관해서도 오판했다. 양원진은 김 팀장에게 유서조작 사건을 얘기할까 고심했다. 어찌 보면 이미 지나간 일이었다. 그 사실을 들은 김 팀장이 어떤 반응을 보일까도 두려웠다. 김 팀장은 어쩌면 옛 서류를 다시 뒤져 우리들의 감정이 잘못되지 않았음을 입증할지도 몰랐다. 위폐범의 정체도 말해야 하나. 그건 한남수가 양원진이 어디에도 말하지 않겠다는 약속을 믿고 말해준 내용이었다.

양원진은 주머니에서 만 원을 꺼내 세종대왕을 바라보았다. 세종대왕은 당당하게 원진의 시선을 마주하며 전혀 기가 죽지 않았다. 자신이 진짜라고 말하는 자신 있는 눈빛이었다. 그는 한때 한국은행의 위폐감별기를 멀쩡하게 통과하는 위폐를 기다리기도 했다. 분광기까지도 통과하는 슈퍼노트급 말이다. 그런 위폐를 만나면 정말 제대로 된, 진검승부를 펼칠 놈을 만났다는 긴장감에 온몸의 피가 뛸 것 같았다. 내가 죽든지 아니면 상대가 죽는, 둘 중의 하나만 살아남는 승부의 자리에 들어선 무사의 마음이라고나 할까. 그러나 그런 마음은 이제 사라졌다. 양원진이 지폐 감식의 세계로 들어선 계기는 진짜와 가짜에 대한 호기심과 의욕이었다. 지금 양원진은 진폐를 사용하면서도 의구심에 사로잡혔다. 진폐도 속을 따지면 가짜가 아닐까? 면섬유 용지에 인물과 무늬와 숫자를 찍어서 100달러니, 50유로니, 오만 원이니 붙여 사용하는, 인간이 그 숫자에 놀아나는 꼭두각시처럼 느껴지기도 했다. 유서 위조범을 만난 이후로 양원진의 가슴에 자라난 의구심이었다. 그것은 작은 씨앗이었으나 싹을 틔우고는 키를 세웠다. 세상은 모호하고 믿을 수 없는 사람들로 차 있고 진짜와 가짜의 경계는 흐릿하며 속임수가 가득했다. 인간의 본질 자체가 세상을 제대로 파악할 수 없는 구조인지도 모른다. 인간은 타인과 세계를 완벽하게 알아채려고 발버둥을 치지만 기껏해야 근사치에 머물 뿐이었다. 때로는 엉뚱한 곳에 가서 그곳이 찾던 곳이라고 착각하고는 만족해서 인생을 마치는지 모른다. 그러니까 인간은 안개 속에서 보이는 타인과 자신과 사물의 모습을 진실하게 믿고 살아가는 멍청한 종류였다.

김 팀장이 양원진이 잘못 감정한 문서 부분을 지적하면서 물었다.

"별일 없어?"

"아, 예."

"집중력이 떨어진 것처럼 보여서. 괜찮아?"

"괜찮습니다. 몸이 피곤해서."

"어디가 아파?"

"글쎄요. 여기저기 그냥 다 그렇네요."

양원진은 감식 분야를 바꿀까 고민한다고 말했다. 김 팀장은 눈을 크게 뜨면서 귀를 기울였다. 양원진은 솔직히 위폐 감식을 하면서 세상이 시시하게 보였고 이 세상과 사람 자체도 가짜가 아닐까 하는 의심에 시달리기도 했다고 말했다. 그는 오해와 거짓과 속임수가 넘치는 세상이면 가짜를 판별하는 일이 어떤 의미가 있는지 자신감을 잃었다. 설령 손으로 만진 감촉만으로 위조한 100달러와 유로화를 찾아내거나 슈퍼노트를 냄새만 맡고서 잡아낸들 어떤 의미가 있을까?

"제가 전공했던 미세증거 분야로 갈까 합니다."

김 팀장은 원진의 그런 고민을 읽은 것처럼 말했다.

"감식 분야를 바꾸는 건 더 생각해보자고."

"……"

"뭔 일인지는 모르지만 견디다보면 끝이 있을 거야."

"그냥 견딘다고요?"

"그렇지."

"아무 일도 하지 않으면서요?"

"기다려보는 거지. 기다리다보면 말이야. 무슨 일인가 벌어지
거든. 그냥 기다리는 거야. 삶은 기다리는 거야."

국과수 직원들은 평소처럼 감정에 집중하고 있었다. 양원진이
유서 위조범을 만난 사건도, 아니 한 동네를 폭탄으로 날리는 사
건도 여기 사무실 업무에 작은 충격도 주지 못할 것 같았다. 원
진은 진실을 찾겠다는 이 모든 감정이 허망하게 느껴졌다.

원진은 점심을 먹고 연못 벤치에 앉아 김 팀장에게 유서 위조
범 사내를 만난 이야기를 했다.

"그래?"

원진은 김 팀장의 반응을 유심히 살펴보았다. 김 팀장은 어떤
동요도 보이지 않았다.

"그래서 미세증거로 가겠다는 거였어?"

"솔직히 충격적이었습니다."

"어떻게 만났어?"

원진은 사내가 연락을 했다고 말했다. 그는 곰곰이 생각하다가 물었다.

"그 유서 위조범 얘기를 믿나?"

"구체적이고 앞뒤가 맞았습니다."

이런 대화를 할 때의 김 팀장은 조각상 같았다. 그의 얼굴이나 행동에는 아무런 움직임이 없었다. 그의 눈에 미세한 빛이 스쳐 갔다. 양원진의 말을 곱씹으면서 진실을 뽑아내려는 차가운 눈빛이었다. 그는 고개를 젖히고 눈을 허공으로 보냈다가 다시 양원진을 바라보았다. 김 팀장의 얼굴에 그늘이 깔려서 점점 어두워졌다. 눈이 번쩍거리더니 빛이 천천히 사그라들었다.

감식실로 올라간 김 팀장이 투명한 고무장갑을 끼며 말했다.

"골치 아픈 사건이야."

김 팀장은 조심스럽게 감정용 부동산 계약서의 원본을 입체현미경에 올렸다. 김영중으로 쓴 이름의 필적 두께와 강하게 눌러 쓴 곳이 나타났다. 김 팀장은 사진 화면을 저장한 후에 김영중 본인이 제출한 서명을 올려 분광비교기에 올렸다. 자외선을 비춰서 부동산 계약서를 서명한 당일의 관리 계약서와 부동산 계약서의 서명 잉크를 비교했다. 만년필이나 볼펜의 잉크는 종류가 달라 자외선을 받으면 다르게 반사되었다. 관리 계약서와 부동산 계약서의 잉크는 종류가 같았다.

부동산매매 계약서의 위조를 다루는 소송사건이었다. 재일동포가 국내의 사촌 동생에게 시내 중심가에 있는 7층 건물의 관리를 맡겼다. 그 비싼 건물을 사촌 동생이 팔아버렸다. 재일동포는 부동산매매 계약서가 위조되었다고 주장했다. 자신은 그날 건물 관리 계약서에만 서명했을 뿐 부동산매매 계약서는 모른다는 말이었다. 사촌 동생은 부동산매매 계약서는 매매 대금의 80퍼센트를 형님인 재일동포가 가져가고, 자신은 20퍼센트만 가져오는 계약서로 형님이 흔쾌히 동의하고 직접 서명했다고 주장했다. 자신이 부동산을 형님 모르게 팔아먹으려면 통째로 팔아먹지 왜 20퍼센트만 자기 몫으로 해두었겠냐는 말이었다. 그런데 사촌 동생이 관리와 수고비로 가져가는 20퍼센트의 돈만 해도 상당한 액수였다.

재일동포는 사촌 동생의 주장을 단호히 부정했다. 재일동포는 돈도 돈이지만 사촌 동생의 배신에 치를 떨었다. 자신이 평소 사촌 동생에게 관리비도 후하게 줘왔기에 다시 매매 금액의 20퍼센트나 되는 수고비를 사촌 동생에게 줄 필요가 없었고 고려하지도 않았다는 말이었다.

부동산 계약서와 부동산관리 계약서는 사무실에서 재일동포와 사촌 동생, 단둘이 작성했다. 둘 중 하나는 거짓말을 하는 셈이었다.

김 팀장은 감정 계약서를 필흔재생기에 올리면서 말했다. 필흔재생기는 글자를 쓸 때 글자를 누르는 힘인 필압을 재생하는 감정기였다. 사람마다 필압은 달랐다. 사람이란 입에서 항문까지 닮았으면서도 다른 동물이었다.

"둘 중 하나가 틀렸다? 꼭 그렇지는 않아. 두 사람 다 맞을 수도 있고 두 사람 다 틀릴 경우도 있다니까."

"그런 경우가 있어요?"

김 팀장이 말했다.

"매매 계약서에 서명한 그날의 진실을 누가 알 수 있겠냐. 예를 들어 사촌 동생은 부동산매매 계약서를 내밀었는데 재일동포 형이 다른 서류로 착각을 해서 서명을 할 수도 있는 거지. 사촌 동생은 당연히 부동산매매 계약서에 서명을 받은 걸로 생각을 하는 거고. 또 사촌 형이 부동산매매 계약서에 서명을 하고선 그 사실을 잊어먹거나 다른 계약과 혼동할 수도 있고. 또 사촌 동생이 음흉한 마음으로 형이 서류를 착각하도록 일부러 유도했을 수도 있고."

"그러면 사촌 동생과 재일동포 두 사람도 진실을 모른다는 말인가요?"

김 팀장이 현미경에서 눈을 떼면서 부동산매매 계약서의 서명 필압과 재일동포가 감정용 원본으로 제출한 서명의 필압이 비슷하다고 말했다.

"진실을 모른다기보다 진실이 변하는 거지. 세상 모든 일은 변화하니까, 진실도 변하지 말라는 법이 있나? 아까 연못 벤치에서 말한 유서위조 사건도 그런 시각에서 볼 수 있지 않을까?"

김 팀장은 이렇게 다시 분석했다. 부동산매매 계약서와 관리

계약서를 작성할 때 재일동포와 사촌 동생이 먹었던 마음이 그 후에 변했을 수도 있다. 어느 한쪽이 그때 경솔하게 서명했다고 후회를 하면서 일이 벌어질 수도 있는 것이다. 과거에 일어난 사실을 지금 원하는 마음에 맞게 기억이 왜곡시키기도 했다. 그런 분석은 김 팀장이 문서가 말하는 대로 분석할 뿐이라는 소신과 다른 것이었다.

"아. 소신이 달라진 건 아니고. 우린 서명과 관련된 과학적 감정만을 보내줄 뿐이야. 그 감정이 꼭 진실은 아니란 말이지."

"그럼 진실은 어떻게 알 수 있나요."

"진실은 인간이 아니라 신의 영역이야. 요즘은 신도 자신 없어 하는 것 같아."

김 팀장은 감정용 서류를 서랍에 넣고 자리를 옮겨 더치커피를 타서 원진에게 건넸다. 김 팀장은 목이 마르는지 더치커피를 꿀꺽 삼켰다. 김 팀장이 말했다.

"사형을 집행할 때 말이야. 죽기 바로 직전에 교도관에게 결백을 말하는 사형수가 있다는 거야. 5분만 있으면 목이 매달리는데 정말 맑은 얼굴로 꼭 그런 말을 하는 놈이 있어. 교도관님에게라도 진실을 말해야 할 것 같다면서."

"그 사형수가 무죄일까요?"

"그건 몰라. 하지만 목을 매다는 교도관은 매스꺼워. 마지막 순간까지 억울하다고 외치니까. 때론 그런 소리 말고 곱게 가줬으면 바란다는 거야. 당신이 무죄라도 이제 어쩌겠냐는. 내게 괜한 짐 떠넘기지 말라는 역정이기도 하고. 사형은 절대로 연기되거나 취소되지 않으니까."

20

　표민석은 위폐 사용범을 경찰서 유치장에서 만났다. 오십대 후반의 남자는 재수 없는 일에 말려들었다는 억울함이 가득한 얼굴이었다. 남자는 표민석에게 만 원 위폐를 줍게 된 사정을 말했다. 형사 말로는 그는 똑같은 이야기를 스물몇 번째 지치지도 않고 말하고 있었다. 남자가 술에 취해 맥줏집의 화장실에 간 시각은 밤 11시 20분쯤이었다. 그는 화장실에서 바지를 내리면서 바닥에 떨어진 낡은 지갑을 발견했다. 지갑에는 만 원권 일곱 장이 들어 있었고 그는 재수 좋다며 그 돈을 들고 나와 친구들에게 술을 샀다. 주운 돈으로 술값을 치르고 이만 원은 택시비로 냈는데 택시 기사가 그 돈을 유심히 본 것이다. 택시 기사는 취객이 가끔 천 원을 만 원으로 착각해서 내기도 해 만취해서 현금을 내는 고객의 돈은 깐깐하게 살펴본다고 진술했다. 택시 실내가 어두워서 천 원과 만 원은 빛깔과 형태가 비슷하게 보인다는 말이었다. 남자가 선선히 주운 돈을 진짜 돈으로 바꿔 주었으면 그냥 지나갈 일을 취한 나머지 택시 기사와 시비를 벌이고 말았다. 하루를 경찰서 유치장에서 지낸 남자는 잔뜩 기가 죽어 있었다. 남자는 표민석을 경찰 간부로 봤는지 회사에 나가야 한다고 통사정을 했다.

"제가 진짜 피해자입니다. 지갑이 워낙 낡았고요. 돈 칠만 원의 주인을 찾겠다고 경찰서로 갈 수는 없죠. 그게 오십만 원만 됐어도 경찰서로 갔습니다."

남자는 그 돈이 2197과 7534 번호 위폐인 줄을 모르고 있었다. 표민석은 남자와 택시 기사의 진술 조서를 읽어보고 경찰서를 나왔다. 표민석은 위폐범이 왜 이런 짓을 하는지 당황스러웠다. 그는 대량으로 제조된 오만 원 위폐를 예상했으나 위폐범은 엉뚱하게 허를 찔렀다. 표민석은 범인을 잡으면 이번 지갑 사건의 동기를 자세히 캐고 싶었다. 그런 날이 머지않을 것이었다.

표민석은 지하철역 3번 출구로 나왔다. 서울의 번화한 거리였다. 그는 주변을 둘러보았다. 디자인이 멋진 상점들이 길을 따라 늘어섰고 높은 빌딩들이 줄을 이었다. 여기서 범인의 흔적은 사라졌다. 수사팀은 2197 위폐를 신고한 가게에서 추적을 시작했다. 점원은 자신에게 돈을 건넨 사람을 정확하게 기억하고 있었다. 노인이었다. 점원은 자신이 사람의 생김새와 옷차림을 잘 기억한다고 말했다.

점원은 노인이 걸어간 방향까지 잊지 않았다. 점원이 기억해 낸 인상착의를 토대로 영상분석과와 빅데이터 처리팀에서 범인이 이동한 경로를 추적했다. 수천 명의 이동 경로를 추적해서 표적을 추려냈다. 범인으로 추정되는 노인은 지하철을 세 번 갈아 탔다. 세번째 지하철역의 어느 지점에서 범인으로 추정되는 사람이 사라졌다. 감시카메라 영상에 나오는 승객을 샅샅이 뒤진 끝에 지하철의 화장실에서 노인이 모자를 바꾸고 수염을 붙였으며 옷을 갈아입었다는 판단을 내렸다. 마지막 지하철역의 출구를 나온 노인이 또 사라졌다. 그동안 수사한 여러 지표가 동시에 이 3번 출구를 가리켰다.

표민석은 거리를 따라 걸으며 이곳이 범인의 이동 경로 중 하나일까 아니면 최종 목적지일까를 생각했다. 그가 큰길에서 이면도로를 따라 골목 안으로 들어서자 녹슨 철문을 단 건물이 몇 개 연달아 있었다. 도로에 접한 곳은 깨끗한 가게였지만 건물을 돌아가자 쓰레기가 굴러다니고 벽에는 붉은 낙서가 그려졌고 정적이 감돌았다. 사람은 살지 않는 것처럼 보였다. 골목을 걷다가 삐거덕 소리가 들려 표민석은 놀랐다. 할머니가 단층집 녹슨 철문을 열고 나왔다. 지팡이를 짚고 한 손에 가방을 든 할머니는 기분 나쁠 정도로 표민석의 얼굴을 유심히 보았다. 할머니는 표민석이 골목으로 들어온 이유를 냉큼 알고 싶어 안달이 난 눈초리였다. 그는 걸음을 빨리했다. 그곳에서 안쪽으로 더 들어가면 재개발이 중단되어 건물 몇 채가 유령처럼 선 곳이 나왔다. 공사 대금 체불과 재개발 문제나 소송이 얽혀서 무너지는 지역의 하나처럼 보였다. 경찰을 투입해서 수색을 해야 할 단계는 아직 아니었다. 하지만 범인이 다니는 곳의 하나를 확보했다. 특별수사팀은 지하철과 계단 부근, 인근 지역에 감시카메라를 달기로 했다. 눈에 잘 띄지 않는 감시카메라에 찍힌 영상에 인물인식 프로그램을 돌려서 범위를 좁히기로 했다. 그는 자신의 손으로 범인의 목덜미를 붙잡을 날이 머지않았다는 어떤 확신이 들었다.

수사팀에서 관할 경찰서에 요청해 3번 출구를 중심으로 순찰이 강화됐다. 순찰하는 두 팀 모두 사복경찰로 잠복과 탐문을 했다. 표민석은 자신이 노인의 작업장에 가까이 왔다는 것을 모르고 있었다. 어쩌면 그는 노인을 지나쳤는지도 몰랐다. 서울의 다른 곳과 경기도 남부에서 새로운 오만 원 위폐가 발견되고 그쪽으로 초점이 분산되는 일이 터지지 않았더라면 수사는 3번 출입구 주변으로 집중되었을 수도 있었다. 어느 곳이든 특별수사팀과 표민석은 수사가 잘 풀릴 것 같고 여기서 범인을 찾는 고리가 걸린다는 예감이 들었다. 범인의 이동 포인트가 잡혔고 인상착의도 어느 정도 확인해서 내부용 몽타주를 만들 수 있었다. 사건은 곧 해결될지도 몰랐다.

바쁘게 움직이던 어느 날 표민석은 재개발 지구 사이로 난 골목길을 걷고 있었다. 이 지역을 담당하는 경찰 정보과는 재개발 지구에 사는 사람들이 있다고 말했다. 정보과 형사가 도저히 사람이 살 것 같지 않은 건물로 올라가는 사람을 보기도 했다. 그런 사람들이 사는 곳은 커튼을 두껍게 쳐서 그런지 바깥에서 불빛도 보이지 않았다. 구역 경찰은 그런데도 이 재개발 지구에서 범죄가 일어난 적은 없다고 말했다.

"강력범죄가 터졌다면 이 근처를 수색하고 검문했을 겁니다."

표민석은 이곳 재개발 지구를 수색해야겠다고 마음먹었다. 그는 양원진과 통화했다. 양원진은 2197과 7534 번호의 만 원 위폐가 줄어든다고 말했다. 특별수사팀도 감소 추세를 알았지만 만 원 위폐가 줄어드는 것을 대규모 오만 원 위폐가 터질 전조로 해석했다. 범인 일당은 뭔가 위폐 방향을 바꾸고 있었다. 수사팀은 이대로 범인이 사라질 리는 없다고 확신했다. 양원진은 수사팀의 수사 방향에 긍정도 부정도 하지 않았다. 표민석이 말했다.

"거의 다 온 것 같아. 도심 지하철에서 가까운 재개발 지구야."

양원진이 증거를 잡았냐고 물었다. 표민석은 범인 이동 경로를 추적했고 범인이 노인이라는 것도 찾았다고 말했다.

"이제 결정적 장면이 남은 거야. 수갑을 채워야 할 시간이지."

"그게 어렵다니까."

"어. 찬물 끼얹지 마. 이번은 확실해."

"그럼 1계급 특진 얻는 거네."

"그거야 덤이지. 난 사회정의를 위해 뛰는 몸이니까."

"그렇게 고귀한 분인 줄은 몰랐는데."

"이런. 예전부터 그랬어."

양원진은 표민석과 전화를 한 후에 생각에 잠겼다. 양원진은 유서 위조범을 만난 이후로 한 번씩 까닭 없이 몸이 아프기 시작했다. 몸이 축 늘어지고 물에 잠긴 솜뭉치처럼 끝없이 가라앉았다. 밥을 먹으면 며칠에 한 번은 토했고 식욕도 사라졌다. 온몸을 샅샅이 검사해보아도 이상이 없다는 진단만이 나왔다. 그는 점점 말라갔다. 동시에 그는 점점 잠이 줄어들어 밤 12시를 넘어 새벽 2시, 마침내 새벽 3시까지 눈을 뜬 채로 지냈다.

밤이 오면 침대는 늘 양원진을 심판했다. 밤이면 매트리스는 갑자기 울퉁불퉁 튀어 오르고 이불은 날카롭게 그의 턱을 건드렸다. 베개는 층이 져 뒤통수가 불편했다. 낮에 침대에 누우면 이런 문제는 사라졌다. 매트리스와 베개 모두 안락했다. 그는 매트리스를 인체에 맞게 설계해서 편안하게 잠으로 이끈다는 고급 제품으로 바꾸었다. 그러나 밤이 되면 새 매트리스도 여전히 그를 괴롭혔다. 새벽 1시가 지나고 2시가 지나고 지친 3시가 지났다. 그가 아무리 잠을 애타게 청해도 잠은 완강하게 거부했다. 그가 잠을 찾아 나서면 나설수록 잠은 깊게 숨었다. 잠은 이제 독기까지 내뿜는 것 같았다. 잠을 자도 정신은 뒤숭숭했고 몸은 피곤했다. 이제 잠이 들지 않아도 괴로웠고 잠이 들어도 고통스러웠다. 밤은 늦이었다. 잠이 들면 어떤 꿈이 양원진을 괴롭혔다. 깨어나면 무슨 꿈인지 잊어먹었고 한 번도 기억나지 않았다. 그러나 도망가는 그를 무시무시하게 추격하고 체포하고 이 수용소에서 저 수용소로 끌고 다니는 꿈인 것 같았다. 그렇다. 양원진은 유서 위조범을 놓친 죄로 심판받아 갇힌 것이다. 수용소의 벽은 높았다. 수용소 벽을 타고 오르면 감시초소에서 쏘는 하얀 빛이 그를 비췄다. 어느 날 그는 선명한 꿈을 꾸었다. 붉은 의자에 앉은 심판관이 만 원 위폐 감식을 그만두라고 명령하는 것이었다. 위조액의 아홉 배를 기부하는 위조범은 무죄일 뿐만 아니라 무죄를 넘어선 저항자였다. 양원진은 깨어나자마자 심판관의 말과 얼굴이 선명하게 머리에 각인되어 깜짝 놀랐다. 그 말은 심판관이 바로 앞에서 내린 선고처럼 생생해 그는 주위를 살펴보기조차 했다. 원진의 마음을 덮친 유서 위조범과 만 원 위폐범은 마음의 바닥까지 흔들어버렸다. 그는 참과 거짓을 혼동했고 무죄와 유죄가 뒤섞여 구별하기 어려웠다. 원진을 공격한 폭풍은 거센 바람으로 무장했을 뿐만 아니라 얼음장같이 차가운 비를 뿌렸고 마지막으로는 살아 있는 모든 것을 말려버리는 사막의 열풍으로 변했다. 감식실의 김 팀장도 누구도 양원진의 고뇌를 해결해줄 수는 없었다. 그건 양원진이 어떤 행동을 통해 풀어야 할 과제였다.

양원진은 한남수에게 바로 만나자고 연락했다. 반두마을의 카페는 소박했다. 나무 탁자와 의자가 주인이었고 벽에는 아무런 장식이 없었다. 카페의 특징은 길고 좁은 세 개의 창이었다. 창으로 들어온 빛이 세 갈래로 바닥에 길게 드리웠다. 카페는 주문을 받으면 원두를 바로 갈아 서비스했다. 여기는 카페입니다. 커피와 차에 집중해주십시오. 다른 모든 것은 거추장스런 포장일 뿐입니다. 이렇게 스스로를 광고하는 집이었다. 한남수는 이 카페가 MT삼조회사 사장실 분위기를 닮았다고 느꼈다. 오로지 흑과 백의 색깔만 갖춘 사장실. 근본에 충실하라. 근본은 돈이었다. 카페는 그와 반대로 사람과 음료에 집중하라고 요청하고 있었다.

한남수는 카페에서 공미선을 만나고 있었다. 한남수가 양원진에게 잘 지냈냐고 인사를 건네고는 공미선을 소개했다. 양원진이 말했다.

"두 분 대화를 방해하는 거 아닌가요."

공미선은 쾌활하게 웃으며 말씀 많이 들었다고 말했다. 그녀는 반두마을이 어떻게 만들어지고 운영되는지를 양원진에게 이야기했다. 그녀는 곧 외국으로 떠날 계획이었다. 여행 겸 조사였다. 미국과 영국, 일본과 인도, 태국을 비롯한 여러 나라에서 독특한 공동체 운영 실험을 하고 있었다. 그것들은 종교공동체이기도 했고 농업공동체이기도 했으며 반두마을과 같은 대안화폐로 운영되기도 했다. 어떤 곳은 전혀 이윤을 남기지 않는 업체를 운영하기도 했고, 어떤 지역은 공동소유제로 개인소유가 없었고, 하루 여섯 시간의 노동의무가 있는 곳도 있었고 어떤 곳은 아예 독자적인 화폐를 찍어내는 곳도 있었다. 공미선은 이들 지역을 두 달 동안 다녀와 반두마을에 도움이 될 무엇을 기획할 생각이었다.

양원진이 짓궂게 물었다.

"혹시 두 분이서 가는 겁니까?"

공미선이 깔깔 웃으며 말했다.

"둘만 갔으면 좋겠는데 아쉽게도 다른 몇 분도 갑니다."

"그런 공동체에서 소유물을 늘리고 싶은 사람의 욕망을 해결한 곳이 있나요?"

"그게 쉽지는 않죠. 그래도 여러 곳을 돌아다니면 도움이 되리라 기대해요."

공미선이 이어서 말했다.

"구속이 있지만 자유롭고, 부자이면서 가난하고, 함께하면서 개인의 개성을 지켜주는 그런 곳을 만들면 참 좋겠지만요."

공미선이 한남수와 양원진을 번갈아보며 말을 이었다.

"제 바람은 소박해요. 돈이 힘을 제법 잃어버리는 세상. 지금 돈은 힘이 너무 세니까요."

한남수가 고개를 끄덕였다. 공미선이 한남수를 바라보며 환하게 웃고는 자리를 비켰다.

둘만의 자리가 되자 한남수가 양원진에게 요즘 생활이 어떠냐고 물었다.

"우리 연구원 생활은 늘 그게 그거죠. 범죄가 끊이지 않아 감식할 거리도 줄기차니까요."

"그거 딜레마네요. 바쁘면 사회가 혼탁하다는 거니까."

"그래서 쉬는 것도 괜찮을 것 같습니다."

"……"

"위조문서와 위폐 감식에 대한 열정이 식었다고 할까요."

"식었다고요?"

"뭐랄까. 위폐가 진폐의 한 부분인 것 같고. 위폐가 이 세상이 감춘 진실 한 조각을 담고 있는 것도 같아서요."

한남수가 조용히 말했다.

"놀랍군요. 꼭 그런 것은 아닐 겁니다. 내가 말했던 노인은 극히 예외적인 사람일 겁니다. 드물죠."

양원진은 드물다는 단어를 몇 번 중얼거렸다. 그가 하는 감식도 예외적인 장소에서 하는 예외적인 일이었다. 양원진은 자세를 바로잡았다. 그 노인이 하는 일이 과연 위조일까? 그는 자신이 만든 돈의 아홉 배를 기부하고 있다. 위폐 만 원이 아홉 배의 진폐로 변신하는 것이다. 이건 일종의 금 본위제가 아닐까. 달러를 가지고 가면 금으로 바꿔주던 시절의 웅장했던 힘이 아닐까?

"언젠가 그 노인을 만나고 싶습니다. 한번 주선해주시죠."

"그럽시다. 그 노인에게 꼭 하고픈 말이 있는 모양이네요."

"그 말은 지금 해야죠."

양원진은 한남수를 물끄러미 쳐다보았다. 양원진의 뺨에 경련이 일고 입술이 비틀렸다. 그의 얼굴에 어두운 그림자가 잠시 지나가다가 사라졌다. 양원진이 말했다.

"수사팀이 전철 3번 출구에 가까운 재개발 지구를 지목했습니다. 곧 경찰이 닥칠 겁니다."

21

표민석은 전철 출구로 나와 5층 건물이 선 곳까지 걸었다. 그는 큰 도로에 붙은 건물 사잇길로 들어갔다. 두 줄로 무단 주차한 자동차가 길을 막아 자동차 사이로 간신히 빠져나가야 했다. 이면도로 끝에 있는 3층 건물의 입구에는 쇠사슬이 걸려 있고 출입을 금한다는 글자가 뻘건 페인트로 벽과 바닥 콘크리트에 쓰여 있었다. 사람이 쉽게 넘을 수 있는 쇠사슬은 겉만 번지르르한 경고용에 불과한 것처럼 보였다. 어두운 입구를 들여다보니 건물 1층에는 폐자재와 부러진 플라스틱 배관, 잡동사니가 쌓여 있었다. 한때 기계부속 상가였다는 3층 건물과 맞은편 3층 연립주택 그리고 5층 건물 모두 음침하게 서 있었다. 땅을 판 빈터는 비라도 오면 모기들이 떼로 번식할 곳이었다. 이런 길까지 찾아와

주차한 승용차들도 뿌옇게 뜬 도색에 낡을 대로 낡아 더 흠집이
나도 아까울 것이 없어 보였다. 보름이 넘게 비가 오지 않아 골
목에는 희뿌연 먼지가 날아다녔다. 바람도 거셌다. 해가 져서 어
스름이 짙어지자 건물은 어둠 속에 아래로 아래로 가라앉는 것
처럼 보였다.

　내일 아니면 모레 전면적인 수색이 실시될 계획이었다. 상부
에서 결재가 왜 늦어지는지 표민석은 답답했다. 상부는 수사를
독촉하다가 결정적인 순간이 오면 행동을 망설이며 늦췄다. 그
런 상부의 움직임에서 그는 혹시나 언론이 눈치를 챌까 봐 걱정
하는 기색을 읽었다. 범인을 잡는다면 경찰 고위층과 민정수석
실과 화폐 당국끼리 축배를 들고 공을 나누고 범죄 자체는 묻어
버리는 게 아닐까? 언론은 이런 사건이 벌어진 것조차도 모르고
넘어갈 것이었다. 표민석은 빈터를 둘러보고 돌아서 자동차가
주차한 길로 걸어 나왔다. 뒤쪽 어두컴컴한 길에서 밝은 빛이 느
껴져 뒤돌아섰다. 재개발 지역 건물에 난 불이었다. 3층 건물에
서 먼저 불이 붙고 곧이어 5층 건물과 연립주택에 불이 번졌다.
건물과 연립주택 모두 아래층에 사는 사람이 있으면 대피를 권
하는 것처럼 맨 위층에서 불이 시작되었다. 기계부속 상가였다
는 건물 3층쯤에서 커다란 폭발음과 함께 시커먼 불길이 훅 뿜
어져 나왔다. 또 다른 5층 건물에서도 펑 소리와 함께 불길이 터
져 올랐다. 적황색 불꽃이 일렁대며 창문 밖으로 튀어나왔다. 바
람이 불꽃을 실어 나르며 재개발 지구를 채운 불길은 순식간에

하늘로 치솟아 올랐다. 창문 유리가 부서지며 파편이 날렸다. 화염은 순서를 정해 번갈아 뿜어 올랐다. 실수나 우연히 붙은 불은 아니었다. 표민석은 큰 도로로 나와서 재개발 지구를 지켜보았다. 1층에서 꼭대기 층까지 불이 붙을 뭔가를 연결시켰는지 불길은 이미 걷잡을 수 없었다. 그는 건물에 둔 인화 물질에 방화용 타이머를 작동시켰다고 생각했다. 도로에 삽시간에 주민들이 몰려들었다.

도로에 선 한 주민이 말했다.

"바람도 세고 땅도 바싹 마르고 불내기 좋은 날이야."

그 말을 받아 다른 주민이 말했다.

"저건 폭발이야. 안에 뭘 뒀기에 저렇게 쾅쾅 터져."

"불날 줄 알았지. 저래야 해결이 돼."

표민석이 물었다.

"방화라는 말입니까?"

머리가 벗어진 주민이 돌아보고는 말했다.

"여기 개발이 아주 복잡해. 몇 년째 얽혀 소송 중인데 끝이 안 보이니까. 이렇게라도 해야 끝장이 나지."

주민들은 아예 방화로 단정을 하고 있었다.

표민석은 이곳 사정을 잘 아는 것 같은 운동복을 입은 주민에게 물었다.

"혹시 여기 삽니까?"

"저쪽 아파트입니다."

"혹시 저 안에 사람은 없을까요?"

"사람이야 몇 명 있겠죠."

주민은 별걱정을 하지 않았다.

"있어도 늘 조심하며 사니까 빠져나갔을 거야."

그 옆에 허리가 꼿꼿한 노인이 말했다. 노인은 중요한 행사에 가는 것처럼 정장에 중절모를 쓰고 있었다. 구레나룻이 턱을 따라 보기 좋게 났고 각진 안경을 쓰고 있었다. 노인은 재산과 학식이 많은 유복한 인상이었다.

"어쩌면 그런 사람이 불을 냈을지도 모르지."

표민석이 어쩐지 낯이 익은 노인에게 물었다.

"혹시 불을 낸 사람을 봤는가요?"

"아니. 누군가 불을 낸 건 분명해. 삽시간에 번지는 걸 봐. 여러 곳에서 동시에 터지잖아."

표민석은 이 노인을 어디서 봤을까 생각했다. 잡힐 것 같으면서도 잡히지 않았다. 그는 노인 얼굴에서 안경과 구레나룻을 지우고 모자도 없애보았다. 맨 얼굴로 바꿔보아도 감이 잡히지 않았다. 표민석이 사기죄로 체포해 징역 6년을 살게 한 사기꾼 노인을 닮았다는 생각도 들었다. 사기꾼은 얼마 전에 만기 출소해 어디선가 또 고위층을 팔면서 고수익을 올려주겠다며 사기를 치고 있을 터였다. 그러나 노인은 표민석을 전혀 꺼려하지 않았다. 표민석은 노인에게 혹시 나를 아느냐고 물어볼 뻔했다. 불구경을 하는 노인의 표정은 복잡하고 미묘했다. 눈에는 시원한 기색이 서려 있었으나 입술은 아쉬움을 드러냈다. 뭔가를 생각하는지 눈썹이 치켜 올라갔다. 불빛을 받은 노인의 얼굴에 여러 표정과 감정이 떠올랐다가 제대로 앉을 자리를 찾지 못하며 무너졌다.

공중으로 날아오른 불티가 바람을 타고 한꺼번에 표민석 쪽으로 몰려왔다. 플라스틱이 타는 역한 냄새도 함께 덮쳤다. 거리를 뒀지만 얼굴이 뜨거울 정도로 맹렬한 화염이었다. 표민석은 다시 멀찍이 물러섰다. 소방차들이 요란한 사이렌 소리와 함께 도착했다. 소방차에서 울리는 사이렌과 번쩍대는 불빛이 거리를 긴박하게 물들였다. 소방관들이 달려들어 둘러선 구경꾼들을 뒤로 몰아냈다. 소방차가 골목에 주차한 차들로 화재 장소로 들어가지 못하자 소방관이 호스를 내려 차들 틈을 비집고 들어갔다. 그사이에 견인차가 달려왔다. 주차 차량의 백미러가 몸에 걸리자 방화복으로 몸을 감싼 소방관이 도끼로 때려 부숴버렸다. 소방 지휘관이 무전기로 맞은편 5층 건물로 들어가는 길을 찾으라고 지시하고 있었다. 그 짧은 시간에 다시 뭔가가 터지는 소리가 나면서 시뻘건 불길이 높이 솟아올랐다. 붉고 시커먼 연기를 내면서 화마는 제 손에 걸린 재개발 지구의 지긋지긋한 탐욕을 무너뜨리려 몸부림치고 있었다. 살아 움직이는 불길은 재개발 지구의 내장을 삼키고 뼈대를 무너뜨리고 골수까지 태울 작정 같았다. 불길은 그 건물 안에서 벌어진 기억과 행적도 깡그리 없애버릴 무시무시한 태세였다.

표민석은 뒤돌아서 지하철역 3번 출입구로 향했다. 노인은 어느새 사라지고 없었다.

작가의 말

　소설을 쓰게 되면 문학을 보는 눈이 변하게 된다. 『마담 보바리』를 세 번 읽었는데 젊은 시절과 소설 공부를 막 시작할 때와 최근이었다. 처음에는 통속적인 소재를 길게 쓴 따분한 이야기로 읽었고, 두번째는 괜찮은 작품이라고 생각했으며, 세번째가 되어서야 문장과 구성과 인물, 무엇보다 스타일이 탁월한 걸작임을 알게 되었다.

　예전에 장편소설 읽기 모임을 한 적이 있다. 일주일에 한 권씩 읽으면서 2년 넘게 이어지던 모임의 참석 인원이 절반으로 줄어든 위기가 있었다. 마르셀 프루스트의 『읽어버린 시간을 찾아서』를 읽을 때였다. 나는 소설 공부에 한창 몰입하던 시절이었는데 정말 감동 넘치는 작품이라며 탄복했고, 회원 대부분은 괴로

위하면서 읽어냈다. 모임 회원이 왜 이 소설이 좋은가를 내게 물으면 뭐라 정확하게 답하기는 어려웠다. 한 인간과 시대의 영혼이 책 갈피갈피에 박혀 있다고나 할까?

이런 방식으로 도스토예프스키의 『죄와 벌』을 다시 보게 되었고, 『카라마조프가의 형제들』이 보여주는 인물과 심리에 매료되었다. 소설가가 되면서 받은 가장 큰 축복이 문학 감상을 위한 나름의 시각을 지니게 된 것이다. 이런 눈을 지니게 되어도 그 잣대가 모두 똑같지는 않다. 그래서 추리소설과 역사소설을 좋아하는 독자가 있고, 판타지 문학에 흠뻑 빠져드는 독자도 있으며 리얼리즘 문학을 선호하는 소설가도 있다.

소설가는 다른 작가의 작품은 예리하게 보면서(몰론 꼭 그렇다고 단정할 수야 없지만) 자신의 작품은 날카롭게 보지 못한다. 발상과 창작과 퇴고를 거치면서 물리도록 봐왔기 때문에 작품이 더 고치기 어려운 단단한 고체로 굳어졌다고 느낄 때가 많다. 좀 더 손을 보고, 구성을 바꾸며 주인공의 개성을 치밀하게 다듬어야 했는지도 모른다. 작품의 인상을 더 선명하게 만들 방법은 없었을까? 더 좋은 표현은 없었을까? 소설가는 책을 내면서 대체로 이런 고민에 빠져든다.

늦깎이로 등단한 후로 필리핀 바다가 무대인 장편 『토스쿠』, 소설집으로 『작화증 사내』, 『존슨 기억 판매 회사』, 『나는 장성택입니다』 세 권을 냈고 이 책은 두번째 장편이다. 이번 장편을 내면서도 여러 고민을 거듭했다. 저 높은 별을 향해 한 발 한 발 다가가는 걸음은 늘 쉽지 않은 것 같다. 책을 내면서 많은 애를 쓴 도서출판 강의 대표와 편집자에게 감사 말씀을 드린다. 같은 길을 걷는 문우와 늘 나를 격려하는 가족에게도 고마움을 전한다.

2019년 6월
정광모

마지막 감식

ⓒ 정광모

1판 1쇄 발행 | 2019년 6월 20일

지은이 | 정광모
펴낸이 | 정홍수
편집 | 김현숙 이진선
펴낸곳 | (주)도서출판 강
출판등록 | 2000년 8월 9일(제2000-185호)

주소 | 서울시 마포구 동교로 17안길 21(우 04002)
전화 | 02-325-9566
팩시밀리 | 02-325-8486
전자우편 | gangpub@hanmail.net

값 14,000원
ISBN 978-89-8218-239-6   03810

이 도서의 국립중앙도서관 출판예정도서목록(CIP)은 서지정보유통지원시스템 홈페이지
(http://seoji.nl.go.kr)와 국가자료종합목록 구축시스템(http://kolis-net.nl.go.kr)에서 이용하실 수
있습니다. (CIP제어번호 : CIP2019021589)

• 잘못 만들어진 책은 구입처에서 교환해드립니다.